나

WATASHI
by TSUSHIMA Yuko

Copyright ⓒ 1999 by TSUSHIMA Yuko
Originally Published in Japan SHINCHOSHA, Tokyo
Korean Translation Copyright ⓒ 2003 by Moonji Publishing Co., Ltd.
All Rights Reserved.

This Korean edition was published by arrangement with TSUSHIMA Yuko through THE SAKAI AGENCY.

이 책의 한국어판 저작권은 THE SAKAI AGENCY를 통해 TSUSHIMA Yuko와 독점 계약한 문학과지성사에 있습니다.
저작권법에 의해 보호 받는 저작물이므로 무단 전재 및 복제를 금합니다.

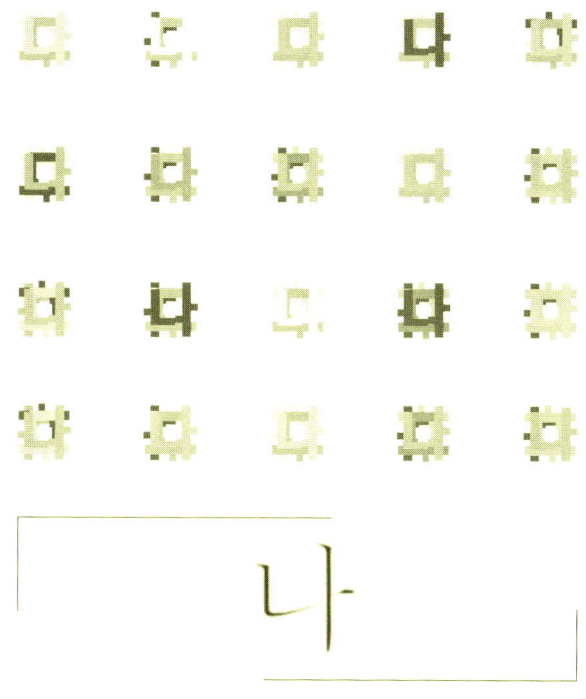

나

쓰시마 유코 소설집
유숙자 옮김

문학과지성사
2003

「나」

펴낸날_2003년 12월 10일

지은이_쓰시마 유코
옮긴이_유숙자
펴낸이_채호기
펴낸곳_㈜문학과지성사
등록번호_제10-918호(1993. 12. 16)

주소_서울 마포구 서교동 363-12호 무원빌딩(121-838)
편집_338) 7224~5 FAX 323) 4180
영업_338) 7222~3 FAX 338) 7221
홈페이지_www.moonji.com

ⓒ 유숙자, 2003. Printed in Seoul, Korea

ISBN 89-320-1465-5

* 옮긴이와 협의하여 인지는 생략합니다.
* 이 책의 판권은 옮긴이와 문학과지성사에 있습니다.
  양측의 서면 동의 없는 무단 전재 및 복제를 금합니다.
* 잘못된 책은 바꾸어드립니다.

한국어판 서문

　이번에 저의 소설집 『「나」』가, 한국에서 번역 출간되었습니다. 이 작품은 장편소설을 쓰는 틈틈이, 1995년부터 1999년에 걸쳐 하나의 시리즈로서 계속 써온 단편소설입니다. 거추장스런 설명 없이도 한국의 독자는 이 단편집에서 무언가를 반드시 발견해주실 것으로 생각합니다만, 이것은 나 자신에게도 아주 특별한 요소를 갖는 시도였기 때문에, 그 점을 여기서 간단히 설명해두고 싶습니다.

　『「나」』라는 제목은, 사실 일본어로도 상당히 묘한 울림을 줍니다. 게다가 저는 이 제목에 굳이 꺾쇠를 둘렀습니다. 어째서 이렇게까지 「나」를 강조한 제목이 되었는가라고 하면, 우선 일본의 '사소설(私小說)'이 제 머리 속에 있었습니다.

　일본의 근대 문학에서 작가가 자신의 생활을 사실 그대로 고백하는 스타일의 '사소설'이 탄생했습니다만, 이것은 현재 거의 아무도 정확한 의미를 알지 못합니다.

그렇지만 일본 사회에서 이 말은 애매한 채로 혹은 바로 애매하기 때문에 뿌리 깊게 오래 살아남아, 작가가 자신에 가까운 인물을 설정해 쓰면 그것은 작가 자신임에 틀림없다라고, 독자 및 평론가까지 곧바로 수용하고 마는 경향이 지금도 강하며, 또한 어떤 작품은 '사소설'이라는 말로써 그 문학성을 높이 평가받기도 합니다. 그런가 하면, 자신의 소설이 '사소설'이라 불리게 되면 마치 상상력이 모자란다는 말을 들은 것처럼 화를 내는 작가도 많습니다.

이처럼 현대 일본 문학에서 '사소설'은 어딘가 깊숙한 곳에 유령처럼 계속 살아 있습니다. 저 역시 제 작품을 '사소설'이라 몰아붙이면, 저항을 느끼는 경우가 적잖았습니다. 아무리 자신에 가까운 인물을 설정하더라도 작품인 이상, 처음부터 그것은 허구로 존재합니다. 당연히 '사소설'이라는 애매한 개념 때문에 일본의 독자들은 허구와 사실을 구분 짓는 일에 서툴러지고 말았다고 여겨져, 한 번 의식적으로 「나」를 화자로 삼아 다양한 인물을 묘사하는 단편을 시리즈로 써보자고 마음먹었던 것입니다.

또 한 가지, 다른 사정도 있었습니다.

저는 일본 북쪽의 원주민족인 아이누의 서사시에 줄곧 흥미를 지니고 있었습니다. 저의 아버지가 북쪽 지방 출신이기 때문에 그런 흥미가 생긴 건지도 모릅니다. 아이누뿐만 아니라, 일본 열도에는 지금도 뜻밖일 만큼 수렵채집을 하며 살았던 원주민의 문화가 남아 있는데, 원래 저 자신이 농경 문화보다 이런 수렵채집 문화 쪽에 친숙함을 느껴, 천황 중심의 '일본 문화'와는 다른 일본의 또 하나의 문화를 좀더 알고 싶다는 바람이 있었습니다.

아이누의 문화에서 가장 특징적인 것은, 셀 수 없을 정도로 다양한 이야기들을 구승(口承)으로 생생하게 전해온 점이라고 생각합니다. 저는 그 이야기의 세계를 알고, 일인칭이 아닌 사인칭(四人稱)이라는 걸 배웠습니다. 샤먼(shaman, 무당)이 다양한 신(神)을 대신해 이야기할 때, 거기서 이야기되는 「나」는 샤먼 자신이 아닌 각각의 신을 가리키는 것이 되며, 그 경우, 일인칭의 역할과는 분명히 다르기 때문에 구별을 짓기 위해 이것을 사인칭이라 부르게 되었습니다.

이것은 저에게 매우 신선한 '발견'이었습니다. 일본에서 '사소설'이라고 애매하게 불리는 소설의 대부분은 사실 이 사인칭을 사용한 소설이며, 더구나 그것은 샤먼의 계보에서 흘러나온 구승문예를 상상력의 기반에 둔 문학이 아닌가, 이렇게 여겨졌습니다.

일본에서도 구승문예(우리에게는 '구비문학'이라는 용어가 익숙하겠으나 작가의 표현을 살리기 위해 그대로 두었다──옮긴이)는 민중들 사이에서 오랫동안 지지를 받아왔습니다. 이것은 당시의 정치 권력에서 추방당한 밑바닥 사람들의 이야기로, 그들은 비참하게 죽은 뒤에 다양한 신(神)이 되어 되살아납니다. 그 내용이 근대 정신에 어긋난다 하여, '문학'으로 간주되지 않은 채 지식인들로부터 천대받아왔습니다. 구승문예의 담당자들이 사회적으로 멸시당하는 입장의 떠돌이 예능인들이었다는 점도, 그러한 사정을 부추겼을 테지요.

그럼에도 일본에서는 오랜 기간 쇄국을 계속해왔기 때문에 이런 민중 문화가 겉으로 드러나지 않은 채, 그 형태는 근대에 들어서도 계속 살아남아 일본 근대 소설에 커다란 영향을 주었다고, 사실 이것은 저만의 주장입니다만, 적어도 제겐 자꾸만 그런 생각이 듭니다. 실제로 일본에서 지금도 애독되고 있는 소설의 대부분은 구승문예의 말투를 사용하고 있습니다. 거기서 사용되는 「나」는 작가 자신에게 가깝게 설정되어 있는 경우도 많고, 그 경우에 이것은 '사소설'이라고 흔히 일컬어집니다.

저는 이 단편집에서 구승문예의 사인칭을 의식적으로 사용하고자 했습니다. 그것은 이야기를 말하는 인물 각자의 연극성을 도드라지게 만들기도 합니다. 자신의 이야기를 말하던 인물이 도중에 다른 인물을 대신해서 그 혹은 그녀 자신의 이야기를 말하기도 하고, 다시 또 다른 인물로 옮겨가기도 합니다. 이런 식으로 이 사인칭은 날개를 단 것처럼 자유로이 인물에서 인물로 날아다닙니다. 그 가뿐한 움직임이 제게는 특히 매력적으로 느껴졌습니다. 근대 사상의 발명인 '자아(自我, ego)'의 가슴 답답함과는 대조적인 경쾌한 운동이 여기에는 있습니다.

저는 그 움직임을 강조하기 위해 원래 인물이 이야기하는 일인칭 「나」 이외의 사인칭 「나」에 대해서는 방점을 찍어 표현해보았습니다(번역문에서는 진한 글씨로 표시했다—옮긴이). 이게 뭘까, 하고 여기는 분이 많을 거라 생각합니다만, 어머나, 이 작품 세계에는 참으로 여러 「나」가 이리저리 날아다니고 있네, 하고 독자께서 느껴주셨으면 하는 바람에서입니다.

여기에는 다양한 인물이 등장합니다. 그 가운데는 아이누의 서사시에서 발상을 하게 된 단편도 있습니다. 아이누의 서사시 자체가 좀더 한국에서도 일본 내에서도 흥미를 갖게 되고 소개되었으면 하는 마음도 있었습니다. '재일(在日) 한국인 2세'인 여성과 결혼해 딸을 얻은 남자도 등장합니다. 나 자신에 가까운 인물도 있습니다.

  이 단편 시리즈를 계속 써나가는 일은 예상 밖으로 힘든 작업이었습니다. 이야기 하나하나의 화자는 당연히 서로 다른 배경을 지닌 인물들입니다. 그 화자가 제각기 자유롭게 사인칭을 사용해 한결 이야기를 전개시켜나갑니다. 그런 만큼 작가로서는 상상력을 풀회전시켜 운동을 계속하지 않으면 안 되었습니다.

  한국에서는 구승문예에 대해, 그리고 작가인 「나」와 화자로서의 「나」의 차이점에 대해 어떻게 생각하고 있는지, 이것까지는 저도 알지 못합니다. 다만 한국의 유명한 구승문예인 판소리에, 저도 마음이 끌리는 한 사람이라는 것을 여기서 말씀드리고 싶습니다.

  저의 이 묘한 제목의 단편집을 조금이나마 한국의 독자 여러분들이 재미있게 읽어주시기를 진심으로 바라고 있습니다.

2003년 10월
쓰시마 유코

| 차례 | 나 |

한국어판 서문　5

　꿈의 노래　13
　　여동생　19
　　　친구　25
　마루하나벌　31
　　　　＊
　　　　37　달의 만족
　　　　63　물의 힘
　　　　81　매미 소리
　　　101　반짝이는 눈
　　　123　새의 눈물
　　　143　들녘
　　　159　엄마의 장소
　　　185　루모이에서
　　　207　마법의 끝
　　　229　산불
　　　247　와타시스피카

옮긴이의 말　268　나는 듣는다,
　　　　　　　　무수한 「나」의 목소리를

꿈의 노래

꿈의 노래

 아이누*의 신(神)을 노래한 걸로 이런 게 있다는군, 하고 내 남동생이 말했다. 나도 동생도 이미 일흔이 넘었고, 나는 몸도 마음대로 움직일 수 없다. 아직 건강한 동생은 가끔 내 곁에 와서는 심심풀이로, 책이나 잡지에서 읽은 이야기들을 들려준다. 내겐 도무지 무슨 뜻인지 알아들을 수 없는 이야기가 있는가 하면, 하도 어처구니없어 그런 이야기를 꺼낸 동생한테까지 괜히 화를 낼 때도 있다.
 이때도 남동생은 마치 혼잣말처럼 느릿느릿 이야기를 시작했다. 동생도 아직 젊었을 적엔 무엇에 쫓기기라도 하듯 숨이 가쁘도록 말이 빨랐었는데.

---

* 홋카이도(北海道), 사할린, 쿠릴 열도에 사는 민족. 일본의 원주민족으로 일컬어진다.

이건 아이누의 한 노인이 꿈속에서 들은 노래야. 그게 입에서 입으로 전해져 널리 노래로 불려진 모양이야. 꿈속에서 바다로 나간 노인이 먼 바다의 짙은 안개에 휩싸이고 말았는데, 로렐라이는 아니지만, 거기서 너무나 아름답고 슬픈 노래를 부르는 여신(女神)을 만났어. 이 여신은 아이누의 마을을 만들고 지켜온 신의 여동생이었지. 어쩌면 아내였는지도 모르겠는데 사실 여부는 분명치 않아. 헌데 마을 사람들의 행실이 아주 고약해지고 말아, 오빠 신은 여동생 신과 함께 그 마을을 떠나 다른 땅으로 옮겨갔어. 바다의 안개 속에서 여동생 신은 이렇게 노래하지. ……내 고향 마을이 그리워 그리워, 아무것도 먹을 수 없어. 너무나 그리워 나 죽도록 그리워. 어느 날, 오빠가 내게 말하길, 밖으로 나와보렴. 나는 아픈 몸을 이끌고 밖으로 나갔네. 그러자 거기엔 그토록 그리던 마을 풍경이 펼쳐져 있었네. 냇물이 흐르고 풀이 우거지고 시내엔 물고기들이 떼 지어 다니고 산에는 사슴이 달리고 숲에는 백합이 피네. 여자들은 바구니에 백합을 담으며 미소 짓네. 남자들은 물고기를 잡고 사슴을 쫓네. 얼마나 즐거운지! 사람들의 웃음 소리! 하지만 돌연 이 모습은 사라져버렸네. 오빠가 날 위해 일부러 그려준 그림일 뿐이었어. 오빠는 내게 말하네, 자아, 이젠 더 이상 그 마을을 그리워하지 마라, 라고. 안나, 호-레, 호-레, 호-레. ……이런 소리를 되풀이하면서 여동생 신은 노래했다지.

나는 눈을 감고 안나, 호-레, 호-레, 호-레, 살포시 읊조려본다. 웃음을 터뜨리며 오리를 뒤쫓는 아이들의 모습이 떠오른다. 신록의 잔디밭, 연못 위로 하얗게 내리꽂히는 햇살. 오리는 스무 마리도 넘게 우르르 몰려다니다, 거칠기 짝이 없는 세 아이들에게 화들짝 놀라 오른쪽으로 왼쪽으로 마냥 한결같이 같은 방향으로 허둥지둥 도망간다. 아이들의 웃음 소리는 한층 부풀려지고, 아이들의 자그만 몸을 산산이 부숴 날려버릴 듯 공중으로 드높이 울려퍼진다. 몇십 년 전의 우리. 네 살배기 남동생은 정말로 오리를 잡으려고 두 손을 내뻗어 고꾸라질 듯 뛰어가다 제풀에 넘어진다. 아직 기저귀를 찬 여동생은 오리를 빼닮은 커다란 엉덩이를 뒤뚱거리며 한껏 들떠 이리저리 뛰어다니고 있다. 잔디밭 밖에서 우리를 보며 아빠도 엄마도 웃고 있다. 오래전에 죽은 우리 아빠와 엄마. 엄마가 웃으며 소리친다.

그만 해! 어서 와! 오리들이 가엾잖니!

나는 엄마를 돌아본다. 엄마가 아니고, 거기 있는 건 나. 남동생이 곁에 서 있다. 아이들의 웃음 소리가 돌풍처럼 휘몰아친다. 잔디밭에는 출입 금지라고 쓰인 팻말이 달린 줄이 둘러쳐져 있다. 잔디밭을 뛰어다니는 아이들 옆을, 아빠와 엄마가 한가하게 다소 피곤한 기색으로 걷고 있다. 아이들 얼굴이 뚜렷하지 않다. 처음에 남동생이라고 여긴 남자 아이는 아아, 어쩌면 아주 오래전에 열다섯 나이로 죽은 남동생의 아이인지도 모른다. 또 한 사람, 약간 덩치 큰 여자애는 나 같기도 하지만, 열 살을 못 채우고 죽은 우리 언니를 닮았다. 사십대에 죽은 남동생의 아내인 것 같기도 하다. 누군지 잘 모르겠다. 아이들은 잠시도 가만히 있지 않는다. 세 사람보다 훨씬 숫자가 많아진 느낌이다. 누굴까. 태어나자마자 죽은 내 아이일까. 그 아이 곁을 여동생이 달려 지나간다. 이 여동생은 몇 살에 죽었더라. 아이들은 오리 꽁무니를 따라 연못으로 다가간다. 어서 데려오지 않으면 또 죽고 말 텐데. 하지만 아빠와 엄마는 입을 벌리고 웃기만 할 뿐. 내 옆에서 남동생이 운다.

꿈은 반드시, 언젠가 끝나고 말아. 하지만 눈을 감으면, 그래도 꿈을 좇을 수는 있지.
애야……
나는 남동생에게 속삭였다.
아이누 말로, 그립다는 게 무얼까. 그러고 보면 요전에 네가 말했었지. 아이들을 잃고 서럽게 울다 눈이 먼 어머니의 노래, 그리운 안주(安壽)야, 호-야레호-, 그리운 즈시오(廚子王), 호-야레호-. 그리워를 영어로 말하면, 아이 미스 유, 라지. 내 존재에서 당신이 빠져 있다, 그래서 나는 충분한 존재가 될 수 없다, 그런 의미라지. 안나, 호-레, 호-레의 여동생 신도, 너도, 모두 그럴 테지……
남동생의 얼굴을 보았다. 동생은 미소 지으며 쭈글쭈글한 손가락으로, 똑같이 늙어 퀭해진 내 눈에서 흐르는 눈물을 닦아주었다.

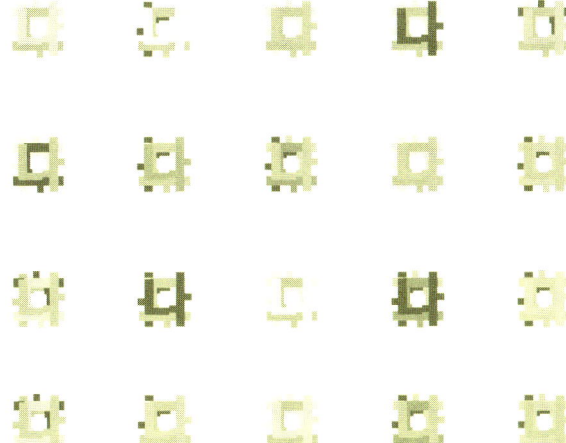

여동생

여동생

……그만, 타이밍이 어긋나버린 거야. 그래서 내 마음에 틈이 생기고 말았어. 하도 기뻐서 우쭐대다, 언제까지나 계속 이대로 있었으면, 하고 그 순간, 간절하게 원했으니까. 그리곤 겨우 1초가량, 히로(廣) 씨보다 먼저 나는 바다 깊숙이 잠기고 말았어. 히로 씨의 손을 꼬옥 잡고 같이 바다로 잠수해 들어갔다면 아무리 높고 큰 파도라도 어렵잖게 헤쳐나올 수 있었을 텐데. 히로 씨가 일부러 손을 내뻗어 내게 나눠준 바다의 즐거움이었는데. 히로 씨의 손. 다른 때라면 그렇게 거리낌 없이 잡을 수는 없었으련만. 여름이 끝나가는 바다. 공중으로 무겁게 뻗쳐올랐다가 뭍을 물어뜯을 기세로 무너지는 높은 파도. 그 직전에 파도 밑으로 잠수한다. 몇 초 뒤에 바다 위로 얼굴을 내밀면, 무너져내린 파도의 잔해가 이미 힘없이 등 뒤로 물러나 있다. 그런 놀이를 몇 번이고 되풀이하다. 느닷

없이 파도의 소용돌이에 고스란히 휘감기고 말았다. 어디가 위고 어디가 아래인지 알 수 없어지고, 몸이 소용돌이 따라 움직인다. 바닷물을 삼켜 점점 더 몸이 뒤틀리고, 의식이 토막토막 끊긴다.

하지만, 아마도 실제로는 2, 3초 정도였겠지. 어디선가 두 팔이 소용돌이 속에 나타나, 갈가리 찢겨나갈 것 같은 몸을 끌어안아 소용돌이 밖으로 끌어내주었다. 히로 씨의 팔에 안긴 채, 어느새 나는 파도가 밀려오는 물가에 다리를 내뻗고 주저앉아 있었다. 괜찮아? 하고 히로 씨가 내 등을 쓰다듬으며 물었다. 나는 고개를 끄덕이고 히로 씨에게 웃어보였다. 히로 씨의 팔에 안긴 아늑한 느낌에 당황하며 갑자기 몸이 화끈거렸다. 연신 몸은 떨고 있었으면서도. 모래사장에 있던 히로 씨의 여동생 게이코(敬子) 씨와 언니가 태평스레 다가왔다. 왜 그래? 괜찮아? 나는 일어서며 응, 조금, 중얼거렸다. 웃으려 했는데 울상이 되고 말았다. 하지만 순간, 철렁 했지, 하고 히로 씨가 말했다. 너무 들떠서 그래요, 하고 언니가 나직이 말했다.

……그리고 나란히 파라솔 밑으로 돌아와 주스를 마셨다. 언니들은 물가에서 놀기 시작했지만 나는 바다로 가지 않고 모래 무덤을 쌓기 시작했다. 블라우스를 걸치지 않으면 햇볕에 엄청 그을릴 걸, 언니가 말했어도 줄곧 모른 척했다. 엄마가 사준 새 수영복을 가리고 싶지 않았다. 오렌지색으로 가슴에 커다란 패드가 들어 있는 어른용 수영복. 지난해 여름, 아빠가 병으로 돌아가신 탓에 수영은 엄두도 내질 못했다. 올해, 오봉*이 지나고 할머니가 바닷가에 있는 자신의 집으로 나와 언니를 불러주었다. 너희들이 얼마나

쓸쓸하겠니 하시면서. 사실 할머니 집에는 아직 결혼 안 한 스물다섯 살 삼촌과 대학생인 고모, 즉 히로 씨와 게이코 씨가 있고, 별채에는 또 한 사람의 삼촌 일가도 살고 있어 늘 북적대고 즐거웠다. 어린이용 수영복밖에 없던 내게, 새걸 사주었다. 하지만 고등학생인 언니는 예전의 수영복 그대로. 나는 이것이 기뻤다. 모래는 뜨겁고, 주변에는 사람이 없었다. 해수욕 시즌은 일찌감치 끝나 있었다. 완성된 모래 무덤에 터널을 뚫고 나선형 길을 내고, 꼭대기엔 성채를 짓고 창문도 달았다. 바싹 마른 내 등이 바닷가의 햇볕에 연신 타들어가고 있다. 언니들은 조약돌을 주워모아, 파라솔 아래에서 서로 비교해보고 있다. 히로 씨는 혼자 먼 바다에 나가 헤엄치고 있다. 언니들이 타월로 젖은 머리카락을 닦는다. 머리를 비스듬히 기울이고 입을 살짝 벌린 열여섯 살 언니가 마치 대학생 게이코 씨처럼 어른 같다. 매끄러운 어깨. 하얗게 빛나는 다리. 이리 와 봐, 하고 언니가 내게 말한다. 어른용 새 수영복이 전혀 어울리지 않는 열세 살 나는, 언니에게 대답하지 않는다.

……그래도 한 번만 더, 나는 바다에서 헤엄치기로 했다. 바다를 무서워한다고 여겨질까 봐. 물가에서 허리께에 닿는 곳까지 나아간다. 팔을 뻗어 몸을 띄운다. 희뿌옇게 부서지는 파도가 밀려올 때마다 몸은 소리 없이 흔들리며 떠오른다. 먼 바다에서 이제 곧 히로 씨가 돌아올 거야. 수영복 색깔이 먼 데서도 잘 보이던데, 라고 내게 말해줄지도 몰라. 그때, 내 오른팔에 뭔가가 부딪혀, 통증이 살 깊숙이 파고들었다. 무슨 일인지 알지도 못한 채 오른팔을

---

* お盆: 백중맞이. 음력 7월 보름.

누르며 언니들이 있는 곳으로 달려갔다. 피도 흐르지 않는다. 상처도 없다. 내 팔을 살펴본 게이코 씨가 말했다. 전기 해파리의 발이 닿았나 봐, 운이 나빴어. 이 말을 들은 언니가 웃음을 억지로 참으며 내 팔을 유심히 보았다.

……그래서 서둘러 집으로 돌아가야 했다. 내 오른팔은 빨간 지렁이 모양으로 부어 있었다. 모래 무덤을 냅다 발로 차고, 모래를 뭉쳐서는 앞서 걸어가는 히로 씨의 맨다리에 명중시켰다. 그만 해, 하고 뒤돌아보며 말할 뿐 히로 씨는 걸음을 멈추지도 않았다. 바다에, 모래에, 자신에게 화가 났다.

……그리고 그날 밤, 나는 잠들지 못하고 훌쩍거리기 시작했다. 잠이 깬 언니가, 왜 그래? 하고 물었다. 햇볕에 탄 등이 너무 아파, 불난 것처럼. 내가 엉엉 울면서 대답하니까 언니는, 바보야, 하고 한숨을 짓고는 마침내 소리 죽여 울기 시작했다. 왜 그래? 하고 나는 언니에게 묻지 않았다.

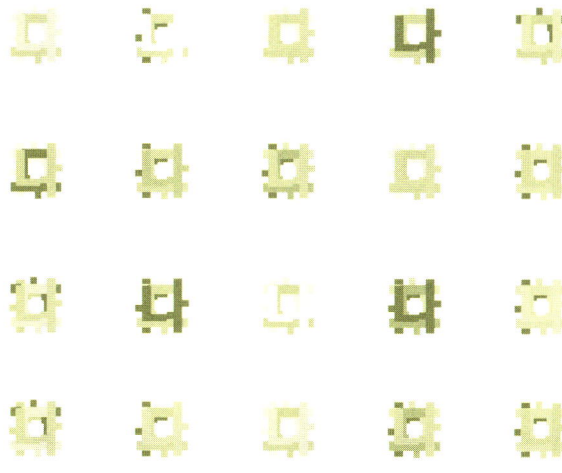

친 구

친구

복어＝동그랗게 부풀어오른 복어를 쏙 빼닮은 얼굴과 몸을 한 남자애, 게다가 툭하면 화를 내고 여자애들을 못살게 굴어 특히나 여자애들은 그를 멀리 했다. (어쩌면 나만 그렇게 생각한 건지도 모른다. 덩치 큰 복어가 나는 겁이 났고 늘 도망다녔다. 하지만 복어에게 어떤 장난질을 당했는지, 어떤 심한 말을 들었는지, 지금의 나는 도저히 떠올릴 수 없다. 내가 그저 일방적으로 복어의 커다란 덩치에 압도당하고 무서워한 것뿐일까. 아이들이란, 그런 걸까.)

지금은 깊은 겨울밤.

이 시간, 집 안도 바깥도 잠잠하고, 찬바람이 공원의 나무들을 흔드는 수런거림과 이따금씩 차소리만이 귓전에 울린다. 올겨울은 따뜻할 거라고 했는데, 의외로 엄청 추운 날들이 계속되고 있다. 겨우내 추위에 몸을 웅크리고 있는 사이, 여름의 더위가 어떤 것이었는지 까맣게 잊어버리고, 여름이라는 묘한 계절이 옛날엔 있었지, 하고 멍하니 생각에 잠긴다. 그리고 이윽고 여름이 되면 이번엔 겨울의 추위를 잊고 여름의 더위를 저주하는 기분, 온통 여기에 온몸이 점령당한다. 그런데 몇 달인가 지나 또다시 태연히 겨울을 맞고 여름을 잊는다. 몇 년이고 몇 년이고 똑같은 반복. 살아 있는 한, 바뀌지 않겠지. 아니 바로 그렇기 때문에 우리는 이 시간 속에서 작은 기쁨과 더불어 계속 살아갈 수 있는 것이리라.

복어의 얼굴이 머리에서 지워지지 않는다. 복어. 볼록하니 동그만 핑크빛 뺨. 자그마한 눈. 세상의 온갖 것들이 불만스럽다고 말하려는 양, 언제나 입을 삐죽거리고 눈살을 찡그렸다. 너무 뚱뚱해진 몸에 입은 옷이 버거워, 가슴이며 뱃살이 옷매무새 사이로 칠칠맞게 삐져나와 있었다……

어찌할 바를 몰라, 옆에 있는 리포트 용지에 그저 생각나는 대로 두서없이 적어나간다. 이건 내 딸의 리포트 용지. 중학생인 딸은 제 방에서 자고 있다. 아마. 나도 내일은 아침 일찍 일하러 나가야 한다. 일이라 해봤자, 여전히 정체를 알 수 없고 쌀알처럼 쬐끄만 출판사에 줄창 다니고 있을 뿐이지만.

그런데 복어는 어째서, 내가 엉터리로 만든 그 사진집을 발견할 수 있었을까. 여자애들이 선물용으로 사주길 바라면서 고양이 사진을 모았고, 절반가량은 딸이 고양이와 노는 모습을 내가 찍은 사진으로 메웠다. 아직 보육원에 다니던 딸. 이런 책이라면 팔릴지도 모른다는 나의 제안이 받아들여져 희희낙락 만든 책이었는데 결국 도통 팔리지 않았다. 원래 팔리지 않는 책만 내는 회사인지라 딱히

이 일로 꾸중 듣지도 않았다. 작은 글씨로 내 이름을 사진 판권자의 한 사람으로 넣은, 내겐 귀중한 그러나 아무도 상대해주지 않았던 책. 복어는 어째서 그런 작은 글씨를 알아보았을까.

이게 그 녀석이 만든 책이야, 너네들이 좀 사주라, 하고 복어는 예전의 반 친구들에게 그 책을 내보이며 말했다 한다.
좀 재미있는 책이라면 사주겠는데 말야, 하고 친구들이 성가신 양 대답하면 복어는 화를 내며 큰 소리로 나무랐다.
멍청한 녀석. 아무리 시시한 책이나마 한 권이라도 많이 사주는 게 친구란 거야. 인정머리 없는 놈들.
어릴 적 복어의 동글동글한 얼굴이 양복 차림을 한 어른 덩치 위에 놓여 있다. 이렇게밖에 나는 상상할 수가 없다. 삼십대가 되어도 복어만 결혼을 하지 않은 채, 내가 이혼을 하고 일을 계속 나간다는 소식을 어디선가 전해들은 거겠지. 책을 좋아하는 사람이 아니었는데 서점을 부지런히 다니며 내가 근무하는 출판사의 어줍잖은 책을 연신 사대고, 그 사진집만 해도 예전의 반 친구들을 '협박'까지 해가며 책의 매상을 올리려 애쓰고, 그럼에도 아무도 사주지 않은 모양인데, 마흔을 넘기지 못하고 병에 걸려 부모님보다 먼저 죽고 말았다.
……그런데 말야, 서점에 가봐도 그 책은 없던걸, 하고 예전의 반 친구 하나가 들려준 것이 오늘 오후. 복어가 죽은 지 2년이 지났다.

언제였던가, 복어가 또래 친구 두세 명과 우리집에 불쑥 찾아온 적이 있었다. 정확하게는 마당에 침입해와서 제멋대로 장난치고 다녔다. 이곳저곳의 친구 집 마당을 돌며 놀았던 모양이다. 나는 기겁을 하고 복어한테 들키지 않게 집 안으로 숨고 말았다. 왜 그때 복어에게 함께 놀자고 말을 건네지 않았을까. 왜 복어는 큰 소리로 나를 불러주지 않았을까. 그렇게 했다면 참으로 행복한 기분으로 나는 얼마든지 재잘거리며 수다를 떨었을 텐데. 마구 신이 나서 그때까지의 불안감이며 쓸쓸함을 죄다 잊고. ……돌이킬 수 없는 시간. 그 한귀퉁이, 기쁨의 색채가 내 몸에 번져나간다. 복어, 이제야 네가 이토록 나의 기쁨이 되어주다니 ……

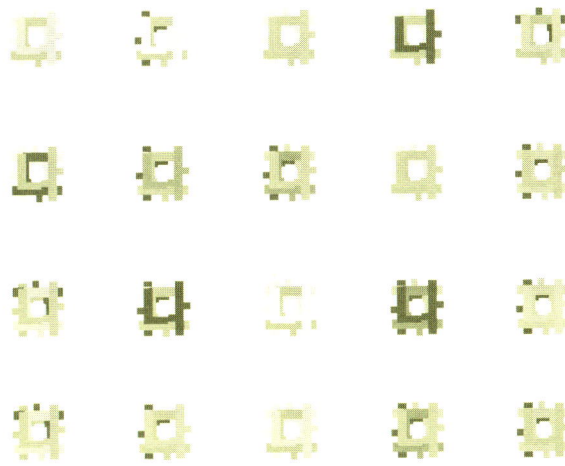

마 루 하 나 벌

마루하나벌

　창가의 바닥에 까맣고 노오란 마루하나벌이 죽은 채 널브러져 있었다. 세 마리 네 마리, 전부 다섯 마리나. 언제 이 방으로 날아 들어와 죽은 것인지 알 수가 없다. 올해의 마루하나벌인지, 5년 전 아니 10년도 더 된 아주 옛날인지.
　가구가 전부 실려나가 어느 방이건 텅 비었다. 쓰레기를 회수해 가는 회사에서 파견된 두 청년이 무표정하게 작업을 계속했다. 한 사람은 일본어가 서툰, 덩치 큰 청년이었다. 엄마와 나에겐 이 청년이 오히려 마음 편했다. 낡고 흠집이 난 가구 하나하나마다 두텁게 달라붙어 있는, 할머니 할아버지로부터 전해지는 우리 가족의 일본어를 쉽게 읽어내지 못할 것 같아서. 아직 쓸 만한 가구는 우리가 먼저 들어내고 친지들에게도 얼마간 나눠주고 남은 가구 가운데, 대형 쓰레기로 버리기엔 아까운 물건을 업자들에게 팔기로 했다. 5백 엔, 천 엔, 이런 액수로라도 그나마 가격이 붙은 가구는 겨우 세 가지뿐이고 나머지는 되레 우리가 수고비를 지불해서라도 막무가내로 트럭에 싣고 말았다.

텅 빈 집을 부숴뜨리는 것은 필시 눈 깜짝할 새 끝난다. 그런데도 이 집을 텅 비게 만드는 건 어찌나 성가셨는지. 그리고 이 집을 가구며 옷, 식기, 이런저런 것들로 뒤숭숭하니 궁색하게 채워가는 세월 동안, 그래도 느릿느릿 이끌어가야 했던 하루하루의 생활이라는 일. 어차피 부서질 집일망정 바닥 청소쯤은 해두고 싶었다. 그리고 나는 발견했다, 잿빛 융단 위에 깜장 노랑 선명한 다섯 마리의 죽은 마루하나벌을.

봄, 철쭉이 필 무렵이면 마루하나벌이 집 주변을 날아다니며 우리를 위협했다. 보통 꿀벌들도 무서운데, 마루하나벌은 꿀벌보다 열 배나 더 크고 털실방울 같은 몸을 한지라, 그런 벌을 화나게 했다간 어떤 낭패를 당할지 알 수 없다. 철쭉 계절에는 달착지근한 꽃내음을 맡으며, 되도록 집 안에 틀어박혀 있었다. 그런데 어찌된 셈인지, 현관 옆 작은 응접실에만 마루하나벌이 잘못 날아 들어와 창문 밖으로 나가고 싶어 몇 마리나 버둥거렸다. 한 마리가 아니라 여러 마리나 미친 듯 유리창에 몸을 부딪치고 있다. 스무 살 내가 기억하는 어느 봄에도. 창문을 열어 도망가게 해주었다. 이미 때를 놓쳐 죽어버린 마루하나벌도 꽤 눈에 띄었다. 하지만 대체 어디서 날아드는 것인지, 짐작도 할 수 없었다. 사람 출입이 거의 없는 방에다 창문도 꼭 닫혀 있었는데. 어딘가 벌이 드나드는 구멍이 있을 거라고도 여겨지지 않는다.

현관 앞에 철쭉 두 그루를 심은 건 할아버지겠지. 어느 틈에 그 철쭉은 현관을 가릴 기세로 크게 자라, 나머지 넋을 잃을 만치 풍성하고 화려한 붉은 꽃을 피웠다. 현관이 그 빛깔로 환했다. 마루하나벌이 모여들기 시작한 게 그 무렵이었을까. 응접실 창문으로 철쭉꽃 사이사이 똑바로 대문과 우편함이 보인다. 철쭉에 날아드는 마루하나벌을 바라보며 매일 우편함을 지켜보던 나 자신의 고통스런 숨결이 내 귓전에 되살아난다. 그건 엄마의 숨결이기도 했으리라. 편지가 배달되는 시간이면 어김없이 이 창문에 다가서서, 엄마가 애타게 기다리던 무언가를 철쭉 저편에 기대했었다. 어쩌면 아빠도, 오빠도. 오빠는 엄마와 내가 이 집으로 돌아오기를 간절히 기다렸을 테니까. 그리고 할아버지와 할머니는 어떠했을까. 밖에서 다가오는 뭔가를 간절히 애타게 기다리는 나날이 있었을까……

어렸을 때, 한밤중에 잠이 깨어 계단을 내려가 거실로 들어갔다. 덧문이 닫힌 거실에는 전등이 켜 있고 오빠가 식탁 앞에 서 있었다. 초등학생이었던 오빠. 저녁식사 때와 다름없이 등이 밝았는데도, 거실은 어둑하니 고요한 물 밑바닥에 가라앉아 있는 듯 보였다. 부엌으로 나온 엄마가 밥솥 뚜껑을 열더니 그릇에 담긴 물에 손을 적셔가며 부산하게 주먹밥을 만들기 시작했다. 식탁에는 이미 열 개 남짓 주먹밥이 만들어져 있다. 엄마 손끝에서 끊임없이 주먹밥이 새로 생겨난다. 오빠는 낮에 입었던 옷차림으로 졸린 듯 그 손끝을 지켜보고 있었다……

이런 기억이 있다. 하지만 꿈이었는지도 모른다. 나와 엄마는 한

때, 다른 곳에서 살았다. 그리고 다시 돌아왔다. 할머니의 장례식이 있었고, 마침내 아빠는 어딘가로 떠나갔다. 할머니 장례식에 대해서도 또렷이 기억나지 않는다. 하지만 이때도 엄마는 셀 수조차 없는 주먹밥을 그저 묵묵히 만들고 있었다. 무한으로 여겨질 정도로 그득한 주먹밥을.

사람이 여행을 떠날 때, 언제라도 우선 넉넉한 음식이 여행의 불안을 씻어주기나 하듯 준비된다. 사람뿐만 아니라 마루하나벌도. 꽃의 꿀과 화분으로 경단을 만들어 땅에 구멍을 파서 그 경단을 묻고, 거기에 알을 낳고는 스스로 떠나간다. 할아버지가 죽은 이 집에 꿀과 화분을 남기고 우리도 지금, 떠나려 하고 있다.

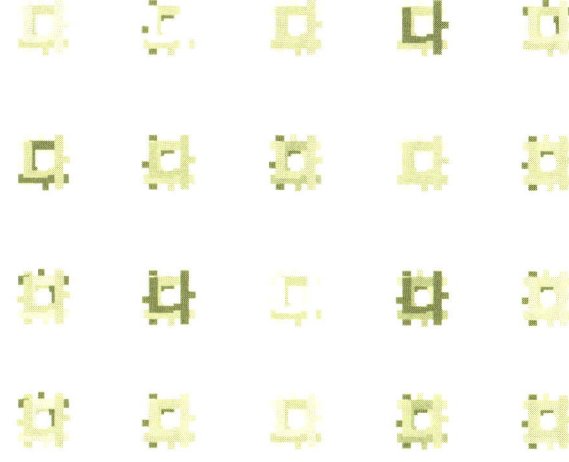

달의 만족

달의 만족

달에 사내아이가 갇혀, 두 번 다시 지상으로 돌아오지 못했다. 달이 밤하늘에 빛을 발하고 있는 한 언제까지나.

처음 듣는 얘기였다. 그리고 나는 이 이야기가 마음에 들지 않았다. 물론 옛날부터 아이누에 전해져온 이 이야기에 내가 트집을 잡는다 한들 아무런 의미가 없다는 것쯤은 충분히 알고 있긴 했지만.

그날 밤, 보름달이 떠 있었다. 누군가가 방 밖에 빛나는 보름달을 눈치 채고는, 그렇지, 오늘이 바로 중추절 보름이야, 하고 말을 꺼냈다. 그래서 달구경을 하기 위해 몇 사람인가 자리에서 일어나 베란다로 나갔다. 세 사람 아니 넷이었나. 나도 그중 한 사람이었다. 약간 불그스레한 둥근 달이, 낮게 하늘에 떠올라 있었다.

보름달밤에는 무슨 일이 생기게 마련이죠, 하고 베란다로 나온 한 사람이 말했다.

여긴 도쿄(東京)예요. 공기가 안 좋아 보름달도 아마 마력을 발휘하진 못할걸요.

나는 웃으며 대답했다.

베란다에서 방으로 우리가 돌아오자 일행 가운데 가장 젊은 한 남자가, 달 이야기로 이런 게 있습니다, 하고 내 쪽으로 얼굴을 돌리며 이야기를 꺼냈다. 그날, 요리를 준비하고 방을 치우고 꽃으로 장식한 나에 대한 배려, 다시 말해 그이 나름대로의 서비스였는지도 모른다. 어쩌면 그 이야기를 여태 나만 모르고 있을 게 틀림없다고 짐작해, 그가 내게 들려준 것인지도 모른다. 다른 사람들은 모두, 그래그래 그 이야기 말이지, 하는 듯 가볍게 끄덕일 뿐 무심히 흘려듣고 있었다. 그렇게 유명한 이야기였던가. 나는 알 수 없다. 더구나 이 이야기를 나는 흘려들을 수 없었다.

이건 홋카이도(北海道)의 아이누에게 노래 형태로 전해져온 이야기의 하나입니다. 그리고 아이누의 이야기에서 주인공 사내아이는 대개 고아라서 누나 같은 여자가 보살펴주고 있는데, 이 짧은 이야기도 예외가 아닙니다.

이런 서두로, 남자의 이야기는 시작되었다.

한 사내아이가, 어떤 여자의 손에 자랐다. 이 사내아이에게 여자는 물을 길어오라고 시켰다. 강으로 내려가 무거운 물통을 날라야 하니까 쉬운 일이 아니다. 사내아이는 그만 부루퉁해지고 말았다. 집 안의 화로며 대들보에다 화풀이를 해대고, 대들보는 인간이 아니라서 좋겠네, 물을 긷지 않아도 되니까, 하면서 밖으로 나갔다. 그런데 그 길로, 아무리 기다려도 사내아이는 돌아오지 않았다. 여자는 걱정이 되어 강으로 사내아이를 찾으러 나갔다. 하지만 보이지 않는다. 여자는 강을 내려오는 물고기들한테 사내아이의 행방을 물었다. 이토우와 송어떼는 가르쳐주지 않았으나, 마침내 연어떼가 가르쳐주었다. 그 아이는 지독한 게으름뱅이어서 그만 벌을 받아 달에게 보내졌노라고. 여자는 하늘을 올려다보았다. 분명히, 사내아이가 물통을 든 채 달 속에 꼼짝 않고 서 있었다……

그러니 젊은 사람들아 게으름뱅이가 되지 말아라, 하는 말로 이 이야기는 끝을 맺습니다. 이와 비슷한 이야기는 다른 데서도 여기저기 남아 있다고 합니다. 예를 들면, 하고 남자는 혼자 이야기를 계속했다. 옆에 있던 사람들도 끄덕이며 줄곧 듣고만 있었다. 방 주인인 선생님도 눈을 감은 채 말이 없었다.

예를 들면, 같은 아이누라도 사할린에서는 사내아이가 여자 아이로 바뀌어 있지요. 물을 길어오라는 말을 듣고 강가로 나간 여자아이는, 달님이 부럽구나 물을 긷지 않아도 되니까, 하고 말했습니다. 그 벌로 여자 아이는 달에게 보내지고 말았지요. 이런 이야기이다 보니 기본적으로는 홋카이도의 이야기와 다르지 않습니다. 사할린에는 예전에 오롯코라고 불리던, 자칭 윌타라는 사람들도 살고 있는데, 거기선 똑같은 이야기이면서 부잣집으로 팔려간 가난한 집 소녀가 혹사당하는 이야기로 전해진다는군요. 가엾은 그 소녀가 어느 달밤에 물을 길러 가야 했습니다. 강가에서 소녀는 울면서 달을 향해 애원했습니다. 이젠 더 이상 살고 싶지 않아요. 달님, 저를 데리러 와주세요. 그랬더니 정말로 달이 지상으로 내려와 물통째로 소녀를 하늘로 끌어올렸습니다. 그래서 소녀는 달 속의 사람이 되었습니다.

남자는 이쯤에서 혼자 끄덕이더니 주위 사람들에게로 고개를 돌렸다. 누군가 바닥에 맥주를 흘려, 황급히 휴지를 찾았다. 그 사람에게 나는 검지손가락으로 곽 티슈 있는 곳을 가리켰다.

말하자면, 하고 남자는 이어나갔다. 이 이야기에서 달에게 보내지는 것이 소녀에겐 구원이 되고 있습니다. 벌이냐, 구원이냐, 어째서 이런 차이가 생기는 걸까요. 난 도무지 이해가 안 됩니다. 위로받는 마음으로 달을 보느냐, 겁을 먹고 바라보느냐 하는 차이이기도 하지요. 기후 조건이 다르기 때문일까요. 구전되는 이야기로서 그 시대의 생활 의식이나 종교관의 영향을 받아 생긴 차이일까요.

남자의 얼굴은 맥주의 취기로 벌게졌다. 내 얼굴도 그이처럼 불그레했겠지. 비뚜름한 앞니가 간혹 드러나는 남자의 입매를, 나는 응시했다.

네프스키의 책에는 미야코지마* 쪽에 전해지는 이야기를 소개하고 있지요.

남자는 혼자 줄곧 이야기를 계속했다.

태양 남편이 자기보다 밝은 달인 아내를 질투한 나머지, 지상으로 밀쳐 떨어뜨립니다. 떨어진 곳이 마침 진흙탕이라 달은 진흙투성이가 됩니다. 지나가던 한 농부가 자신이 지고 있던 물통의 물로 달을 깨끗이 씻어주었습니다. 달은 무사히 하늘로 돌아갈 수 있었지만, 그 이후로 달빛은 어두워지고 말았지요. 달은 지상에서 받은 농부의 친절을 잊지 못해, 그 답례로 농부를 자신이 있는 곳으로

---

* 宮古島: 오키나와 현에 있는 섬.

초대했습니다. 그래서 농부는 달의 사람이 되었습니다. 이 이야기도 달에 초대받은 농부가 행운이라는 사실이 전제되어 있습니다. 그런데 같은 미야코(宮古)라도, 달의 남동생이 지상의 인간에게 그만 실수로 장수(長壽)의 물 대신 죽음의 물을 주어버린 벌로, 물통을 짊어진 채 달 속에 서 있게 되었다라는 이야기도 전해집니다. 제가 받은 인상으로는 벌로 달에 보내지는 이야기 쪽이 한결 그럴듯해 보입니다만, 벌도 구원도 결국은 똑같은 것이라는 사고방식도 있을 수 있고……

아니에요. ……그렇지 않다고 생각해요.

얼결에 말이 튀어나와 나 자신 깜짝 놀라며 당황해서 손으로 입을 막았다.

그렇지 않다니…… 방금 제가 말한 사고방식 말인가요.

나는 난감해져 옆으로 고개를 돌렸다. 주위 사람들도 선생님도 흥미롭다는 듯 나를 지켜보고 있었다. 특별히 할 말이 있어서가 아니었다. 하지만 잠자코 있을 수도 없었다. 가슴의 고동이 빨라졌다.

그게 아니라 그런 벌 말이에요. 아무리 이야기라지만 너무 심한 거 아닌가요. 처음 이야기 말이에요. 다른 이야기는 뭐 괜찮아요. 그런 이야기도 있을 수 있겠지, 하고 납득이 가요. 하지만 처음 이야기는 너무 부자연스럽군요. 어째서 그런 잔혹한 벌을 사내아이가 받아야 하는 거죠? 시키는 일에 조금 불만을 터뜨렸을 뿐인데. 아직 어린애에 불과한걸요. 일하기 싫어하는 건 당연하고 그보다 더 심한 장난질도 얼마든지 하는 법이죠. 사내아이란 다 그렇지요. 더구나 몸이 좀 아팠을지도 모르잖아요. 그런 사정도 전혀 들지 않고 구제불능의 게으름뱅이라고 단정짓고는 달에 가둬버리다니. 게다가 두 번 다시 지상으로 돌려보내지 않다니, 해도 너무 하군요……

숨이 가빠져서, 입을 벌린 채 나는 말을 끊었다. 그리고는 다시 허둥대며 말을 이었다. 남자의 얼굴만을 나는 응시했다. 아직 서른도 채 되지 않았으리라. 가무잡잡한 피부는 매끈하고 눈가에도 주름이 없었다. 이쯤에서 이 남자에게 미소 짓고 주위 사람들을 안심시켜 이야기를 마무리 지으면 좋았을 텐데, 그럴 수가 없었다.

마치 정말로 있었던 사건인 양 받아들이는 것이 바보스럽긴 하죠. 제 말이 엉뚱하게 들릴 수도 있겠죠. 하지만…… 자꾸 신경 쓰여요. 어째서 어린아이를. 아이들에게 들려주기 위한 이야기라서? 그렇다 하더라도, 사내아이가 달에 보내진 뒤 어떻게 되었는지, 지상에 남겨진 엄마 같은 여자는 어떻게 되었는지, 그런 게 걱정되지 않는단 말인가요? ……아니, 그런 게 아녜요. 방금 전까지 아무 탈 없이 잘 놀던 사내아이가 참으로 느닷없이, 영문도 모른 채 혼자 달에 가둬지고 말았어요. 마치 유리 구슬 속에 들어간 것처럼 모든 소리로부터 멀어지고 말았어요. 아무도 없어요. 오로지 혼자일 뿐. 이토록 가슴 저린 일은 상상조차 하기 싫어요. 그런데도 어째서 이런 이야기가 남아 있단 말인가요. ……미안해요, 저 자신 무슨 말을 하려는 건지 잘 모르겠어요……

바보같이, 목소리뿐만 아니라 몸도 떨려왔다. 나는 어째서 편안한 자리의 분위기를 싹 가시게 하는 말밖에 못 하는 거야. 스스로에게 화가 나 진저리를 치며 나는 고개를 숙이고 말았다.

……장롱 위에 쌍안경이 있을 겁니다. 이번 기회에 달그림자를

봐두는 게 어떨까요, 모처럼 보름달이 떴으니.

묵직하고 빠른, 선생님의 목소리가 들렸다. 장롱 옆에 있던 누군가가 곧장 일어나 검은 쌍안경을 찾아들더니, 고개 숙인 내게 다짜고짜 내밀었다. 수염이 터부룩한 선생님의 얼굴에 눈길을 주고 나서 나는 그 쌍안경을 받아들었다. 무거운 구식 쌍안경이었다.

……어때요, 같이 보시겠어요?

쑥스러운 웃음을 지으며 자리에서 일어나, 나는 남자에게 말했다.

네, 그러죠……

남자는 미소를 띠며 일어섰다. 그 동작에 맞춰 방 안에 있던 사람들도 줄줄이 자리에서 일어났고, 마지막으로 다리가 불편한 선생님까지 베란다로 나왔다.

맨 먼저 남자가 쌍안경으로 달을 확인하고 다른 한 사람도 확인하고 나서, 쌍안경은 선생님의 손에 건네졌다. 도움이 필요한 선생님이 쌍안경을 얼굴에 갖다대는 사이, 두 청년이 양쪽 겨드랑이에서 선생님을 부축했다. 체구가 자그마한 선생님은 젊은 두 남자 사이에서 말라깽이 아이처럼 보였다.

아아, 깨끗하게 보이는군요. 오래도록 보질 못했습니다. 저 그림자를, 사람들이 줄곧 그토록 궁금해했군요.

선생님의 시원스런 말씀에, 모두 제각기 끄덕였다.

쌍안경이 다시 우리들 손에 돌아왔다.

아무래도 토끼 같지는 않은걸. 어렸을 때, 달에는 토끼가 산다고 주위에서 모두들 말했지만 내 눈에는 도무지 달에 토끼가 있을 것 같지 않아, 혼자만 밀려난 듯 기분이 언짢았던 적이 있어요.

누군가 말했다.

게도 아니잖아. 어떤 나라에선, 달에 게가 산다지 아마.

다른 누군가 말했다.

바람 없는 밤이었다. 그래도 반소매 블라우스 차림으로는 꽤나 쌀쌀하게 느껴졌다.

드디어 내 손에 쌍안경이 돌아왔다. 달의 위치를 우선 재확인했다. 달은 아까보다 조금 더 높아진 것 같았다. 붉은 기운은 옅어지고 하얀빛이 많아졌다.

보름달을 쌍안경으로 보는 건, 내게 처음이었다.

처음엔 좌우의 눈과 쌍안경 렌즈가 맞지 않아, 달이 하나의 물체로 떠오르지 않았다. 안타까운 심정으로 쌍안경의 이음매 각도를 바꾸거나 오른쪽 눈만으로 작은 물체를 보는 사이, 돌연 쌍안경 속의 시야가 넓어지면서 희게 빛나는 크고 둥근 것이, 한복판에 나타났다. 민둥민둥한 환한 표면에는 검은 무늬가 선명하게 떠올라 있었다. 그게 달의 분화구crater 그림자인 줄 나는 물론 알고는 있었지만, 검은 그림자가 너무나 선명해서 달의 표면에 달라붙은 검은 생물체로밖에 보이지 않았다.

검은 생물체 —즉, 검은 인간의 아이가 거기에 있었다. 앞을 보고 있는지 뒤를 보고 있는지는 알 수 없다. 그저 온통 까맣게 보일 뿐이니까. 아이의 커다란 머리가 약간 기울어져 있다. 양팔을 앞뒤로 내밀어 무거운 듯, 물통처럼 보이는 물건을 매달고 있다. 까만 아이는 금방이라도 달의 표면에서 두 손의 물통을 내던지고 제멋대로 춤이라도 출 것 같았다. 혹은 물통의 무게에서 벗어나지 못한 피로와 슬픔으로, 달을 뒤흔들 만치 온몸을 떨면서 하염없이 울고 있는 것 같기도 했다.

달그림자가 얼마나 인간의 아이 모습을 닮았는지, 그때까지 나는 전혀 모르고 있었다.
　달의 아이한테서 곧 눈을 떼고, 옆에 있던 누군가에게 쌍안경을 넘겨주고 나서 방 안으로 돌아왔다. 하찮은 분화구 그림자에, 그리움도 슬픔도 느끼고 싶지 않았다.

　그러고 나서 한 시간 정도 지났을 무렵, 그날 선생님을 방문한 다섯 사람이 자리에서 일어나 문으로 향했다. 달의 아이 이야기를 들려준, 다섯 가운데 가장 젊은 남자를 불러 세워 나는 물었다.
　아까 누군가의 책이야기를 하시던데. 어떤 이가 썼고 또 그 책 제목이 뭔가요?
　남자는 친절하게 출판사의 이름까지 종이에 써서 내게 건네주었다.
　그리고 아이누의 이야기 말입니다만, 저도 정확하게 기억하는 건 아닙니다. 원래 그 이야기 자체가 오랜 세월에 걸쳐 아이누에게 구전되어온 이야기이다 보니 자연히 떨어져나간 부분이 있을지도 모릅니다. 그러니까 아무래도 어정쩡한 이야기가 되고 말았다고도 생각할 수 있겠지요.
　그런 건 말씀하시지 않아도 알아요, 하고 나는 적이 초조하게 대답했다. 그보다도, 하고 덧붙여 말했다. 아이누의 사내아이 이야기도 직접 상세히 알고 싶으니까, 참고가 될 만한 책이 있으면 그것도 가르쳐주세요.
　젊은 남자는 웃으며 자신의 수첩에서 한 장 더 종이를 찢어내어, 세 권의 책 이름과 저자 이름을 적었다.

죄송하지만 출판사까지는 잘 모릅니다. 하지만 도서관에서 조사하기엔 이 정도로 충분하겠지요. 그밖에 좀더 도움이 될 책이 있을지도 모르겠는데, 제가 아는 건 이 정돕니다.

두 장의 쪽지를 손에 쥔 채, 나는 문가에서 다섯 손님을 배웅했다.

방으로 돌아오니, 선생님이 의자에 앉은 채 주변의 식기를 치우고 있었다. 곁으로 다가가 선생님의 따스한 머리를 어루만지며 나는 중얼거렸다.

······피곤해요.

선생님의 목소리가 들려왔다.

······괜찮겠어요? 직접 조사하는 건 좋은데 조심해요. 염려가 되는군.

네에······ 괜찮을 거예요, 아마.

나는 대답하고 선생님 곁에 다가앉았다. 이번에는 선생님이 내 머리를 천천히 쓰다듬어주었다.

당신이 모르는 사람들뿐이어서 힘들었지요? 요리도 여러 가지 만들어줘서 고마워요. 전부 맛있었어. 그 사람들도 틀림없이 나에 대해 이젠 안심했을 테지. 옛날에 영어를 가르쳐주었을 뿐인데 이따금씩 놀러 와선 혼자 사는 내가 어떻게 될지 내내 걱정들 했으니까.

나는 눈을 감고 끄덕였다. 두 장의 쪽지를, 여전히 꼭 쥐고 있었다.

주말에 나는 역 앞의 구립(區立) 도서관으로 가서 우선 네프스키의 책을 빌려왔다. 정작 중요한 사내아이 이야기는 겨우 두 줄로 요약되어 있어 실망했다. 하지만 바로 반납하기가 좀 아쉬운 마음에, 해설이며 다른 부분들을 읽고 나서 도서관에 반납했다. 러시아 혁명으로 인해 2년 예정이었던 일본 유학이 14년으로 길어지고, 그 사이에 일본 여성과 결혼해 아이도 생긴 네프스키라는 러시아인의 소개는, 내게 선생님을 연상시켰다. 물론 선생님은 러시아인도 아니고, 일본에서 러시아로 돌아가 스탈린의 숙청으로 총살당하지도 않았지만.

이런 러시아 사람의 이름을 아세요? 하고 나는 선생님에게 물어보았다. 알고말고, 옛날엔 아주 유명한 사람이었지, 하고 선생님이 심드렁하니 대답하기에 나도 그만 입을 다물고 말았다.

집 근처 도서관에는 남자가 가르쳐준 아이누 신요(神謠) 책 가운데 두 권밖에 없었다. 그중 한 권은 백과사전만 한 큰 책이었다. 선생님에게 보여드리자, 이 한 권만으로도 당신한텐 충분할 거요, 정말 훌륭한 책입니다, 하고 만족스레 대답했다. 그래서 우선 두 권의 책을 꼼꼼히 읽어보기로 했다.

선생님의 소개로 시작한 외자계(外資系) 사무소 일을 그만둘 수는 없고 해서, 조금씩 읽어나가기로 했다. 게다가 나는 아이누의 신요라는 것에 대해 거의 아는 바가 없었다. 아이누의 신요에 대해서, 라는 긴 문장을 우선 읽어야 했고, 아이누 문학의 개요라는 어려운 서론(序論) 또한 눈여겨 읽어야 했다. 생각해보면, 애당초 나는 아이누 사람들의 역사조차 잘 모르고 있었다. 새삼 깨닫게 되었다. 하지만 나는 어서 사내아이 이야기 속으로 들어가고 싶었다. 이 이야기를 머리에 넣고 나서, 순서는 거꾸로가 될지언정 아이누 사람들에 대한 책을 계속 읽어나가는 수밖에 없다고 마음먹었다. 어차피 나는 더더욱 궁금해질 게 뻔했다. 달에 갇혀버린 사내아이가 아이누 사람이니까. 그 사내아이 이야기를 구전으로 옮겨 내 귀에까지 간접적으로나마 이르게 한 사람들이 아이누이니까.

아이누 신요는 아이누 말로 가무이·유카라, 라고 한다. 유카라라는 이름으로 알려진 서사시 가운데 신요는 신의 유카라, 즉 신들이 자신의 이야기를 스스로 들려주는 형식을 지닌 서사시이다. 내가 읽은 한 권의 책은 이런 문장으로 시작되었다.
신요에는 반드시 제각기 상이한 후렴구가 뒤따른다. 신요는 노래로 불리는 것이므로 노래하는 이가 박자를 맞추기 위해서도 후렴구가 필요할지도 모른다. 혹은 어떤 신(神)이 부르는 노래인지 듣는 이가 쉽게 알아듣기 위한 표시 역할을 하는 건지도 모른다. 이런 식으로 책에 씌어 있었던 건 아니고, 이건 나 자신의 감상에 불과하다. 옛날에는 제의(祭儀) 때 춤과 더불어 노래로 불렸으며 후렴구는 그 흔적이다, 라고 책에는 적혀 있었다.
신요의 주인공인 신들은 동물, 물고기, 새, 식물, 불, 천둥, 바람 등 모든 자연계의 존재이며 그만큼 신요의 수도 많다. 신요는 원래 신들의 노래임에도 이 가운데는 인간의 노래도 있으며, 또한 아이누가 아닌 와진(和人), 즉 일본인의 노래도 있다. 달에 간 사내아이 이야기도 그중 하나인데, 그러나 누가 부른 것인지는 알 수 없다고 한다. 신요의 끝부분은, 이와 같이…… 신이 스스로 이야기했습니다, 라고 으레 끝맺게 마련인데 이 신요에는 그 부분이 누락되어 있다. 하지만 이야기 내용으로 보건대, 사내아이를 키워준 누나나 여인네가 이야기하는 게 분명하다. 아이누 서사시의 영웅들은 예외 없이 천애(天涯)고독하며, 엄마 대신 그런 여성들의 보살핌으로 자라났다.

하지만 이런 설명으로는, 나는 되레 혼란스럽다. 달에 갇혀버린 사내아이는 영웅이 아니다. 그냥 게으름뱅이일 뿐. 그게 아니라면, 달이라는 특별한 장소로 막무가내로 보내졌으니까 이런 진기한 체험 덕택에 영웅과 다름없는 대우를 받게 된 것일까.

이 신요에는 지방에 따라 적어도 세 종류의 후렴구가 있다.

오와이 · 오와이 · 투-루루케 · 오와이

알 수 없어, 알 수 없어라고 계속 말한다, 라는 의미.

산타토리파이나

곁에 선 채 꼼짝도 안 해, 라는 의미.

마나이타산케 · 토리와 · 훔!

도마 곁에 우뚝 서 있네, 그것! 이라는 의미인 듯.

산타토리파이나 헤카치 · 네 · 쿨(소년에게)

산타토리파이나 치 · 왓카타 · 레(**나**는 물을 길어오라 시키는데)

산타토리파이나……

이런 식으로 노래한다.

백과사전처럼 큰 책의 일본어 번역은 이 산타토리파이나라는 후렴구가 붙는 지방의 신요를 싣고 있는데, 다음과 같은 이야기를 들려준다.

……그런데, 도통 싫다기에 **나**는 난처해진다. 사내아이는 이러하다. 화로 받침대를 마구 두드리며 말하길, 부럽구나! 화로 받침

대는 인간이 아니니까 물도 긷지 않아. 그리고는 화로를 마구 두드리며 말하길, 부럽구나! 화로는 인간이 아니니까 물도 긷지 않아. 그 다음엔 문기둥을 마구 두드리며 말하길, 부럽구나! 문기둥은 인간이 아니니까 물도 긷지 않아. 그리고 오두막 기둥을 마구 두드리며 말하길, 오두막 기둥이 부럽구나! 인간이 아니니까 물도 긷지 않아.

그리고 사내아이는 강 쪽으로 내려가더니 아무리 기다려도 돌아오지 않는다. 마침내 **나**는 사내아이를 찾으러 강가로 나간다. 어디에도 보이지 않는다. 그림자조차 없다.

그래서 강을 따라 걷다가, 먼저 이토우떼를 만난다.

사내아이를 못 보셨나요?

내가 묻자, 그들은 이렇게 대답한다.

사내아이가 있는 델 알지만 말하기 싫어. 인간들한테 가면, 하마 입! 하마 입! 하고 놀리니까 속상해서 가르쳐주기 싫어.

그리고는 강을 내려가버린다.

조금 지나 아메마스떼가 온다.

사내아이를 못 보셨나요?

내가 묻자, 그들은 이렇게 대답한다.

인간들한테 가면, 점박이! 점박이! 하고 놀리니까 속상해서 사내아이 있는 데를 말하기 싫어.

그리고는 강을 내려가버린다.

나는 계속해서 걷는다. 이번엔 송어떼가 온다.

사내아이를 못 보셨나요?……

나는……흥분된 목소리로 물었다. 아마, 흥분된 목소리였으리

라. 안개비가 내리는 쌀쌀한 밤이었는데도, **내** 등과 이마는 땀으로 젖어 있었다. 네 살 난 사내아이예요. 방금 전까지 금붕어 낚시에 푹 빠져 있는 줄 알았는데, 정신을 차리고 보니 그만 보이지 않아요. 이렇게 많은 사람들 속에서 아무리 불러봐도 그 아이 귀엔 들리지 않겠죠. 어디로 갔는지 짐작도 할 수 없어요. 물론 사격장 오두막도 도깨비집도 다 살펴보았어요. 아무 데도 없어요. 푸른 추리닝을 입었어요. 가슴에 스누피 그림이 있어요. 그 아인 스누피를 좋아하죠. 만화에 나오는 개 말예요. 그 아이가 돈을 가졌을 리는 없어요. 겨우 네 살인걸요. 그야 말대꾸도 하고 장난꾸러기지만 그래도 아직 어린 아기나 마찬가지예요. 혼자 집으로 돌아올 수도 없어요. 글쎄 **우린**, 일부러 버스를 타고 이 축제에 온 거예요. 도쿄의 축제를 보고 싶어서. 그 아인 대체, 어디에 있는 걸까요? 아무도 가르쳐주지 않아요.

    사내아이가 있는 데를 알지만 말하기 싫어. 인간들한테 가면, 썩은 고기! 썩은 고기! 하고 놀리니까 속상해서 가르쳐주기 싫어.
    그리고는 송어도 강을 내려가버린다.
    한참 더 강을 따라 걷자니, 연어떼가 온다.
    사내아이를 못 보셨나요?
    내가 묻자 연어는 이렇게 대답한다.
    인간들한테 가면, 신어(神魚)! 신어! 하고 불러주는 게 고마워, 사내아이가 간 곳을 가르쳐드리죠. 사내아이는 멀고도 높은 곳으로 갔습니다……
    ……**나**는 걸음을 멈추고 높은 곳을 올려다보았다. 겨우 알전구

하나로 불이 밝혀진 신사(神社)의 돌계단 꼭대기. 마치 수직으로 곧추서 있는 듯한 가파른 돌계단이었다. 안개비가 내리고 있었다. 돌계단은 젖어 있었다. 내 아들애가 돌계단을 마저 오른 곳에 서서, 돌계단 밑의 사람들을 내려다보고 있었다. 그 돌계단은 몇 단이나 되었을까. 표면이 반질하니 닳은, 길고도 가파른 돌계단이었다. 그때, 몇 사람이나 돌계단을 오르내리고 있었을까. 그리 많지는 않았다. 그 아이의 자그만 모습이 돌계단 밑에서 또렷이 보였으니까. 그 아이의 주변에는 아무도 없고, 혹여 그 아이의 발이 미끄러지기라도 하면 당장 누군가의 손에 도움도 받지 못한 채 그대로 떨어지고 말 것 같아, 위험한데, 라고 내가 생각했으니까. 위험해, 라고 생각했다. 그 아이를 마침내 찾았으니 반갑기도 했다. 그래서 손을 흔들며 나는 큰 소리로 그 아이의 이름을 불렀다. 그 아이가 알아챌 때까지 두 번, 세 번. 위험해, 라는 생각으로 그 아이가 놀라지 않게 조용히, 직접 돌계단을 올라가 그 아이를 내 품에 끌어 안는 배려를, 나는 미처 떠올리지 못했다. 내 눈에 들어온 그 아이의 웃는 얼굴. 나도 웃었다. 그런 다음, 그 아이의 몸이 흔들리더니 기우뚱 곤두박질치며 나를 향해, 물고기가 퍼덕거리듯 돌계단을 떨어져내렸다. 아무 소리도 들리지 않았다. 돌계단 옆의 석탑에 부딪혀 꿈쩍도 않는 그 아이한테 달려가, 아이의 몸을 나는 안아올렸다. 낮잠 자는 아이를 깨우듯, 억지로 일으켜세우려 했다. 일으켜세울 수만 있다면, 그 아이가 잠에서 깨어나리라고 믿으며. 바보짓이야, 가만 놔둬요, 하는 소리가 들리고 나는 누군가의 손에 밀려났다. 낯선 사람들에 둘러싸여 자고 있는 그 아이의 몸을, 나는 보았다. 나 역시 몸을 꼼짝도 하지 못했다. 목소리도 나오지 않았다.

그 아이를 둘러싼 낯선 사람들은 쭈그린 채 고개를 숙였다. 누군가의 울음 소리가 들렸다. 울음 소리가 주변에 점점 많이 들렸다. 그 아이는 더 이상 살아 있지 않았다. 이렇게 해서 그 아이를, **나**는 스스로 죽이고 말았다.

사내아이는 게으름뱅이어서 물 긷는 물통을 든 채 어두운 밤, 신 곁에 서 있어야 하는 벌을 받게 되었지요. 저어기, 보세요.
연어가 이렇게 말하기에 밤하늘을 올려다보니, 연어의 말대로 사내아이는 자신의 물통을 들고 달 속에 서 있었다⋯⋯
⋯⋯**나**는 울 수도 없었다. 너무나 갑작스럽고 너무나 기묘한, 황당한 결과였다. 어째서 그 아이가 달에 가야만 한단 말인가. 그 아이가 무슨 짓을 했기에. 길을 잃을지도 모르니까 나를 꼭 붙잡아. **내**가 몇 번이나 일렀는데도 그 아이는 **내**게서 떠나가고 말았다. 하지만 원인을 따지자면, **내**가 그날 밤, 그 아이를 축제에 데리고 가지 말았어야 했다. 깜빡 그 아이한테서 한눈판 건 바로 **나**였다. 그 아이를 돌계단에서 떨어뜨린 것도, 그 아이의 몸을 억지로 움직여 어쩌면 아직 남아 있었을지도 모르는 그 아이의 목숨의 가능성을 난폭하게 빼앗아버린 것도 다름아닌 엄마인 **나**였다. 설마 제 아이를 죽이게 되리라곤 생각지 못했다. 이토록 엄청난 일이 실제로 벌어지고 말았다. 이제 돌이킬 수 없다. 달에 보내지고 갇혀 있어야 하는 건 그 아이가 아니라 **나**인 것을. 달은커녕, 더 멀고 캄캄한 별에 갇혀진들 겁날 게 없다. 그런데 겨우 네 살밖에 안 된 그 아이가 달에 갇히고 말았다. 그 어떤 벌을 가해서도 안 될 고작 네 살짜리 아이가 혼자, 언제까지나 달에 머물러 있어야만 한다. 아무

런 이유도 없이. 할망구, 똥구멍 같은 상스런 말을 재미있어 하고, **내** 말을 통 듣지 않는 아이이긴 했지만 오히려 그런 구석이 귀여웠고, 물론 그 아이 역시 그런 식으로 **내**게 응석을 부린 것이다. 자신에게 무슨 일이 벌어진 건지, 그 아이도 어리둥절했겠지. 퍼뜩 정신을 차려보니 이미 달 속에 있었다. 무척 조용한 곳인걸, 하고 생각했을까. 아무도 없다. 움직이려 해보지만 움직일 수 없다. 선뜩하긴 해도 주위가 반짝거려 그리 춥지는 않다. 목소리도 나오지 않는다. 그 아이는 자신이 달에 갇히게 된 사실을 이해할 수조차 없다. 이상하게 여기지도 않는다. 달 속에서는 아무런 고통도 없고 배가 고프지도 않고 졸음도 느끼지 않으니까. 엄마는 어디로 갔을까, 돌계단 밑에서 부르고 있었는데 또 어디론가 가버렸어, 나를 찾는 게 서투니까, 하고 처음엔 어렴풋이 생각할지도 모른다. 하지만 점차 이런 생각도 하지 않게 된다. 정말 그럴까. 유리처럼 투명한 둥근 벽이 그 아이를 감싸고 있고, 벽 밖의 어둠 가운데 푸르스름하니 빛나는 커다란 둥근 물체가 떠 있는 게 보인다. 푸른 부분과 하얀 부분, 반짝반짝 빛나는 부분이 언제나 천천히 움직이고 있어 지루하지가 않다. 얼마나 아름다운지! 그 아이는 그것이 자신이 태어난 지구라는 사실도 모른 채, 행복한 마음으로 홀린 듯 바라본다. 정말로 그렇게 그 아이는 달 속에서 지내고 있을까. **나**는 달 속의 그 아이가 무엇을 보고 무엇을 느끼고 무엇을 원하고 있는지, 알고 싶다. 하지만 **나**는 상상조차 할 수 없다. 아니다. 상상하는 것이, **나**는 무섭다.

그 어떤 누구도 아닌, 엄마인 **내**가 죽이고 말았으니 그 아이는 지구에서 아직도 살아 있는 **나**를, 아무리 괴롭히고 상처 입히고 저주한들 괜찮다. 그것은 그 아이의 당연한 권리임에 틀림없다. **나**는 계속 기다렸다. 어떤 상처, 어떤 고통을 그 아이는 **나**를 위해 떠올릴까. 하지만 그 아이는 엄마인 **나**, 자신을 죽인 **나** 따윈 까맣게 잊어버렸다는 듯, 아주 작은 아픔조차 **내**게 주지 않았다. 그 아이는 신사의 돌계단 위에서 **나**를 향해 줄곧 웃고만 있을 뿐이다. 웃고 있는 그 아이는, **내**게 고통을 주지 않음으로써 **내**게 고통을 주고 있다. 태어나기 전부터 엄마인 **나**를 용서하는 듯한 미소에, **나**는 위로받고 그리고 궁지에 몰린다. 지구에 남겨진 **나**의 형제와 친지, 어느 누구도 **나**를 나무라지 않고 오히려 **나**를 동정해주었다. **나**는 말없이 그 동정을 받았다. 어째서 나를 나무라지 않는 걸까 하는 기묘한 기분으로, 그 동정에 기대었다. 당신이 있었는데도, 하고 그 아이의 아빠는 **내**게 등을 돌린 채 몇 번이고 말했다. 내가 있었으니까, 하고 **나**는 그 아이 아빠의 말을 정정했다. 내가 없었다면 그 아이는 죽지 않았을 텐데. 그 아이의 아빠는 3년 뒤, **나**를 떠나갔다. 그 아이를 위한 재(齋)를 지낼 때는 연락하지, 하고 그 아이의 아빠는 **내**게 말했다. 그 아이가 있는 달에, **나**도 가고 싶었다. 그 아이가 나를 불러준다면 좋으련만, 하고 바랐다. 하지만 그러한 용서를 그 아이가 **날** 위해 생각해줄 리가 없다. 그 무렵부터 **나**는 겨우 체념하기 시작했다. 달을 쳐다볼 수밖에 없는 지구에, **나**는 남겨졌다. 그러한 벌이, **내**게 주어진 것이다. 지구에 남아 지구와 함께 회전하며 현기증 속에서 그 아이의 용서를 계속 바라는, 단조롭고도 안타까운 벌. **나**는 이렇게 생각하며 우선 혼자만의 생활을 시작했다. 하지만 이 지구에서 계속 살다 보면 참 많은 일들이 생긴다. 가까운 사람이 예기치 않게 죽기도 한다. 큰 사고로 단숨에 많은 어른과 아이들이 죽는다. 지구 곳곳에서 전쟁이 벌어지고 수많은 어른과 아이들이 죽는다. 살해당한다. 달에 갇혀버린 그 아이에겐 이런 지구는 보이지 않는 걸까. 아이를 잃어버린 어른들의 울음 소리가 지구 표면에 울려퍼진다. 하지만 그런 울림 속에, 작은 기쁨도 찾아온다. 지난해, **내**가 선생님을 만나게 된 것도 그 하나였다. 그 아이가 달에 갇히고 나서 8년이 지났다. **나**의 아버지의 친구분이셨다는 선생님을, 어느 날 만났다. 학원에서 영어를 가르치면서 번역도 하시는 선생님이 어느 나라 사람인지, 처음에 **나**는 알지 못했다. 그때까지 지인의 사무소에서 아르바이트를 하고 있던 **내**게, 선생님은 새 일을 소개해주었다. 그리고 다리가 불편한 선생님이 혼자 지내시기엔 여러모로 일손이 필요할 테죠, 라며 **나**는 멋대로 눌러앉고 말았다. 선생님 곁에 있으면, **나**는 회전을 거듭하는 지구에 겁먹지 않아도 되었다. 서른일곱이라는 자신의 나이를 떠올리고 여러 가지 음식의 맛도 떠올렸다. 하루의 일을 끝내고 잠자리에 파고드는 기쁨도 떠올렸다. ······나를 죽이고서도 여전히 그토록 자신의 기쁨이 소중해? 아냐, 그 아인 이런 말을 **내**게 하지 않아. ······선생님 곁에는 아무도 없었다. 그 사람은 오래도록 어딘가 먼 나라에 가 있었지, 하고 **나**의 오빠가 말했다. 그 나라의 여성과 결혼해 아이도 있었어. 일본으로 돌아올 마음은 없었겠지. 그런데 그 나라에 쿠데타가 일어났어. 군(軍)의 독재정치가 시작되고 선생님은 일본으로 도망쳐온 거야. 혼자만. 나중에 아내와 자녀들을 어떻게든 불러들일 작정이었는데, 1년이 지나고 2년이 지나도록 꼼짝도 못한 채 선생님은 죽 혼자셨지. **나**의 오빠도 이 이상의 사정은 모른다. 선생님도 그 나라에서 있었던 일을 이야기하지 않는다. 수년 전, 그 나라의 군사정권이 무너졌음에도 가족의 행방을 확인하러 갈 마음이 내키지 않는 모양이다. 아이들은 몇이 나 되었을까, 하고 **나**는 때때로 선생님의 등에 귀를 댄 채 상상해 본다. 하나, 둘, 아니면 셋. 선생님의 아이들은 지금쯤 어디에 있을 까. 선생님이 떠나온 뒤에 살해되었다라고는, 가령 이것이 가장 있 을 수 있는 일이라 할지라도, 상상하고 싶지도 않다. ……나를 죽 이고서도, 아직 그런 말을 해? 그 아이의 목소리. 이런 식으로 엄 마는 늘 정말로 소중한 것에서 계속 도망만 다니잖아. 그렇지 않 아, 하고 **나**는 대답한다. 글쎄, 네게서 도망치려 해봤자 도망칠 수 없잖니. 그게 아니라, 선생님 곁에 있으면 **나**보다 훨씬 많이 죽여 버린, 적어도 아내와 아이를 죽인 그런 사람도 있다는 생각에 마음 이 놓여. 어쩌면 얼토당토않은 틀린 생각일지도 모르지만. 선생님 이 실제로 어떤 사람인지, **나**는 모른다. 지방에서 고등학교에 다닐 때의 아버지 이야기를 들려주시니까, 선생님이 아버지의 친구분이 라는 사실은 틀림없는 모양이다. 선생님의 영어를 듣고 있으면 외 국 어딘가에서 오랫동안 살았다는 것도 사실일 거라는 느낌이 든 다. 선생님의 일본어가 부자연스러운 것도 그 때문이겠지. 일본에 돌아오시긴 했어도 일본인으로는 돌아오지 않았다는 생각 때문이 아닐까, 하고 **나**는 멋대로 해석한다. **나**는 선생님에게 꼬치꼬치 물 어볼 수는 없다. 하지만 **나**는 선생님에게 그 아이 이야기를 한다. 이걸로 충분하다, 라는 생각이 드는 것이다. 선생님의 얼굴에 **나**는 위로받는다. 위로받고, 그 순간 그 아이가 **나**를 지켜보고 있다는 생각에 숨이 가빠진다. ……엄만 나를, 왜 죽였어? 난, 이렇게 아 무것도 들리지 않는 곳에 혼자 있단 말야. 난 이런 델 오고 싶지 않앉어. 그 아이의 목소리. 아니다. 이건 **나** 자신의 목소리다. 달에 갇혀버린 **내** 아이는 말이 없다. 넌 어째서 아무 말도 하지 않니? 그곳이 마음에 드니? 지구보다 훨씬 좋은 곳이니? 그래서 그곳에 있으면, **내**게 고통을 주는 따위 시시한 생각도 사라지는 거니? 난 데없이 달에 보내지고 달에 갇히고 말았는데, 네겐 아무런 불만도 없니? **나**는 그 아이에게 묻고, 스스로 곧 지워버리고 싶어진다. 어째서 자신에게 편리한 말밖에 생각해내지 못하는 걸까. ……그렇지 않아, 난 엄마의 자식인걸. 엄마가 제일 좋아. 엄만 내 거야. 오직 나 혼자만의 것. ……아무래도 그 아이는 용서해주지 않는다. **나**는 선생님의 몸에 매달리지 않을 수 없다. 아내와 아이들을 죽인 선생님의 몸. **내**가 모르는 나라에서 어느 순간, 잇달아 죽은 아이들의 작은 몸이 들어차 있는 선생님의 몸에 뺨을 대고 귀를 갖다붙인다. 부드럽고 따스한 아이들의 몸. 그제야, **나**는 졸립다. 아이들은 언젠가 꼭 용서해주겠지, 뜻하지 않은 때에, 뜻하지 않은 형태로. 이렇게 믿는 만큼, 아마 용서받겠지, 라고 어렴풋이 생각하면서. 마치 달이 차고 이우는 것에 맞추듯, **우리**는 서로의 몸을 이따금 보듬어 안는다. **나**의 몸에도 죽은 아이들의 작은 몸이 빼곡히 들어차 있다.

산타토리파이나 미래의 인간들이여! (다네 · 오카 · 아이누!)
산타토리파이나 이 이야기를 서로 교훈으로 삼기를. (에 · 우파카슈누 · 얀)

아이누의 이 신요는 여기서 끝난다.

선생님에게 이 신요를 읽어드렸더니, 선생님은 내게 말했다.

이제 곧 다시 보름달이 되겠지.

나는 끄덕여보이고, 베란다의 유리문을 열었다.

물의 힘

물 의 힘

일전에는 편지 주셔서 고맙습니다. (스스로 생각해도 너무 예의 바르군요!) 아주 건강해졌고 엄청 젊어진 것 같아 저도 이젠 마음 놓고 오로지 공부에 전념할 수 있게 되었어요, 라고 단 한 번만이라도 좋으니 이렇게 전 진지하게 말해보고 싶어요. 하지만 조금씩 안정되고 있는 건 사실이에요.

저 역시 빨리 답장을 써야지 생각했었는데 그때 이후로 어느새 넉 달이 훌쩍 지났군요. 여름방학도 아르바이트로 눈 깜짝 할 사이에 지나가고 말았어요. 전화로 언제든지 이야기할 수 있다고 생각하면, 편지를 써야지 하고 마음먹기가 좀처럼 쉽지 않아요. 전화요금이 많이 들어 현실적으로 전화를 실컷 사용할 수 있는 것도 아닌데. 물론 이건 제 변명에 불과해요. 귀찮아서 그만 편지 쓰는 걸 자꾸 다음으로 미루고 말아요. 일단 쓰기 시작하면 멈출 수가 없어서 세계에서 제일 긴 편지가 될 것 같다는 이유도 있지만요.

아무튼 저도 씩씩하게 하루하루 지내고 있습니다 (그럭저럭). 올해는 무지 재미있는 세미나도 시작되었어요. 엉망진창 무슨 소린지 알 수 없는 '쟈리'라는 사람의 연극을, 다같이 엉망진창 일본어로 번역하는 세미나예요. 교토(京都)나 아오모리(青森)의 말이 튀어나오기도 해서 늘 웃음바다랍니다. 그 밖에 옛날 종교가의 문장이나 역사 관련 논문을 읽기도 하는데 이런 건 지루하기 짝이 없어요. 금세 졸려요. 수다 떠는 치들이 많아 교수의 목소리가 안 들릴 정도로 시끄러운 통에, 저처럼 수면 중인 사람과 교수에겐 아주 성가시죠.

3학년이 되어 대학 건물이 번잡한 곳으로 옮긴 것도 그리 달갑지 않은 일입니다. 지금껏 사실 통학하기가 힘들긴 해도 휴강 때라든가 점심 시간에 어슬렁 돌아다닐 수 있는 잡목림이 대학 부지 안에 있어 거길 가면 무척 조용해서 편안했었는데, 이번 건물에는 그런 도피 장소가 전혀 없어요. 사람들이 연신 북적대는 안뜰이나 학생 식당, 이런 곳밖에 없어 피곤해요. 학교에서 한 발짝 밖으로 나가면 버스며 트럭이 늘 정체된 큰 길이고. 일곱 살이 될 때까지 시골에 있어선지 역시 전 도시 사람은 될 수 없나 봐요. 시골이 그렇게 좋은 건 아니지만.

그건 그렇고 요전 편지에, 댐 바닥으로 가라앉은 마을의 초등학교 종소리가 한밤중에 들려온다는 소문이 지금 그곳에선 파다하다, 라고 쓰셨지요. 20년 전에 가라앉은 학교인데 새삼스레 어째서 그런 소문이 나는 걸까요. 20년 전이라면 제가 태어난 해. 제겐 아주 옛날이지만 어른들에겐 대수롭잖은 햇수인가요.

물속에서 어떻게 종소리가 울리나? 그 마을에 물이 흘러들었을 때 갓난아기와 할아버지가 어딘가에 뒤처지고 말았다는 이야기(이것도 소문?)를 듣고서도, 평소의 저라면 이런 종류의 이야기는 곧바로 의심하고도 남았을 텐데, 똑같은 이야기를 책에서 막 읽고 난 참이어선지, 이번엔 괜히 기분이 울적해지고 말았습니다.

어째서 이런 우울한 이야기가, 하나만 해도 충분하련만 짝으로 내 귀에 들려오는 걸까. 도쿄에 있어도 지하철 터널 깊숙이, 그리고 지하도 통풍구에서 물속 종소리가 들려오는 듯한 느낌이 들어요. 무슨 소린지 알 수도 없는 나직한 소리가 늘 귓전에 울립니다.

책에서 읽은 건 다름아닌 학교 숙제로 마지못해 읽었을 뿐인데, 프랑스 브르타뉴 지방에 전해지는, 바다 밑으로 가라앉은 마을의 전설입니다. 마을 이름이 '이스'라네요. Is라고 쓰는 모양인데 어쩐지 이상한 이름. 태풍이 치는 날에는 파도 사이로 교회의 뾰족한 탑 꼭대기가 보이고, 잔잔한 날에는 그 교회의 종소리가 들려온다는군요. 이 이야기, 들은 적 있어요? 일본에서도 잘 알려진 전설이라고 교수는 말했는데, 전 전혀 몰랐어요. 어째서 바다 밑으로 마을이 통째로 가라앉았는지는 적혀 있지 않지만, 엄청난 태풍이 몰려와 해일이 덮치고 강물이 넘쳐 홍수가 생기고, 더구나 지반이 약해 마을이 송두리째 고스란히 바다로 휩쓸려나간 건지도 몰라요. 옛날 일이니까 수많은 사람들이 죽었을 테죠. 하지만 뾰족한 탑이 있는 교회가 세워졌던 걸로 봐선 그리 오래된 이야기도 아닌 듯. 아무래도 이 이야기엔 모순된 구석이 있어요.

그렇긴 해도 마음에 걸리는 건, 바다 밑에서 울리는 종이 죽은 사람들을 위해 울리는가, 살아 있는 사람들을 위해 울리는가 하는 점이에요. 그리고 댐 밑바닥의 초등학교 종은? 호숫가에서 노는 살아 있는 아이들을 불러모으고 있는 걸까요. 물에 가라앉고 싶지 않았던 읍내며 마을의 귀신이, 울음 소리 대신 그리고 아이들을 부르는 소리 대신 종을 울리고 있는 걸까요. 그런 종소리, 무슨 일이 있어도 전 절대 듣고 싶지 않아요. 정말로 들어본 사람은 얼마나 될까요.

그곳은 듣기보다 훨씬 불편한 산골 마을이군요. 가게가 하나도 없어 1주일에 한 번 행상이 왔을 때만 물건을 살 수 있다니, 요즘 시대에 믿기지 않아요. 지금은 길이 좋아져서 읍내까지 자동차로 나가면 뭐든지 살 수 있고 다방이나 영화관에도 갈 수 있다지만, 그건 자신의 차가 있고 나서의 이야기겠죠? 게다가 겨울엔 길을 차단한다고 하니. 맙소사, 대체 무얼 먹고 살아가는지…… 낡은 농가에 혼자 살면서 정말이지 아무렇지도 않아요? 아무리 우리가 13년 전에 살던 읍내에서 가까운 곳이라 해도, 그래도 자동차로 두 시간이나 걸리는 거리인 데다 마을에 아는 사람 하나 없이, 단순히 생각해보면, 도쿄에서 지내던 사람이 느닷없이 그런 산골로 달랑 혼자 떠나가다니, 이런 엉뚱한 이야기가 또 있을까요. 더 이상 젊은 여자도 아니고. 하지만 바로 젊지 않기 때문에, 믿기지 않는 일을 제격 해치울 수 있는 걸까. 직물 따위 제겐 아무런 흥미도 없지만, 유우즈루* 이야기도 아닐 테고, 굳이 그런 산골로 갈 것까진 없

---

* 夕鶴: 민담 '은혜 갚은 학'에서 구상을 따온 희곡. 자신의 목숨을 구해준 사람에게 학은 아름다운 부인으로 변신해 훌륭한 옷감을 선물하지만, 남편의 욕심 때문에 다시 학이 되어 날아간다.

잖아요, 하고 전 아직 투덜대고 싶어질 때가 있답니다. 하긴 그런 전통 공예(?)를 아주 조금이나마 계승하려는 마음가짐은 신통하달까, 훌륭하다고는 생각하지만.

　각자 혼자만의 생활을 시작한 지 어느새 9개월이 됩니다. 그쪽도 이런저런 일들이 있었으리라 짐작하지만, 그렇게 끈질기던 두통이며 현기증이 완전히 나았다고 하니, 산으로 간 것이 결코 나쁜 선택은 아닐 테죠. 역시 그건 스트레스였군요. 밤에도 깊이 푹 잠들고 식욕도 나서 조용한 산 생활로 힘이 넘치고 열 살은 젊어졌다니, 너무 멋져요! 하지만 진짜 고생은 이제부터겠죠? 처음 맞는 올겨울, 자칫 집 안에서 동사(凍死)하는 일이 벌어지면 곤란해요. 먹을 걸 구하지 못해 굶어 죽기 직전에 이른다든가. 산골의 밤은 깜깜해서 사람도 차도 지나다니지 않고, 게다가 호수 바닥에선 종소리가 들려올 테죠? 너무 무서워서 그만 엉엉 울어버리는 일은 없나요? 혼자선, 외로워요. 저도 혼자이긴 마찬가지지만, 마흔다섯에 처음으로 산골로 혼자 떠나버린 사람하곤 다릅니다.

　마을을 떠나는 사람들은 있어도 새로 이사해오는 사람은 좀처럼 없으니까, 마을 어른들이 친절히 대해주고 자동차도 얼마든지 태워주고 일손도 도와준다고 적었는데, 조심하지 않으면 이상한 소문이 나서 마을에서 쫓겨나고 말아요. 도쿄에서 온 여자가 혼자 살기 시작했다는 사실만으로도 어쩐지 수상쩍다고 여길 게 뻔하니까. 애지중지 돌봐준다기보다 경찰을 당하는 건지도 몰라요.

　도쿄에 있는 제가 걱정한들 소용없지만, 겨울이 머잖았으니 아무래도 조금은 걱정이 됩니다. 아무쪼록 무리하지 마세요. 산골의 겨울이 지겨워 도쿄로 돌아온대도 전 비웃지 않아요. 고집피울 건 없어요. 그쪽의 생활에, 솔직히 말해, 전 동경하고 있답니다. 부러워, 나도 대학 따윈 그만두고 산으로 가고 싶다고, 만약 제가 이런 말을 꺼낸다면 어떡하실 거죠? 그냥, 농담이에요. 하지만 저랑 함께 살 수 있을 만큼, 농가는 넓을 테죠?

아빠한테는 변함없이 한 달에 한 번, 돈을 받으러 갑니다. 처음엔 아기를 보는 게 재미있었지만 이젠 아기한테도 질렸어요. 제 남동생이라는데 전혀 다른 곳에서 크는 아이인걸요, 남의 집 아이나 마찬가지예요. 어려워 말고 좀더 자주 놀러 오렴, 아빤 제 얼굴을 보면 으레 쑥스러운 듯이 이렇게 말합니다. 제가 어려워 할 까닭이 어디 있겠어요. 이번에 들어온 아빠의 아내는 착실하고 요리도 잘하는 사람이지만, 아직 무슨 이야기를 해야 할지 모르겠어요. 그래도 아빠와 사이가 좋으면 그걸로 족하고 저는 되레 아빠를 위해 기뻐하고 있는데도 아빤 여전히 마음이 켕기는지, 영양가 있는 걸 못 먹는 게 아니냐, 돈이 부족하지 않느냐, 새 옷이 필요한 게 아니냐는 등 입에 발린 말만 하시는 통에 안절부절못해요. 남자 부모란, 한번 거리가 생겨버리면 정말이지 꼴불견이 되고 말아요.
아빤 전혀 특별한 일을 벌이신 게 아녜요, 하고 요전에 만났을 때도 더 이상 참을 수 없어 말해버렸어요. 요즘엔 이런 일쯤 아주 보통이니까. 제가 아는 사람들 대부분이 죄다 부모가 헤어졌어요. 실은 우리집도 그래, 같은 말은 창피해서 아예 꺼내지도 못할 만큼 이런 일쯤 평범한 거니까.
정말이지 깜짝 놀랄 이야기지만, 진짜예요. 형편없는 세상! 더구나 대체로 엄마 쪽이 먼저 독립선언을 하죠. 이혼하지 않고도 부모가 집 안에서 별거 상태인 친구도 있고.

 "내성(內省)이 회의(懷疑)의 마지막 단계로 우리를 데려갈 때, 여성의 의식 속에 있는 선(善)과 미(美)에 대한 본능적인 긍정은 우리에게 그지없는 기쁨을 주며, 우리를 위해 단숨에 문제를 해결해준다. ……아름다운 덕을 지닌 여성은 우리의 거대한 정신적 사막 위에 호수와 버드나무가 심겨진 산책길로 인도하는 신기루이다."

 바다 밑으로 가라앉은 마을이 나오는 아까의 책에는, 이런 거만한 문장도 나옵니다. 여기서 '우리'라는 의미는 남자들인가 봐요. 150년 전에 이 책을 쓴 프랑스인은, 시대와 더불어 여성도 마침내 '회의'에 사로잡혀 '우리의 거대한 정신적 사막'에 가담하게 될 줄은, 꿈에도 상상해본 적이 없을 테죠.

 고교 시절의 제 친구 중 하나가 집 안에 틀어박혀 아무도 만나지 않고, 대학에도 가지 않고, 전화도 안 받는 상태로 지낸 지, 석 달이 다 되어갑니다. 가끔 우리집에도 놀러 오곤 했던 덩치 크고 웃기는 얘기만 늘어놓던 그 여자애예요. 그 친구 어머니의 부탁으로 2주일 전에 만나러 갔었어요. 그 어머닌 저뿐만 아니라 고교 시절의 동창생들에게 줄줄이 부탁하는 모양이에요. 친구의 집은 야오스(八王子)에서 버스를 타고 20분이나 더 가야 합니다.
 자신의 공부방에서 친구는 제게 신문 기사 쪼가리를 하나하나 보여주며, 직접 읽어나갔습니다.

미국 인디애나 주(州)에서 여객기가 추락, 68명의 사망자가 확인되었다.

68명의 사람들! **나**는 또 이만큼의 사람을 죽이고 말았어.

알제리아 서부 지중해 연안의 마을 무스타가남에 있는 묘지에서 폭탄이 폭발, 5명이 사망, 17명이 부상했다. 사망한 다섯 명은 모두 어린이였다.

어린이들이 다섯 명이나.

야마가타(山形) 현에서 일부 목조로 된 2층 주택 148평방미터가 전소(全燒). 불탄 자리에서 장녀(12세), 차남(8세)으로 보이는 시체가 발견되었다.

아아, 어떡해. 또 어린이 둘을 죽이고 말았어. **내**가 멍청하니까.

나이지리아 동부 아난브라 주의 오니차 근교에서, 관광버스가 유조차와 충돌, 화염에 휩싸여 승객 60여 명이 불에 타 숨졌다.

60명!

인도 북동부 아삼 주에서 노선버스가 호수에 추락, 승객 등 적어도 50여 명이 사망했다.

대체 얼마나 늘어날 셈인지.

필리핀 중부 민도로 섬 부근이 진원(震源)인 강도 7의 지진으로 47명의 사망자를 확인. 7할이 어린이의 익사체라고 한다.

아이들이 하필.

홋카이도 아바시리(網走) 국도에서 승합차와 대형 트럭이 충돌. 이 사고로 승합차에 타고 있던 어머니(37세)와 장남(9세), 차남(6세), 장녀(2세) 등 4명이 온몸을 부딪쳐 사망했다.

모두 죽어간다, **나** 때문에.

보스니아·헤르체고비나 남부 도시 모스탈에 포탄이 날아들어, 한 소녀가 사망하고 어린이 6명이 부상.

아아, 또다시. 내가 아닌, 다른 여자애를.

지중해 연안에서 기록적인 폭우가 쏟아져, 각지에서 하천이 범람하는 동시에 가옥이 붕괴되고 여기저기 도로가 끊어졌다. 이탈리아 전역에서는 적어도 32명이 사망, 10여 명이 행방불명. 프랑스 남쪽, 스페인, 모로코 등지에서도 모두 22명이 사망했다고 전해진다.

너무 많아!

이집트 중부 아수트 현(縣) 두룬카에서 석유 저장 탱크가 낙뢰로 폭발, 불붙은 기름이 집중호우로 넘쳐난 빗물 위에 퍼지면서 흘러내려 마을 전체에 화재가 발생했다. 현지의 병원에서 사망자 390명이 확인되었다. 그 외에 같은 현에서 60명 이상 사망.

너무 많아! 너도나도 죽어버린다.

친구는 침대 위에서 울음을 터뜨리고, 자꾸만 신문 기사를 오려냅니다. 자신이 아무런 목적도 없이 대학에 다녔기 때문에, 남자친구와 단둘이 몰래 여행을 갔기 때문에, 초등학생 때 부모님께 너무 응석을 부렸기 때문에, 자신이 여자의 몸을 하고 있기 때문에, 그렇기 때문에 너무 많은 사람들이 아직 죽을 때가 아닌데 죽어간다. 어떻게 하면 더 이상의 희생자를 내지 않을 수 있는지, 자신도 알 수 없고 아무도 답을 모른다.

하지만 이건 모두 너와는 아무 상관이 없는 사고야. 네게 책임이 있을 리 없잖니. 우리는 아무것도 할 수 없는 보통 사람이니까, 전

세계에서 잇달아 발생하는 사고 따윈 몰라도 돼. 자신을 위해 사는 것만으로도 힘겨워. 이것도 쉬운 일이 아냐.

　내가 이렇게 말하면 친구는 순순히 고개를 끄덕이며 내게 웃어 보였습니다. 하지만 두 시간 후에는 자신이 모은 신문 기사를 또다시 일그러진 표정으로 만지작거립니다.

　친구의 어머니는 이미 몇 번이나 신문 쪼가리를 없애려 애썼다는군요. 하지만 의지할 신문이 없어지면, 딸이 더 끔찍하고 더 엄청난 비극을 두려워하는 진짜 환자가 되고 말 것 같아, 쪼가리를 내다버리지 못했어요.

　어떻게 하면 좋을까요, 누구와 의논해야 할까요, 라는 친구 어머니의 말에 저 역시 모르긴 마찬가지여서, 글쎄 어떻게 하면 좋을까요, 라고 중얼거리며 고개를 떨구는 수밖에 없었습니다.

　친구의 아버지는 병원에 데려가야 한다는 말을 했다고 하니까, 지금쯤 병원 치료를 받고 있을지도 모르겠어요.

　그렇긴 하나, 신문 기사만 봐도 매일매일 얼마나 많은 사람들이 끊임없이 죽어가고 있는지요. 친구의 신문 쪼가리를 보고 있는 사이, 저도 마음이 아파 울어버리고 싶었어요.

　대학의 같은 반 여자애는 소문에, 두 남자친구 문제로 고민하다 다른 대학의 건물에서 뛰어내려 죽어버린 일도 있었습니다. 대학 축제가 시작되기 직전이었어요. 소문을 곧이 믿을 수는 없겠지만, 그 여자애가 죽어버린 건 사실이에요. 그녀는 학교에 오지 않았고 그녀와 친하게 지낸 이들이 학생 식당에서 울고 있었어요.

다른 여자애는 대학에 적을 둔 채, 서른 살이나 연상인, 즉 할아버지뻘 세무사와 결혼하고 말았습니다.

여름방학이 끝나갈 무렵, 지난 학기의 노트를 복사하고 싶다는 부탁에 그녀의 집까지 노트를 갖다주러 갔습니다. 저녁식사를 대접하겠다는 약속이었어요. 신주쿠(新宿)에서 한 시간 남짓, 예쁜 창문이 달린 하얀 집에 살고 있었어요. 세무사가 원래 살던 집이라더군요.

그녀는 약속대로 저녁식사를 준비해 기다리고 있었어요. 저와 세무사가 식탁에 앉자, 그녀는 어딘가에서 어린 소녀를 데려왔습니다. 말라깽이에다 아마 예닐곱 살 정도라 짐작했는데 잘 모르겠어요. 마치 고양이처럼 나비, 라는 이름으로 부르더군요. 저한테 소개도 해주지 않고 소녀에게 인사도 시키지 않길래 그 아이에 대해 물어보기도 힘들어져, 끝까지 저는 겉으로만 미소 지었을 뿐 똑바로 그 아일 쳐다볼 수도 없었어요. 차라리 고양이였다면 훨씬 편하게 이야기를 나눌 수 있었을 텐데.

아주 묘한 소녀였습니다. 무슨 주머니 같은 천을 몸에 두르고 있을 뿐, 머리카락도 푸석푸석하고, 얼굴이며 손에도 무슨 얼룩인지 아무튼 온통 지저분했어요. 방에 들어오자마자 빙글빙글 뛰어다니고 테이블 밑으로 기어들고 찬장 안에 들어가려 하질 않나, 하지만 누군가와 얼굴이 마주치면 앙증맞게 웃습니다. 세무사가 아이의 몸을 안아올려 의자에 내려놓고, 접시의 요리를 소녀 얼굴에 갖다 댔습니다. 소녀는 끄덕이며 커다란 입을 벌려 제 손으로 성급히 먹기 시작했습니다. 그래서 우리도 식사를 시작했어요.

식사 중에 세무사가 이따금 소녀의 머리를 쓰다듬거나 어깨를 안으면, 소녀는 기쁜 듯 웃음 소리를 내며 수프와 소스가 잔뜩 묻은 얼굴을 세무사의 가슴팍에 마구 비벼댑니다. 세무사의 대학생 아내도 익숙한 손놀림으로 테이블에 어질러진 고기를 접시에 담거나, 소녀의 손이며 입을 닦아줍니다. 소녀는 한참을 요리와 장난치며 계속 먹기만 했습니다. 절반 이상을 바닥이나 테이블에 떨어뜨리다 보니, 아무려나 소녀의 입에 들어간 요리는 겨우 조금뿐이었던가 봅니다. 하지만 세무사나 대학생 아내도 그걸 신경 쓰는 것 같지는 않더군요. 소녀에게 억지로 음식을 먹이기란 무척 힘든 일인지도 모릅니다.

세무사가 소녀를 다시 안아올리더니 그대로 어디론가 데려가버렸습니다. 이제 잠잘 시간이 되어, 그가 목욕을 시키고 잠을 재운다는 거였어요. 그 사이, 저는 역까지 대학생 아내의 배웅을 받으며 돌아왔습니다.

전 아무 말도 하지 않았는데, 그녀는 제가 말했을지도 모르는 말에 응답하듯 혼자 이야기를 시작했습니다.

……난, 이래도 아주아주 만족해. 나도 그이도 그리고 아이도. 하루하루 굉장히 즐거워. 그렇게 보이지 않을진 몰라도. 물론 힘들긴 해. 학교 공부도 해야 하고 식사 준비도 해야 하고, 가끔 아이는 밖으로 달아나기도 하니까. 나의 부모님은 부모님대로 여전히 날 데려가고 싶어하셔. 나 스스로도 어째서 일이 이렇게 되버렸나 믿기지 않을 때가 있어. 하긴 아직 학생인 주제에 쉰을 넘긴 남편에다 저런 아이까지 딸렸으니. 전처가 떠난 뒤로 그인 정말 힘겨워했어. 더구나 외롭고 불안했었지. 나도 그땐 여러 가지 일들로 피로웠고. 6개월 전 일이야. 집이 넓으니까 당장이라도 와, 그러는 거

야. 그래서 바로 그 집으로 갔어. 그랬는데, 그 애가 있는 거야. 깜짝 놀라긴 했지만 그 애는 그이의 일부분이기도 하니까 짜증낼 수는 없는 일. 아주 기쁜 마음으로 **난** 그 애와 친해졌어. 거짓말 아냐, 진짜라니까. 다른 아이들과 터울이 많이 진 그 애를, 그이는 무척 귀여워해서 다른 사람 손에 맡기고 싶어하지 않았어. **내**가 오기까지는 파출부를 두고 있었지만. 가까워지기만 하면, 그렇게 귀여운 애도 세상에 없을 거야. 정말이야. 고집도 부리지 않고, 징징거리지도 않아. 하지만 그이의 전처는, 미처 귀엽다는 생각도 들기 전에 녹초가 되고 말았어. 낳고 싶은 마음이 전혀 없었던 네번째 아이였으니까. 그래서 그 애만 떼놓고 가버렸어. 어쩔 수 없었겠지, 생각해. 원래 몸도 건강한 편이 아니었어. 여긴 절대 안 와. 큰 애들은 가끔 돈을 받으러 오곤 해. 고등학생, 전문대생, 회사원. 모두 아들. **나**한텐 별로 말을 안 해. 뭐, 당연하지, 그 애들은 **나**랑 거의 나이 차가 없으니까. **나**도 내 아이를 낳을 거야. 지금은 아직 학생이니까 대학을 졸업하고 나서. 둘 정도. 셋을 낳아도 좋겠지만 그이가 벌써 쉰이니까, 둘 정도로 끝내는 게 좋겠지. 그 애도 계속 돌봐줘야 할 테고. 그 애 일은 그이가 전부 결정해. **난** 모르겠어. 시키는 일은 뭐든지 해. 정말이야. 하지만 괜한 참견은 안 해. **나**한텐 그럴 권리가 없어. 무책임하곤 달라. 힘닿는 데까지, **난** 그 아이를 보살피고 있어. 거짓말 아냐, 진짜라니까. 누구에게나 한계는 있잖아? 그 아슬아슬한 한계점에서 하루하루 지나가고 있어.

 나는 말없이 듣기만 했습니다. 소녀한테 무슨 문제가 있는지도 물어보지 못했습니다. 상관없는 제가 알게 된다 한들, 아무런 도움도 줄 수 없으니까요. 하물며 소녀를 다루는 데 대한 의문점 따윈.

아무리 에둘러 말한다 해도 물어볼 수 없습니다. 저와 동급생인 아직 스무 살의 그녀에겐, 고양이가 아닌 한 인간인 어린 소녀를 끝까지 지켜줄 수 없는 게 아닌가 하는 말을. 게다가 어쩌면, 아무것도 모르는 제가 괜스레 불안해할 뿐, 소녀에겐 아무런 문제가 없을지도 모릅니다. 그렇게 믿고 싶다고, 저 역시 간절히 바라고 있습니다만.

그녀의 초조하고 재빠른 목소리에 섞여, 실제로 제가 듣지 못했던 소녀의 목소리가 들려옵니다. 호수 밑, 그 종소리처럼.

……엄마, 어디 계세요? 왜 오지 않아요? **난** 언제까지 계속 기다려야 해요? **내**가 모르는 사이, 무슨 일이 생겼어요? 집 안이 온통 깜깜해요. 아무것도 안 보여요. 아빠가 있으니까 무섭진 않지만 맨날 밤 같고, 그래서 맨날 졸려요. 듣고 싶은 소리가 들리지 않아요. 나뭇잎 소리. 새 소리. 벌레 소리. 시계 소리. 엄마 발자국 소리. 창문이 안 열려요. 창문 저편에, 물이 덩어리져 있어요. 커다란, 엄청 큰 덩어리예요. 엄마, 어디 계세요? 이젠 **날** 안아주지 않아요? 공기가 서서히 줄어들고 있어요. 아빠가 있으니까 괜찮지만. 창문을 열었으면. 엄마, 어디 계세요? **난**, 숨을 못 쉬겠어.

아까 인용한 책에는 이런 문장도 씌어 있었습니다.

"……하지만 자신을 위로하기 위해, 우리가 참고 견디어온 것들을 생각하기로 하자. 우리에게 남겨진 시대가 아무리 나쁘다 한들, 우리는 아직 다음과 같이 말할 수 있으리라.

금후로부터 한층 괴로움을 견디게 될 자들이여, 신은 여기에도 마침표를 내려주시리니. (원문에서, 이 부분은 라틴어)"

그야 그렇겠지 싶지만, 그렇다고 해서 쉽게 기분이 밝아지지는 않습니다. 어째서 이 세상에는 괴로운 일이 이토록 많은 걸까요.

"······세계의 목적은 정신의 발달이다. 그리고 정신 발달의 첫째 조건은, 자유이다. ······진리는, 남이 뭐라 하건 모든 가설보다 훌륭한 것이다. 사물이 한결 똑똑히 보이게 되었다는 사실은 결코 후회할 일이 아니다. 인류의 획득 자본인 진리의 보고를 늘리는 일에 힘씀으로써, 우리는 우리의 경건한 조상의 후계자가 될 것이다."

이런 문장도 있습니다.
하지만 '정신의 발달'로부터, 저는 도망치고 싶습니다. '자유'로부터, '진리'로부터도.

실은, 1주일 전에 저는 잠시 죽었습니다. 겨우 10초 정도. 횡단보도를 건너다 신호가 바뀌는 바람에 그만 허둥지둥 발이 꼬여 넘어지고 말았어요. 감색 대형 트럭이 달려와, 제 몸을 깔아뭉개려 했어요. 이렇게 죽어버리면 창피해서 싫어, 그런 생각이 들었습니다. 몸 전체가 갑자기 번쩍이는가 싶더니 그러고는 숨이 멎고 말았어요. 눈을 떴을 때, 저는 누군가의 팔에 안긴 채 트럭 앞에 여전히 누워 있었어요. 그동안이 겨우 10초쯤 된 것 같아요. 트럭은 제 몸을 건드리지도 않아, 저는 찰과상 하나 없었어요. 하지만 몸에 힘이 쭉 빠져나가 도저히 일어설 수 없었어요. 목소리도 나오지 않았죠. 전, 마치 바다에 빠져 허우적대는 사람 같았어요.

친절하게도 누군가가 불러준 구급차로 저는 병원으로 옮겨져 약을 받고, 다음날 아침까지 실컷 잠을 잤습니다. 그리고 아파트 방으로 혼자 돌아왔어요.

전혀 걱정하실 건 없어요. 전 아주 건강해요.

하지만 그때부터 전 신호등을 건널 수 없게 되었습니다. 옆으로 차가 지나다니니까 인도를 걷는 것조차 무섭고 싫지만, 가능한 한 차도에서 멀리 떨어져 등을 돌리고 있으면 그럭저럭 견딜 만해요. 학교까지 가는 데에 신호를 세 군데나 건너야 해요. 그래서 학교에는 갈 수 없게 되고 말았어요. 먹을 게 없어지면 굶어 죽을 테니, 가장 가까운 편의점에만 다니고 있습니다.

앞으로 며칠 지나면, 틀림없이 예전처럼 돌아오겠죠. 앞으로 열흘. 앞으로 20일. 어쩌면 앞으로 1년.

하지만 방 안에서도 차소리가 들려요. 무거운 물덩어리가 밀려듭니다. 전, 숨을 쉴 수가 없어요. 커다란 물덩어리가 끊임없이 저를 향해 다가옵니다. 짓눌릴 것 같아요. 방 안이 깜깜해요. 창문이 열리지 않아요. 소리가 물덩어리 깊숙이에서 들려옵니다. 숨쉬기가 괴로워요. 괴로워서, 목소리 대신 눈물이 흐릅니다.

어머니.
무서워요.
어머닌 지금, 어디 계세요?

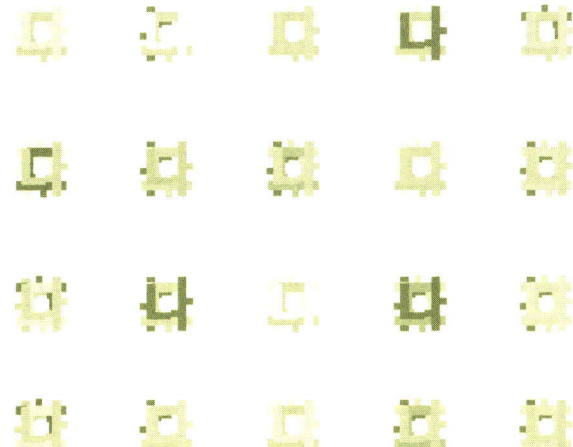

매미 소리

매미 소리

― 매미가 울지 않는 곳에서 살고 싶구나. 아빤 여름이 되면 늘 이런 말을 하셨죠. 기억나세요? ……

딸이 팩스로, 이렇게 적어보냈다.

시차가 있어서 일본에 전화 걸기가 힘들어요. 게다가 전화 요금을 생각하면 요즘 시대에 팩스 한두 대 정도는 쉽게 살 수 있잖아요, 라며 우기는 딸 덕택에 그런 물건에는 통 관심도 없다가 결국 딸이 캐나다에서 사용할 것도 포함해, 팩스 두 대를 사야 하는 처지가 되고 말았다. 딸이 캐나다에 있는 학교로 떠나가고, 연락용 팩스까지 사용하게 되다니, 참으로 희한한 세상이 되고 말았다고 한탄할 지경이지만, 실은 딸의 말이 옳다고 수긍이 간다. 캐나다 남극이고 간에, 기껏해야 같은 지구 아닌가, 하고 여기게 되었다. 편지도 잊지 말고 보내. 우표가 붙어 있고 편지지에 바로 글씨가 적힌 편지가 난 역시 좋아, 하고 딸한테는 괜한 잔소리를 해주고 싶어서 늘 하는 말인데, 나 또한 딸에게 편지 한 통 쓴 적이 없다. 여태껏 전통적으로 편지를 써온 어머니마저, 요즘은 팩스로 자신의 편지를 캐나다로 보내기 시작했다.

― ……아빠 지금도 매미가 울지 않는 곳으로 가고 싶다고 생각하세요? 제가 어렸을 땐, 어째서 아빠 매미가 싫어요? 하고 물었었죠. 그러자 아빤, 글쎄 시끄럽잖니, 시끄러운 게 싫어, 라고 대답했어요. 기억나세요? 아빠한테 그런 말을 듣고선, 매미가 아니라 제 목소리가 시끄럽다고 하신 것 같아 전 그만 실쭉해지고 말았어요.

그땐 매미가 엄청 많았었죠. 올여름은 어때요? 가고 싶었는데 갈 수 없게 되어 너무 실망이에요. 애매미가 우나요? 쓰르라미는? 참매미, 기름매미는? 매미 허물을 전, 모으고 있었어요. 매미 울음 소리에 눈을 뜨고 매미 소리를 들으면서 밥을 먹었어요. 밖에서 놀고 다다미 위에서 낮잠을 잤어요. 여름 내내 매미 울음 소리를 몸에 걸치고 몸으로 호흡하고 그리고 매미와 함께 저도 몸을 떨어댔죠. 그런 느낌이 들어요.

그랬으니까, 매미가 없는 곳에서 살고 싶다고 아빠가 중얼거렸을 때, 전 깜짝 놀라 어째서? 하고 되묻고 싶어진 거예요. 몇 번이고 똑같은 아빠의 말을 듣고도 그때마다 어째서? 하고 전 되물었어요. 어째서? 매미가 없는 곳이면 틀림없이 인간도 살지 않는 곳이에요. 아빤 그런 쓸쓸한 곳에 가고 싶으세요? 아마도 전, 아빠에게 이런 식으로 말하고 싶었던 거라 생각해요.

그런데 아빠, 참으로 놀랍게도 여름이 되어도 여기선 매미가 울지 않아요. 이렇게 추운 곳엔 매미가 없다는군요. 전혀 진기한 일은 아니고, 즉 생물에는 기후에 따른 분포라는 것이 있다는 거예요. 들고 보니 당연한 얘기였어요. 그렇다면, 아빤 얼마든지 매미가 울지 않는 곳에서 실제로 살 수 있어요. 정말로 그러고 싶다면, 말예요. 매미가 울지 않는 곳은 얼마든지 있어요.

여기 사람들은 매미를 모르니까 매미 울음 소리가 들리는 여름을 동경한답니다. 저 역시 이런 여름은 무척 쓸쓸해요. 처음에 어째서 쓸쓸한 건지 알 수 없었죠. 여기도 여름엔 상당히 덥고, 밤이라 해봤자 대개 서너 시간밖에 안 돼요. 새벽 4시쯤 뙤약볕이 방으로 비쳐들면, 매미 울음 소리가 귀에 쟁쟁해요. 아아, 이제야 매미가 울기 시작했구나 하고 침대에서 벌떡 일어나면, 매미 소리가 사라지고 말아요. 어디에서고 매미 따윈 울지 않아요. 서운해서 울고 싶어져요.

매미가 울지 않는 여름은 쓸쓸해요. 전 싫어요. 아빤 어째서 매미가 울지 않는 여름이 좋으세요? 어머, 제가 또 똑같은 질문을 하고 말았네요. 이유는 뭐, 아무래도 좋지만, 아빠 마음만 내킨다면 언제든지 매미가 울지 않는 곳으로 가실 수 있다는 것을 전 말하고 싶었을 뿐.

전 매미 울음 소리가 지금, 너무나 그리워요……

여름이 되어도 매미가 울지 않는 멀고 낯선 곳에, 딸은 지금 가 있다. 새삼 그렇게 생각하니, 나까지 아주 조금 쓸쓸한 기분이 되고 말았다. 하지만 매미는 시끄러울 따름이다. 게다가 묘하게 사람과 비슷한 소리를 내지른다. 뻔뻔스럽기 짝이 없다. 화가 나서 매미를 뒤쫓는다. 그러나 맨손으로는 좀처럼 잡히질 않는다. 간신히

잡아보면, 이파리 한 장보다 가벼운 쬐끄만 한 마리 곤충. 너무나 작고 여린 곤충이라, 죽이고 싶은 마음도 없다. 내 손 안에서 매미는 자지러지고, 그리고 여느 때보다 한층 더 큰 소리가 울려퍼진다. 그 소리를 참을 수 없어, 나는 매미를 놓아준다. 뭔가 잘못된 거야, 하고 나는 근처 나무를 향해 날아가는 매미를 지켜보면서 혼자 투덜대지 않을 수 없다. 저리도 쬐끄만 곤충이 그토록 엄청난 소리를 줄기차게 낼 수 있다는 게 도무지 이치에 맞지 않는다. 그렇다면 울지 않는 암매미는 신경 쓰이지 않느냐 하면, 그건 그대로 매미답지 못하다는 생각에 부아가 난다. 매미란, 여름에 죽어라 울어제쳐야 하는 법이다.

나는 매미를 싫어하지는 않는다. 좋아한다 싫어한다는 둥, 매미 따위에 이런 감정을 가질 턱이 없다.

매미가 울지 않는 곳에서 살고 싶구나. 분명 그렇게 말한 기억이 있다. 한 번이 아니라 몇 번씩.

무더운 여름날 오후, 그때까지 흘려듣고 있던 매미 소리에 문득, 귀뿐만 아니라 눈도 입도 코도 꽉 막혀버릴 것 같은 느낌이 들었다. 그만 해. 이젠 숨이 막혀. 이렇게 소리치는 대신, 매미가 울지 않는 곳에서 살고 싶구나, 라고 나는 중얼거렸다. 그랬던 것 같다.

매미가 없는 곳엔, 인간도 없어요.

딸의 말도, 내 기억에 남아 있다. 딸은 기억이 안 나는 모양이지만, 실제로 내게 이 말을 툭 던졌다. 그때의 딸아이 표정이며 목소리도 기억한다. 혀가 아직 제대로 돌아가지 않는 주제에, 인간, 어쩌고 하며 어려운 단어를 사용하길래 등골이 오싹해졌다. 내 얼굴을 똑바로 쳐다보며 아랫입술을 깨물었다. 긴장했을 때의 딸애 버릇이다. 봐라, 난 이렇게 살 기억하잖니. 딸은 정말로 나를 향해 이렇게 말했었다. 몇 살 때였던가. 여섯 살. 아니 여덟 살. 여덟 살이라면 이 집으로 옮기고 나서 4년이 지난 셈이다.

딸이 네 살 될까 말까 할 무렵, 나는 딸을 데리고 내가 자란 이 집으로 돌아왔다. 누나도 남동생도 결혼해서 이미 다른 곳에서 살고 있었다. 집에는 어머니 한 분밖에 안 계셨으니, 내겐 마침 잘된 일이었다. 함께 사는 건 어머니의 희망 사항이기도 했다. 너 같은 망나니가 어떻게 혼자서 아이를 키운단 말이냐. 애당초 여기에 기대고 있다는 것쯤 다 안다. 저쪽에서도 그리 알고 있을 테고.

저쪽이란, 딸애 엄마를 말한다. 물론 처음부터 나를 포함해 누구나가, 나와 딸이 어머니 집에서 지낼 거라 생각했다. 그렇게 생각했기 때문에 내 쪽에서 딸을 떠맡는 것이 당연하다고 모두들 믿고 있었다. 아무튼 어머니는 일본 사람이고, 어머니 품 안에서라면 딸애도 진짜 일본 사람으로 성장하겠지 하고.

딸은 겨우 네 살이었다. 그러고 나서 6개월 지나, 전혀 생각지도 못한 일이 벌어지고 딸의 엄마는 죽고 말았다. 무슨 일이 있었는지 지금도 알 수 없다. 아니, 그건 거짓말이고 어떤 일이 어떻게 벌어졌는지, 나는 잘 알고 있고 잊을 수 없다. 다만 그건 나 혼자만 아는 일이다. 죽은 당사자인들 무슨 일이 있었는지 몰랐을 테고, 딸애도 저쪽 가족도 알지 못한다. 내가 입을 다물고 있으니까. 나 혼자만 아는 일이라면, 나도 다른 이들과 함께, 이유를 모르겠어, 하고 연신 고개를 갸우뚱 내젓고만 있으면 된다. 어쨌거나 딸의 엄마는 죽었다. 그후 20년 남짓 지났다. 아무것도 변한 게 없다. 이런 식으로밖에 생각할 수 없건만, 매미가 살지 않는 먼 곳으로, 딸은 훌쩍 떠나고 말았다.

　매미가 울지 않는 곳. 도대체 어떤 곳일까. 스스로 바보 같다고 여기면서도 나는 골똘히 생각해본다.

　매미가 없는 곳은 인간도 없어야 하는 거 아니냐, 하고 트집 잡고 싶어진다.

　사실대로 말하자면, 매미가 없는 곳은 지구 상에 얼마든지 있고, 인간들은 그런 지역에도 많이 살고 있다. 매미가 뭔지 전혀 모르는 인간들이, 매미를 아는 인간들보다 훨씬 많을지도 모른다. 그러나 실제로 지금도 매미가 우는 이곳에 멍하니 앉아 있는 나에게, 매미가 울지 않는 여름을 상상해보라고 한들 그런 건 너무 어려워서 불가능하다.

　……매미가 울고 있다. 참매미와 기름매미.

　예전에 비해 매미 수는 줄어들었을까. 몇 년 전인가, 매미가 전혀 울지 않는 여름이 있었던 것 같다. 올여름은 어째서 이토록 조용한가, 하고 내내 불안해했던 여름. 그런 여름이 정말로 있었는지 어떤지. 내 기억이 잘못된 거겠지. 헌데 그러고 보면 요사이 애매미 울음 소리를 듣지 못했다. 쓰르라미 수도 줄었는지 모른다. 그러나 여전히 매미는 울어댄다.

　딸은 매미 허물을 모으곤 했다. 여름이 되면 매일 아침 밥도 먹지 않고 집 밖으로 뛰쳐나가 공원이며 신사에서 허물을 주워모아, 머리카락이 땀으로 흠뻑 젖은 채 집으로 돌아왔다. 근처 아이들과 허물의 수를 서로 내기했다. 허물 따위 아무리 모아봤자, 아무짝에도 쓰이지 않는다는 사실엔 아랑곳없이.

여름의 막바지에, 과자 상자의 절반 이상을 채울 만큼 허물이 늘어났다. 볼썽사나우니 이런 건 내다버려, 하고 어머니는 늘 상자를 들여다보며 새된 소리를 질렀다. 물론 말뿐이고 내다버리지는 않았다. 그리고 나는 아무 말 하지 않았다.

딸의 상자는 복도 끝에 놓여 있었다. 어머니와 딸이 같이 자는 방에서도, 거실에서도 그리고 부엌에서도 쫓겨나 그곳에 자리 잡았다. 안을 들여다보기는커녕 아예 상자 가까이 얼씬도 하지 않았건만, 어느 날 나는 그만 실수로 상자를 냅다 걷어차고 말았다. 비좁은 복도에 매미의 허물이 우수수 떨어져내리며 흩어졌다. 내가 입고 있는 옷에도 허물이 달라붙었다. 매미 허물에는 가시 같은 손이 달려 있어 옷에 쉽게 걸리고 말아. 그걸 떼려는 순간 바로 손끝에서 껍질이 가루처럼 바스라진다. 옷에는 갈색 손만 남는다. 그리고 발을 움직이면 그때마다 바닥에 흩어진 허물이 짓밟혀 으스러진다. 허물의 손이 발바닥을 찔러 그 통증이 이만저만 아니다.

매미 허물의 거대한 파도에 휩쓸려, 나는 얼결에 비명을 지를 것 같다. 그러나 소리를 삼켰다. 상자를 발로 걷어찬 건 나니까, 소란을 피우지 않는 게 좋다. 온몸에 매미가 징그럽게 휘감겨드는 걸 억지로 참아가며, 발밑의 허물을 주워모아 상자에 담으려 했다. 하지만 전혀 간단한 일이 아니었다. 허물 하나하나가 하도 가벼워, 애써 두 손으로 한데 끌어모았다가 그걸 정작 퍼 올리려 하면 사르르 허물 몇 개가 흩날리고, 이거 야단났군 하며 허둥대는 사이, 또 사르르 다른 허물 몇 개가 흘러내린다. 내가 안절부절못하면, 그럴수록 허물은 자꾸 빠져나간다.

아이, 아빠도 참, 뭐 하는 거예요? 내 매미, 엉망진창이야.

딸이 마침내 목격을 하고 울먹이며 나무랐다.

잘못한 거 없어, 그냥 상자를 발로 걷어찼을 뿐이라고, 이것만은 딸에게 분명히 말해두었는데, 이처럼 낭패를 당하고도 나는 매미 허물 수집을 그만두라는 말은 하지 않았다.

여름 한철의 매미 허물을 딸이 어떻게 처분했는지, 나는 생각나지 않는다. 여름이 끝나고 여름 이불을 겨울용으로 바꿀 무렵이 되면, 매미 울음 소리도 허물도 내 주변에서 사라지고 없음을 깨닫고, 손발을 쭈욱 내뻗고 싶은 기분이 되었다. 그 기분만은 기억한다.

내가 칠칠치 못하고 무능한 아빠였다는 건 분명하지만, 그래도 딸에 관해서는 의외로 꼼꼼한 구석이 없지 않았다. 내가 왜, 하고 망설이면서도 딸에겐 나 말고는 부모가 없었으므로, 내가 딸을 계속 지켜볼 수밖에 없었다. 학교의 행사에도 최소한 참석했고, 학교에 오는 어머니들과 교사들에게도 붙임성 좋게 인사를 했다. 독신 아빠라는 사실이, 학교라는 좁은 세계에서 호기심의 대상이 되기 쉽다는 것쯤 처음부터 익히 알고 있었다. 직장에서도 그건 마찬가지였지만, 어머니들이 주도권을 쥐고 있는 학교에서는 특히, 자신이 남자라는 생물에 속한다는 의식을 항상 질질 끌고 다녀야 했다. 과도한 동정의 말을 던지는 어머니들은 잠깐의 모험을 내 존재로부터 훔치려는 양, 천박한 웃음 소리를 퍼뜨렸다.

나와 딸에 대해 제멋대로 줄거리를 지어내고 있었지만, 나는 시종 무시했다. 어떤 말로 탐색을 해오건, 어떤 시선으로 에워싸건, 나는 그저 얼빠진 표정으로 웃기만 할 뿐 한마디 대꾸도 하지 않았다.

이혼하면서 딸은 엄마가 데려갔는데 그후, 엄마가 불행히도 암으로 죽는 바람에 딸을 아빠가 떠맡았고, 지금까지 아빠는 재혼도 하지 않은 채 딸을 키워왔다. 이런 줄거리가, 딸이 다니던 학교에서 정착이 된 모양이다. 대충 그 정도라면 나쁘지 않군, 하고 나도 그 줄거리에 불만은 없었다. 나한테서 아무 얘기도 듣지 못한 딸애도, 이 줄거리를 곧이 믿었다. 소문의 당사자가 믿고 있는 줄거리를, 타인이 의심할 리가 없다. 그래서 딸은 학창 시절에 괜한 쑥덕공론에 괴로워하지 않아도 되었다.

그랬다. 딸은 아빠인 나를 책망할 까닭이 하나도 없었고, 중학생 때 엄마 일로 그토록 겁먹을 이유도 없었던 것이다.

……매미 울음 소리가 시끄러워. 어째서 울음을 그치지 않는 걸까. 숨이 막혀.

'혼혈'이란 말, 두 번 다시 하지 말아요. 농담이라도 그런 말 마세요!

딸애가 돌연 새된 소리를 내뱉고 식탁에 젓가락을 내던졌다. 깜짝 놀라 딸의 얼굴을 보니, 그러잖아도 하얀 얼굴이 백지장 같고 눈언저리만 불그레했다. 붉어진 눈에서 눈물이 주르륵 흘러내렸다.

어쩌다 집에서 술에 취하면, 이 몸은 혼혈아 아비올시다, 어떻소, 하고 딸을 상대로 나는 주설대는 수가 있었다. 넌 혼혈아야, 흔해빠진 어중이떠중이들과는 다르단 말이다. 딸의 머리를 쓰다듬으며 혹은 딸의 뺨을 쿡쿡 찔러대며 나는 농담 삼아 말하곤 했다. 그러나 맹세하건대, 이 세상에서 나는 딸과 마주했을 때 말고는 이런 말을 한 적이 없다. 살아 있는 엄마를 만나지 못하는 딸에게 나는 몇십 번이고 몇백 번이고 말해두고 싶었다. 네 몸의 절반은 외국 사람이라고. 아무한테도 말할 필요는 없겠지만, 엄마를 위해 그걸 감사해야 한다고.

그 결과인지는 몰라도 딸은 캐나다라는 먼 나라로 가버렸다. 딸애 말로는, 캐나다에 사는 사람들 대부분이, 일본에서 부르는 혼혈이라 한다. 혼혈이 너무 많아서 혼혈이라는 단어조차 사라져버렸다 한다.

……매미가 울고 있다.

중학생 딸의 눈에서 눈물이 식탁에 뚝뚝 떨어졌다. 소리가 들릴 정도로 많은 눈물이었다.

……엄마에 대해 전 아무 기억도 없어요. 무덤밖에 몰라요. 하지만 그것도 일본식의 평범한 무덤이잖아요. 이름이 좀 다를 뿐인걸요. 일본에서 태어나 일본 사람과 똑같이 자란 사람이, 어째서 외국인이란 말예요? 어느 모로 보더라도……하긴 전 사진으로만 봤지만……엄만 일본 사람이잖아요?……

나는 하는 수 없이, 여전히 농담조로 딸에게 말했다.

그건 그래. 다른 데라곤 없지. 하지만 난 달라요, 라고 본인이 직접 말했거든. 그쪽의 할머니를 너도 잘 알잖니, 성묘하러 같이 가니까. 난, 그 우는 소리를 듣고 싶어서 성묘 가는 거야. 아이고- 아이고-, 그렇게 멋들어진 울음 소리는 쉬 들을 수 있는 게 아니거든. 일본 여자들이 우는 소리, 난 정말 질색이야.

응…… 하지만 혼혈이라 부르는 건 싫어. 아무리 아빠라도 싫어.
 딸은 가만히 있지 않았다. 고집스런 데가 엄마를 꼭 닮았다.
 ……그래도 혼혈은 혼혈이야. 네가 태어났을 때, 우린 무지 기뻤단다. 우리 혼혈 아기, 라고 엄마는 불렀지. 이봐 혼혈 아기는 잘 크나? 혼혈 아기에게 우유를 줘야지, 라고 서로 말했었지.
 바보같이. 대체 무슨 생각으로 엄마 아빤……
 식사가 아직 안 끝났는데도 딸은 기어코 제 방으로 뛰어올라 가 버렸다.

 그 애가 불쌍해요!

 매미다. 매미가 울고 있다……

 그 애가 불쌍해. **내** 아이인데.

 ……시끄럽군. 이렇게 시끄러우니 차분히 생각을 할 수가 있나.
 ……물론 나도 그 애는 당신 아이라고 죽 여겨왔어. 아이 돌보는 게 난 서툴거든. 엄마가 있으니 그걸로 충분하다 생각했어. 그래서 왜 내가 그 아이를 책임져야 하는지, 누구보다도 내가 제일 불만이었어. 젊은 여자와 놀아나는 것밖에 내겐 재주가 없고, 무얼 해봐도 끈기가 모자라. 이렇게 돼먹지 못한 사내는 아빠가 될 자격도 없다. 그런 내가 어째서 그 아이를 떠맡게 되었는지, 그리고 도망치지 못했는지 도무지 이해할 수 없었어. 게다가 당신은 덜컥 죽고 말았지. 그 아이한텐 나 말고 아무도 없었어. 황당한 일이 벌어

졌다고 생각할 여유조차 없이, 그 아일 돌봐야만 했지.

빨리 누구랑 재혼하면 될 텐데. 그러면 할머니도 편하실 텐데. 요즘 들어 그 아인 이런 말을 가끔 하곤 해. 물론 여자는 대환영이지. 나와 놀고 싶어하는 여자는 얼마든지 있거든. 거짓말 아냐. 그 정도의 여자라면 얼마든지 있지. 그래서 맘껏 논 거야. 그 이상은 생각하지 않았어. 생각할 기회도 없었고 생각하고 싶지도 않았어. 굳이 재혼 같은 걸 하지 않아도, 어머니와 딸만으로도 여자는 벌써 집 안에 둘이나 있는걸. 여자가 많아서 좋을 게 뭐 있나. 앞으로의 일은 앞으로의 일. 여자는 시끄러워.

난? 난? 당신은 **날** 잊었어요? **내**가 있어요······

매미 소리가 그치지 않는다.

······**난**, 그때 죽고 싶지 않았어요. **내**가 죽다니, 말도 안 돼. 그러니까 **난** 안 죽었어요. 그러니까 당신도 재혼은 할 수 없어요. **내**가 있으니까. **내**가 그 아이를 지켜온 거예요. 당신이 그 아이의 고민을 이해할 리 없어요. **내** 고통을 이해하지 못한 것처럼. 당신은 그저 흐리멍덩한 일본인일 뿐이야. 그 아인 **내** 아이. **내**가 낳은 아이······

매미는 이젠 진저리가 난다. 바보 같은 소리만 내지르고 있다. 어떻게 죽건, 죽어버리면 다 똑같다. 분명, 자신이 죽었다고는 미처 생각도 못 했겠지. 하지만 정말로 죽고 말았다. 아무리 대수롭잖은 죽음이라도, 시신의 무게는 변함없다.

 ……그녀의 시신은 믿기지 않을 정도로 무거웠다. 나한테는 걸맞지 않게, 얼마나 무거웠는지. 그 무게를 나는 떨쳐내고 싶어, 닥치는 대로 여자들을 유혹하고 진탕 놀아났다. 아직 소녀티를 못 벗은 여자애도 있었다. 말라깽이 빨강 머리 여자도 있었다. 미니스커트를 간신히 걸친 뚱보 여자도 있었다. 안색이 나쁜 무뚝뚝한 여자. 은행에서 일하는 여자. 보육원 보모. 법률을 공부한다는 여대생도 있었다. 내 직장에서 파트타임으로 일하는 중년 여자도 있었다. 여자들은 웃으며 내 몸을 어루만지고 짓밟고 사라져갔다. 내게 떠넘겨진 시신의 무게는 조금도 줄어들지 않았다.

 애당초 나한테 건네져서는 안 될 시신이었다. 아무리 생각해도 분수에 어울리지 않는, 그런 시신을 끌어안고 심각하게 살아갈 타입이 아니다. 처음부터 내겐 배역의 실수가 있었다. 그렇게밖에 여겨지지 않는다.

 어쩌다 가까운 사이가 되었고, 임신했다기에 결혼하기로 했는데, 사실은 일본 사람이 아니라고 그녀가 말했다. 어이쿠, 이런 일도 다 있구나 생각하며 결혼했다. 내겐 아무려나 상관없는 일이었다. 난 그녀를 이미 잘 알고 있었으므로. 그녀도 일본밖에 모르고 자랐으니까, 일본을 떠날 생각은 한 번도 한 적이 없고, 어렵게 생각할 것 없이 마음 편히 사는 게 제일이라고, 나와 똑같은 말을 해왔다.

 이건 국제결혼이야, 맞지? 아기가 태어나면 혼혈아라고.

 실제로 우리의 의식과는 너무나 동떨어진 거창한 단어를 써가며, 그녀는 소리 내어 웃었다. 그리고 두 사람 사이에는, '곤케쓰지'*라는 단어가 앞으로 태어날 아기의 익살스런 별명이 되어버렸다. 두 사람에게 실감이라곤 전혀 없는 기묘한 일본어였기 때문에, 우리는 안심하고 이 별명을 부를 때마다 배꼽을 잡고 웃어댔다.

다시 말해 우리는 이 정도로 시답잖고 그저 재미있는 걸 좋아하는, 흔히 보는 젊은 부부에 불과했다. 그리고 흔히 보는 배반을 내가 저질렀고, 다툼을 거듭하다 이혼했다. 우린 서로 분별이라는 걸 거의 갖지 못했던 탓에, 이것이 그리 뜻밖의 결말은 아니었다. 아직 젊으니까 괜찮아. 둘 다 금방 다시 시작할 수 있어. 이 정도의 이혼이었다. 이것이 우리처럼 사려 부족한 젊은 두 사람에게 주어진 배역일 터였다.

……다른 매미가 울기 시작했다. 참매미의 울음 소리. 아니면 기름매미인가.

나예요. 들려요? 내 곁에 와줘요. 어서. 너무나 너무나 쓸쓸해서 견딜 수 없어. 죽어버리고 싶어. 난 죽어요. 너무도 쓸쓸해서 난 싫어. 부탁이에요, 어서 와요. 내게 와줘요. 날 지켜줘요. 난 혼자선 살 수 없어. 날 혼자 내버려두지 말아요……

……몇 번이고 몇 번이고 수도 없이 내게 쏟아져내린 그녀의 전화 목소리. 그리고 나는 그녀의 전화를 거스른 적이 없었다. 거스를 수 없었다. 매일 밤, 집을 뛰쳐나갔다.

---

* 혼혈아.

나예요. 알아요? 어서 와요. **난** 외로워. 어째서 **난**, 외톨이가 되고 말았나요? 어째서? 알고 있어. 당신이 나쁜 게 아냐. 당신을 사랑해. 당신과 헤어지지 말아야 했어……

나예요. **난**, 그 아일 당신에게 보낼 생각이 없었어. 하지만 주위 사람들이 모두 그렇게 해, 그렇게 하는 거야, 여긴 일본이니까 아이를 위해서 그렇게 해야 한다고 성가시게 말들이 많은 바람에, **나** 역시 그런가 보다 했던 거야. 어떻게 생각해야 좋을지 **난** 알지 못했어. 바보라서 혼자선 아무 생각도 할 수 없어.

나예요. 들려요? **나**. **내** 곁에 와줘요. 너무나 괴롭고 괴로워 죽고 싶어. 뭐가 잘못된 건지 알 수 없으니까 괴로워. 당신이 그 아이를 돌봐주고 **난** 그 아이와 언제든지 놀 수 있고, 편하고 좋은 것만 차지하게 되어 **난** 엄청 득봤다고 희희낙락했었지. 그런데 혼자가 되고 보니, 어째서 이토록 죽고 싶을 만치 괴로운 걸까? 당신이 여전히 **나**한테 상냥하니까 괴로워. 당신 얼굴을 보면 마음이 놓여. 그래서 괴로워. 살아 있는 게 싫어. **날** 도와줘요……

나. **나**예요. 이젠 그 아이도 정말로 행복해지는 건가요? 이대로 **내**가 참고 있으면, 그 아인 **내**게 고마워할까요? 그 아인 나를 잊지 않을까요? **내**가 왜 그 아이와 떨어져 살게 되었는지, 그 아이가 제대로 이해할 수 있을까요? 그 아이와 헤어지는 게, 그 아이한테 정말로 필요했었나요? 어째서 **난** 외톨이가 되고 만 거죠? 당장 여기 와서, 대답해줘요. 머리 나쁜 **내**가 알아들을 수 있게, 차근차근 대

답해줘요······

나예요. 알아요? 나. 나. 날 잊지 말아요. 그 아인 내 아이. 나의 귀여운, 귀여운 아이. 당신이 그런 걸 제대로 알 턱이 없지. 난, 그 아이를 키우고 싶어. 왜 안 된다는 거야? 그 아일 위해, 그 아이를 위해서라니, 도대체 무엇 때문에? 내가 일본 사람이 아니라 해서, 어째서 그게 안 된다는 거야? 난 모르겠어. 어째서 당신은 일본 사람이지? 당신이 알아? 난 괴로워. 그 아이, 당신 덕택에 행복해진다는 거야? 하지만 난, 어떻게 되는 거지? 난, 혼자선 살 수 없어······

나. 이젠 모든 게 싫어졌어. 내가 죽더라도, 날 잊지 말아요. 그래도 당신은 착하고 상냥한 사람이에요. 그 아일 소중히 키워줘요. 그 아일 지켜줘요. 그 아인 내 아이니까. 헌데, 아무래도 죽고 싶지 않아. 어떡해요? 난 죽을 수밖에 없어요? 이봐요, 난 죽나요?······

죽을 리가 없어. 멍청하긴. 그때까지도 허겁지겁 그녀의 집으로 달려가 그녀를 품에 안고 같이 잠들고 아침밥을 먹고 왔다. 아침이 되면 그녀는 미소 지으며 내게 말했다, 미안해요, 난 이제 괜찮아. 함께 방을 정리하고 각자의 직장으로 출근했다. 그녀의 방은 내 눈에 친숙한 물건들로 가득 채워져 있었다. 물빛 커튼만이 새로웠다.

6월, 7월, 8월. 밤이 되어도 매미 울음 소리는 그치지 않았다.

재혼하자고, 나는 마음먹었다. 그리고 억지로라도 그녀를 내 집으로 데려올 생각이었다. 뜻밖의 일의 진행과 여름의 무더위에, 나도 몹시 지쳐 있었다. 예전엔 왜 이혼해야겠다고 서로 결심하게 되었는지, 그 이유를 떠올릴 수 없었다.

매미 울음 소리가 귓전에 와글거린다.

매미가 너무 많았다. 매미는 내가 탄 택시 유리창에도 달라붙고 지붕에도 달라붙어, 연신 울어댔다. 택시에서 내려, 지나가는 사람 하나 없는 주택가의 길을 달렸다. 매미가 금빛 은빛으로 울음 소리를 반짝이며 어지러이 날았다. 아파트 벽에도 계단에도 매미가 달라붙어 있었다. 방문에도 매미가 달라붙어 요란하게 울었다. 매미의 쟁쟁한 울음 소리만이, 금빛으로 혹은 은빛으로 반짝였다. 그 외엔 아무것도 보이지 않았다. 손을 더듬어 곁쇠를 사용해, 문을 열었다. 알루미늄으로 된 문에 손끝이 차가웠다.

나는 이미 늦었다.

날 혼자 내버려두지 말아요. **날** 잊지 말아요. **나** 여기 있어요……

매미 울음이 그치지 않는다.

그런데도 매미가 이 도쿄에서 점점 줄어들고 있다는 건가. 머잖아 이곳도 매미가 울지 않는 장소로 변할까.

─여긴 아직 매미가 울고 있어. 매미가 울음을 그치기 전에, 어서 돌아오렴. 매미란, 그저 시끄러울 따름이지만.

캐나다에 있는 딸에게 **나**는 빨리 답장을 써보내야 할까 보다, 아마도 **우리**를 위해.

반짝이는 눈

반짝이는 눈

　내 얼굴을, 그 눈이 응시하고 있었다. 35년 전과 하나도 바뀌지 않은 채. 외꺼풀의 눈꼬리가 약간 치켜 올라가고 반질반질한 돌처럼 단단하게 반짝이는 짙은 눈동자, 창백한 눈꺼풀이 나를 응시하는 사이 핑크빛으로 변해갔다, 그 눈이.
　그토록 내가 무섭고, 기분 나쁜가. 무얼 그리 망설이고 겁먹고 있나, 대체 뭐가 보이나. 35년 전과 똑같은 생각을 하며 나는 그 눈을 되받아 응시했다. 그제야 나는 아아, 그 눈이로군, 하고 깨닫자 숨쉬기가 힘들어져 입을 벌렸다. 소리가 나오지 않았다. 나를 응시하는 단단한 그 눈빛이 점점 강렬해졌다, 35년 전과 다름없이. 나 자신 어지간히 이 세상과 동떨어진 채 볼품없고 기묘한, 인간은커녕 지상의 생물조차도 못 되는 시답잖은 물건에 불과한 게 아닌가, 라고 골똘히 생각하게 만드는 그런 눈빛. 우리는 아마노

테선*을 타고 있었다. 서로 마주 응시하는 사이, 전차가 멈추고 문이 열렸다. 사철(私鐵)과 지하철로 갈아타는 역이어서 많은 사람들이 내린다. 나를 응시하던 그 눈도 인파에 휩싸여 사라지고 말았다. 나는 머뭇거리다 일단 전차에서 내렸다가 다시 올라탔다. 그 눈을 진지하게 뒤쫓을 만큼 나는 집착이 강한 남자가 못 된다. 35년 전의 그 눈이 그대로, 지금의 나를 직접 응시할 리가 없다.

세일러복을 입은 소녀였다. 35년 전 그 눈빛의 소녀도 똑같은 세일러복을 입고 있었다. 옷깃에 하얀 줄이 나 있고 가슴께에 하얀 리본이 달려 있다. 35년이 지났어도, 여학생의 제복에는 이렇다 할 변화가 없는 듯하다. 그래서 나는 그만 착각을 일으키고 말았다. 문가에 소녀는 서 있었다. 나는 소녀와 마주 보는 위치에 서 있었다. 그리고 눈이 맞았다. 눈을 피할 수가 없었다. 외꺼풀에, 돌처럼 단단한 빛을 쏘는 35년 전의 그 눈이 나를 응시하고 있었다.

물론 단순한 착각이었다. 그런 착각을 일으킬 만큼 내 기억에 그 눈이 박힌 채 남아 있었다. 35년 전의 그 눈을, 여전히 잊지 않고 있었다. 그러나 정말로 이렇게 말할 수 있을지 어떨지, 돌이켜 생각해보면 어정쩡한 느낌이 든다. 나는 그 눈을 기억하고 있었던 게 아니다. 어쩌다 우연히 똑같은 교복을 입은 비슷한 또래의 소녀로부터 35년 전 그대로 똑바로 시선을 받게 되자, 그 눈을 문득 떠올린 것이다. 그뿐이다. 하지만 이런 식으로 떠올린 이상, 내 기억 속 어딘가에 그 눈이 여전히 살아 있었다고, 역시 말할 수 있을지도 모르겠다.

---

* 山手線: 도쿄의 국철 전차 순환선.

그렇다고는 해도, 참으로 어처구니없고 얼토당토않은 착각에 나는 빠져버리고 만 것일까.
35년 전 일은 35년 전에 이미 끝나버린 일이다. 그때의 눈이 줄곧 나를 따라다니고 있었노라고, 어째서 이런 쓸데없는 불안을 느끼는 걸까. 설사 그 소녀와 우연히 만나게 되어 알아볼 수 있었다 하더라도, 당연한 말이지만 그 소녀는 일찌감치 소녀가 아닌 쉰 살 남짓의 중년 여인이 되어 있으리라, 내가 쉰다섯의 중년 남자가 되어 있듯이. 그리고 그 중년 여인이 예전에 병원에서 서로 얼굴을 마주친 남자 따위, 떠올릴 까닭이 만무하다. 내가 자세히 설명한들, 무슨 속셈으로 그런 걸 밝혀내려는 거죠? 그만두세요! 하고 달아나버리겠지. 혼자 머쓱해진 나는, 그래, 그건 진짜로 있었던 일이 아니었어, 어쩌면 누구한테서 들은 이야기였는지도 몰라, 하고 납득한 뒤 안도의 숨을 내쉰다. ─아니, 그런 만남은 있을 수 없다. 내겐 35년 전 그 소녀의 눈이 존재할 뿐이다. 35년이나 지난 오늘, 나는 그 눈과 재회하고 말았다. 그 눈에 비친 나는 어떤 모습의 생물일까. 대체 그것이 바로 나일까, 내가 아닌 걸까. 어쨌든 그 눈은 나를 응시하고 있었다. 35년 전 내가 나 자신으로부터 가장 멀리 떨어진 곳, 불투명한 물의 밑바닥에 가라앉아 있던 그 시간 속에서.
넓은 병실이었다. 높은 천장에는 저기압이 몰려들 때의 구름처럼 잿빛 얼룩이 보였다. 같은 병실에 몇 명의 남자들이 누워 있었는지, 미처 세어보지 못한 채 퇴원하고 말았다. 깨진 유리 대신 베니어판을 끼워놓은 창문이 있었다. 병원비를 지불할 방도가 없는 환자만이 그 병원에 있다고 했다. 그러나 침대는 청결하고 편안해서, 나는 자신의 병이 무엇인지 어째서 입원하게 되었는지 그 경과에 대해서도 전혀 무관심한 채, 갓난아기로 돌아간 듯 잠 속으로 푹 빠져들고 있었다.

내게 남겨진 기억으로, 나는 이렇듯 그때의 시간을 더듬어볼 수는 있다. 하지만 그건 내가 아니다. 이런 생각도 뿌리칠 수 없다.

옛날 기억이란 누구에게나 다 그런 것일까, 특히 자기 자신이 끝까지 지켜보지 못한 고여 있는 시간에 대한 기억은.

말할 필요 없이, 내겐 다른 여러 가지 기억이 있다. 아주 옛날, 부모님 집에서 대학에 다닐 적 일도. 그 대학을 2년 만에 포기하고 집으로 돌아가지도 않고, 당시 철석같이 믿고 있던 자신의 신조에 따라 처음엔 산속에서 나무들을 벗삼아 일하기 시작했는데, 내 부주의로 인한 부상을 당하자 바로 산을 내려왔고, 이번엔 돌을 벗삼아 일을 시작했다가 이것 역시 내 체력으로는 도저히 따라갈 수가 없어, 애써 벌어놓은 급료를 챙기는 것조차 잊어버리고 도망쳐나온 일도 기억한다. 바닷가 읍내, 그리고 산으로 둘러싸인 분지의 읍내에 머물던 일도 기억한다. 그러다 몸 상태가 심상치 않아 기침을 달고 살게 되면서 병에 걸렸다는 생각은 않고, 몸이 제대로 말을 듣지 않게 된 불안감에 이끌려 도쿄로 되돌아온 일도. 그러나 부모님이나 대학에 새삼스레 얼굴을 내밀 수도 없는 노릇, 간이 여인숙으로 기어들어 하루 이틀씩 걸러가며 무리하게 일을 계속했던 것도. 그리고는 숨도 쉴 수 없는 탁한 물 밑바닥으로 나는 가라앉기 시작했고, 아무리 발버둥치며 애써봐도 눈에 보이는 건 흙탕, 들리는 것 역시 오직 물소리뿐, 색채와 형태를 갖춘 것들이 이 세상 모든 장소로부터 완전히 사라져버린 것도.

나는 잊지 않았다. 그래, 어딘가에 그런 청년이 있었지. 스무 살, 어리석고 오만하며 체력도 달리는 주제에 오기만은 살아. 그래도 이것만은, 하고 가짜 이름으로 지금껏 버텨온 청년. 그건 내가 아니다. 그렇다고, 내가 아닌 어느 누구도 아니다.

너무 큰 병실에서 내처 잠만 자고 있던 어느 날, 여태 들어보지 못한 발소리와 목소리가 들려왔다. 주변의 침대에서도 남자들이 일제히 술렁대기 시작했다.

크리스마스라는군. 사탕을 돌린대나 어쩐대나. 녀석들, 할 일이 그렇게도 없나.

투덜대는 소리밖에 들리지 않는 데 반해, 병실의 공기가 가벼워지면서 쾌활한 소란으로 변했다. 눈을 떠 입구 쪽을 보았다. 기묘한 하양 모자에 치렁치렁한 스커트를 입은 가톨릭 수녀와 열 명 남짓 세일러복 차림의 소녀들이 여기저기 흩어져, 제각기 작은 종이 상자를 가슴에 안은 채 하나씩 하나씩 침대를 돌기 시작하는 걸 지켜보고 나서, 허둥지둥 다시 눈을 감았다.

오늘 오후, 봉사 단체 학생분들이 크리스마스 위문을 올 거니까 즐겁게 보내도록 해요. 선물을 받고 나서는 꼭 감사하다는 인사를 전하세요. 절대 놀리거나 상스런 말로 놀라게 해선 안 됩니다. 부디 예의 바르게, 얌전히 숙녀들을 맞아주세요.

그날 아침, 간호부장이 했던 말을 떠올렸다.

나는 무관심하게 흘려들었다, 아마 다른 환자들도. 부장이 무슨 말을 하는지 이해할 수 없었고, 이해하고 싶은 마음도 없었다. '학생분'들이 실제로 병실에 들어왔을 때도 나는 여전히 무턱대고 그 작은 사건을 지나쳐버리려고 했다. 불쾌감을 주기에도 너무나 사소한, 무의미한 소음에 불과했던 것이다.

메리 크리스마스, 이거 받으세요. 야아, 고마운걸. 뭐가 들었을까. 혹시 도와드릴 건 없나요? 넌 몇 살? 메리 크리스마스. 열세 살이라, 내 손녀뻘이구먼. 이거 받으세요. 얼굴이 너무 하얀걸, 밖에서 좀더 뛰어놀아. 뭔가 세탁할 게 있으세요? 메리 크리스마스.

소녀들과 남자들의 목소리가 파도처럼 조금씩 내게 다가왔다. 나는 눈을 감고 있었다. 정말로 잠들어버리면, 소녀들은 이 침대를 피해 그냥 지나가겠지. 하지만 귀에 익숙지 않은 술렁거림 속에서 잠들 리 만무했다. 눈꺼풀 저편이 돌연 캄캄해졌다. 나도 모르게 눈을 떴다. 두 개의 눈이 나를 기다리고 있었다. 서로의 얼굴이 너무 가까워, 눈을 마주 응시할밖에 도리가 없었다.

……저어, 이거.

소녀는 속삭이면서도 내 얼굴을 들여다보는 자세를 바꾸지 않은 채 나를 줄곧 응시했다. 내 눈 속을, 돌처럼 반짝이는 짙은 눈동자로.

무얼 보는 거냐. 내 몸은 수치심에 떨기 시작했다. 뭐가 보이는 거냐. 무섭니? 겁나니? 아니면, 자신의 동정의 대상에 반해버린 거냐. 너무나 비참하고 거의 죽은 거나 마찬가지, 기껏 나이만 젊을 뿐인, 너무나 젊은 남자에게.

담요 속으로 도망치고 싶었다. 몸을 뒤척여 소녀에게 등을 돌려버리고 싶었다. 하지만 소녀의 시선을 받고 있는 동안은 눈썹 하나 움직일 수 없다. 땀이 배어나왔다. 소녀의 눈빛은 내 눈을 뚫고 나가 온몸을 유리 표본처럼 훤하니 내비쳐보였다. 베푼다는 단어를, 나는 비로소 생각해냈다. 소녀는 자신이 베풀기에 적당한 상대를 응시하고 있다. 어느 정도 베풀기에 적합한지를, 자신의 눈으로 지켜보기 위해. 자신이 결코 알 수 없는 썩은 물 속의 세계를, 아주 조금, 호기심에서 무서운 걸 들여다보기 위해. 그래서 집으로 돌아갈 때, 오늘은 소중한 하루였지만 피곤해, 하고 살짝 한숨 짓기 위해.

물론 그리 오랜 시간을, 우리가 서로 마주 응시하지는 않았으리라. 3분, 4분 정도. 5분 동안이나 응시하고 있었을 리가 없다. 조금씩 소녀의 창백한 눈꺼풀이 핑크빛으로 바뀌면서 시선을 떨구고, 내가 아직 몸의 긴장을 풀지 못하고 있는 사이, 소녀는 거의 소리 하나 내지 않고 내 곁을 떠나갔다.

소녀가 단발머리였는지, 세 가닥 땋은 머리였는지, 약간 긴 머리였는지 나는 알 수 없다. 생김새가 어땠는지조차 알지 못한다. 아니, 그렇지 않다. 그 눈, 외꺼풀에다 눈꼬리가 약간 치켜 올라간 그 눈을, 나는 나 자신의 눈보다 언제라도 또렷이 그려낼 수 있고, 눈을 중심으로 얼굴이 모양새를 갖추고 몸으로 연결된다. 어떤 여자보다도 나는 그 소녀의 얼굴과 모습에 낯익다. 그때부터 35년 동안이나.

소녀가 내 머리맡에 두고 간 크리스마스 선물을, 안에 뭐가 들었는지도 확인하지 않고 다음날, 맞은편 침대로 나는 던져주었다. 이봐, 그거 필요 없나? 하고 몇 번이나 물어대고 귀찮게 굴었다. 직접 내용물을 보지는 않았지만, 비누, 수건, 과자 같은 게 종이 주머니에 들어 있었던 모양이다. 하지만 이런 건 별로 대수로울 게 못 된다. 그후 2주일 지나, 나는 마침내 퇴원을 하고 우선 고교 시절의 친구를 방문해 열흘가량 머물며 휴양을 한 다음, 부모님께 연락을 드리고 집으로 돌아왔다. 산에서 다친 일도, 채석장에서 일한 것도, 도쿄의 건축 현장에서 몸을 가누지 못해 자재 더미 틈에 파묻혀 누워 있던 일도, 몸의 열이 내리지 않고 가슴의 통증도 심해지는 가운데 길가의 덤불 속에서 쓰레기봉투처럼 웅크린 채 신음했던 것도, 모든 게 죄다 나의 하룻밤 꿈으로 사라져버렸다. 다시 대학에 다니기 시작했고 졸업한 뒤, 회사에 들어가 어떤 여자를 만나 결혼했다. 그녀의 아버지가 공장을 경영하고 있었기 때문에 내가 그 경영을 이어받았다. 아이가 둘 태어났다. 특별한 병도 사고도 없이 둘 다 순조로이 성장했다.

내 기억에서 어느 한 구획의 시간이 꿈의 영역으로 내쫓겼다. 그것은 더 이상 나의 시간이 아니었다. 언어에 골치를 앓지 않아도 되는 세계로 뛰어들고자 했던 어리석고 응석받이에다 세상 물정 모르는 말라깽이는, 내가 아니다. 나 자신과 겹쳐질 만큼 나에 가까운 어느 누구이다.

하지만 그 눈은 계속 나를 응시하고 있다. 오직 나만을. 돌처럼 단단하게 빛나는 열세 살 소녀의 눈은, 언제나 내 기억을 내게 되돌리려 한다.

……난, 다른 누군가를 응시하는 게 아니에요. 내가 응시하고 있는 건 당신. 내가 베푸는 걸 받아들일 수밖에 없었던 당신. 자신이 얼마나 비참하고 내 가슴을 칠 정도로 애처로운 환자였는지, 설마 당신은 잊지 않았을 테지요.

나는 잊지 않았다. 그 눈을 나는 다시 응시하며, 그 깊은 곳에서 소녀의 목소리를 들으려 애쓴다. 소녀의 목소리는 가늘고 높다. 거듭 반복해 듣는 사이, 소녀의 목소리와 내 목소리에 구분이 없어지고 나는 소녀가 되어 소녀의 시간을 더듬기 시작한다. 그러는 동안

나는 얼마나 편안한 기분인지. 부드러워진 그 눈빛으로, 얼마나 달콤하게 나를 감싸주는지.

……마침내, **나**는 그 눈을 발견했다. 이런 야마노테선 속에서. 언젠가는 반드시 찾게 될 거라고 믿었지만, 놀랍게도 정말로 발견하고 말았다. 그것도 35년 만에. 그 눈도 금방 **나**를 알아보았다. **나**를 맞받아 응시했고, **나**도 줄곧 응시했다. **우리**는 35년 전과 변함이 없었다. **나**는 여전히 열세 살. 그 눈의 나이를, **나**는 알 수 없다. 그후 35년이나 훌쩍 지났다니, 그런데도 **내**가 여전히 열세 살 그대로라니, 그럴 리가 없다고 스스로 깜짝 놀라지만, 실제로 그렇게 되고 말았으니, 물고 늘어진들 소용없다. **내**가 그 눈을 잊지 못하고 있으니 그때의 **내** 모습 그대로, 그 눈을 계속 찾아야만 했던 거라고 생각한다. **내**가 어떤 도깨비를 만난 것보다 겁먹고, 허둥대고, 반해버린 그 눈을.

35년 전 어느 날 아침, 지금처럼 열세 살이었던 **나**는 일요일인데도 8시에 일어나 학교로 갔다. 잠이 모자랐고, 감기 기운이 있었다. 코 안쪽과 뒷골이 아팠고, 오한이 들었다. 꽤 쌀쌀한 아침이었던 탓일지도 모른다. 게다가 전날 밤, 비를 맞고서도 집에 돌아와 옷을 갈아입지 않았었다.

2학기 기말 시험이 겨우 끝났건만 지긋지긋한 일투성이에, **나**는 불쾌감 덩어리가 되다시피 했다. 우선 기말 시험이 최악의 결과를 낳을 것 같았다. 1학기 때 C등급으로 종합 평가가 내려가자, 엄마의 안색이 바뀌면서 아빠와 언니, 남동생 앞에서 법석을 떨었다. C등급의 학생에겐 앞으로 어떤 희망도 없다는 듯, 2학기에 B등급으로 되돌리겠다, 되돌릴 수 없다면 크리스마스 선물도 세뱃돈도 받지 않겠다고, 가족 모두에게 약속할 지경에 이르렀다. C등급은커녕 D등급의 학생조차 반에는 몇 명 있고, 이런 엉터리 약속을 하지도 않는데, **우리** 가족은 모두 머리가 좋은 탓인지 B등급이 아슬아슬 인간에게 허용되는 성적의 한계인 줄 믿고 있다.

이 기말 시험이 시작되기 직전에는, 예쁜 손수건이며 장갑을 늘 여봐란 듯 자랑하는 동급생에게, 그런 걸 학교에 가져오면 못 써, 라고 따끔하게 한마디 해주며 자수가 놓인 손수건 두 장을 빼앗는 장면을 담임선생님께 들키고 말았다. 그래서 장황스레 도서실에서 설교를 들어야 했고, 청소 당번을 제대로 안 지킨다는 둥, 지각이 너무 많다는 둥, 이런 것까지 한꺼번에 호된 질타를 당했다. 그러고 나서 선생님은 어조를 다소 바꾸어 **내**게 말했다. 기말 시험이 끝난 다음날, 제비꽃 모임의 회원들이 의료복지병원에 입원해 있는 어려운 사람들과 크리스마스의 기쁨을 나누기 위해, 선물을 준비해 병문안을 가게 되었단다. 마침 좋은 기회니까 너도 함께 가도록 하렴, 우리 사회에는 참으로 다양한 사람들이 살고 있지, 겸허하게 산다는 게 어떤 건지, 이번 기회에 잘 생각해보거라. 이것이 **나**에 대한 판결이었다.

제비꽃모임이라는 이름의 봉사 그룹은 수녀 후보생처럼 음침한 학생 신도들 모임으로, 다른 학생들은 아예 거들떠보지도 않았다. 조금이라도 어울렸다가는 친구들이 상대를 해주지 않으니, 가능한 한 서로 제비꽃모임에 대해 쑥덕거린다. 그런 제비꽃모임에 단 하루라고는 하나, **나**도 가담하게 되고 말았으니 이건 무서운 판결인 셈이었다. 기말 시험이 문제가 아니었다.

그리고 기말 시험이 그럭저럭 끝났어도, **나**는 저녁밥을 먹고 나서 영어 학원에 가야만 했다. 그리 효과가 있을 성싶지 않은 학원에서 개근상을 노려본들, 전혀 무의미한 일이라고 **나**는 생각하지만 엄마를 거스를 수는 없다. 학원에 다니기로 결심했으면, 하루도 빼놓지 않고 다녀야지. 경쟁이 있으면 어떤 경쟁이건 1등을 목표로 삼아야 해. 바로 그 때문에 이 세상에는 경쟁이라는 게 있는 거야, 라고 엄마는 자식들에게 들려준다. 남자라면 모를까 여잔 머리가 좀 나빠도 그런대로 살아갈 수 있잖아, 하고 **내**가 구시렁대기라도 하면, 어디서 그런 얼빠진 소리가 나오는 거냐, 라며 대학에 못 간 엄마는 비명을 지른다. 엄마의 머리는 단순하기 짝이 없다.

그래서 **나**는 마지못해 차가운 빗속을 걸어 학원으로 갔던 것인데, 집을 나오기 전 엄마 몰래 지갑에서 30엔을 빼내두었다. 학원이 파한 뒤 일부러 먼 길을 돌아, 과자 가게에 들렀다. 싸구려 초콜릿을 30엔어치 사고는, 밀크캐러멜과 껌, 젤리 사탕을 한 움큼 웃옷주머니에 쑤셔넣고 도망쳤다. 어린이공원에 도착해 겨우 한숨 돌리고 나서, **내** 것이 된 과자를 몽땅 먹어치웠다. 집으로 갖고 들어갈 수는 없으니, 하나도 남김없이 뱃속에 집어넣을 필요가 있었다. 하지만 단숨에 허겁지겁 여러 과자를 먹었더니, 속이 메스꺼워졌다. 빗속이라 벤치에도 앉을 수 없어 선 채로 한 손은 우산을 받고, 또 한 손으로는 어설프게 캐러멜 종이를 벗기다 젤리 사탕을 깜빡 땅에 떨어뜨리고 하는 중에 자신이 무지무지 멍청하게 여겨지고, 비에 젖어 몸도 덜덜 떨려와, 엉엉 소리 내어 울고 싶은 심정으로 깜깜한 빗속에 집으로 돌아왔다.

다음날 아침, 비는 그쳐 있었다. 하지만 세찬 북풍이 불었다. 어렸을 때 본 『북풍과 태양』이라는 동화의 삽화를 떠올렸다. 태양과 실랑이를 벌였던 북풍이 이번엔 **나**를 목표물로 삼아, 이래도이래도, 하며 얼얼한 찬바람을 휘몰아친다. 학교에는 9시에 도착했다. 난방이 끊긴 체육관에서 제비꽃모임의 사람들 일곱 명과 병원에서 나눠줄 선물들을 정리했다. 어디선가 끌어모아 온 타월이며 비누, 칫솔, 싸구려 플라스틱 빗, 플라스틱 컵, 수녀원에서 구운 쿠키, 마리아의 기도문이 인쇄된 카드, 그리고 어린이용으로는 여섯 가지 색 크레용, 학습 노트, 여자용으로는 말린 꽃이 든 서표. 이처럼 올망졸망한 물건들을 되도록 공평하게 배분해서 하얀 종이 주머니에 넣고 주머니의 주둥이를 빨간 리본으로 묶는다. 너무 자질구레한 것들을 그럴싸하니 포장해 나눠줬다간, 누굴 바보로 아느냐고 되레 환자들을 노엽게 만들지는 않을까 염려되었지만, **나**는 모두에게 방해가 될 뿐인 외부인이라 아무 말 않고 그저 정해진 대로 솜씨 좋게 작업을 계속해나갔다.

수녀 선생님 한 분과 중학생이 다섯, 고등학생이 둘이었다. 중학생 가운데 셋은 아는 얼굴이었다. 세 사람 다 **내**게 다정했다. 제비꽃모임과 가장 인연이 멀어보이는 **내**가 어째서 단 하루, 봉사 활동에 가담하게 되었는지, 모두들 얼마나 사정을 알고 있을까, 하고 **내** 쪽에서 생각을 하게 되니, 먼저 선뜻 입을 열기가 쉽지 않았다. 와줘서 정말 고마워, 마침 도움이 필요하던 참이었어, 오늘은 환자들이 아주 많거든, 하는 말을 듣고, 오늘 내가 온 이유가 무엇 때문이라고 생각하세요?, 라고 일부러 물어볼 수도 없다. 이건 봉사 활동이야, 언제든 마음이 내킬 때 참가해준다면 그걸로 족해. 이런 대답이 돌아올 게 뻔하다.

내가 불쑥 끼어들어도 제비꽃모임 사람들은 아무런 불편도 비치지 않아, 오전 중에 선물 준비 작업을 끝내고 점심으로 빵을 먹을 무렵에는 어색한 자리나마 조금씩 마음이 편해졌다. 이 사람들은 영 재미난 사람들도 아니고 못 말리는 괴짜들이라고 할 수 있겠는데, 쓸데없는 생각하지 않고 오직 세상의 딱한 형편에 놓인 사람들이나 도움을 필요로 하는 사람들에게 시선을 향하고 있어, 그런 만큼 안심이 되는 구석도 있다. 대화라곤 한결같이 이번 방문의 선물수, 다음 위문 때의 선물을 어떻게 할 것인가, 이런 내용뿐이다. 그리고 병원으로 가기 위해 도덴*을 탔을 즈음엔, 이제 곧 만나게 될 입원 환자들에 대한 흥미가 **내**게도 솟아나기 시작했다.

어떤 환자분들인가요? 하고 **나**는 전차 안에서, 리더 격인 한 고등학생에게 물었다.

물론 이런저런 사람들이 다 있지, 하고 조금 머뭇거리며 고등학생은 **내**게 가르쳐주었다. 친척이 하나도 없는 외톨이가 많고, 말이 안 통하는 외국인도 있어. 다른 병원에서 입원비를 내지 못해 강제로 이송되어 온 사람도 있는 모양이야. 하지만 여러 가지 사정으로 마음이 괴로울 수도 있으니까, 환자들한테 개인적인 질문은 절대 하지 말아줘. 이것만은 조심해야 해. 신변 이야기를 꺼내는 사람이 있더라도 그저 네, 네, 하고 고개만 끄덕여주면 돼. 처음부터 끝까지 거짓말인 경우도 많으니까.

병원 앞 정류장에서 전차를 내려, 3층짜리 허름한 건물로 **우리**는 조용히 들어갔다. 발소리가 복도에 울리는 것조차 신경 써가며

---

* 都電: 1970년경까지 도쿄 도내를 달리던 노면 전차의 총칭.

우선 간호사들의 대기실로 가서 인사를 했다. 젊은 간호사 두 명이 **우리**를 안내해주었다. 처음에 소아 병동, 그 다음은 여자 병동, 마지막으로 남자 병동순이었다. 입원 날짜가 오랜 내과를 돌아주었으면 하는 주문이 있어, 다른 과(科)에는 가지 못했다. 사립 여학교 학생들이 아무리 정성껏 위문한다 한들, 병원 측의 8할이나 9할은 성가시게 여길 테고 그 나머지가 고작 환영해주겠지. 이런 생각에 **나**는 새삼 실망스러웠다. 다른 사람은 몰라도 난, 위문 오고 싶어서 온 게 아니란 말예요, 라고 내뱉고 병원에서 도망치고 싶었다. 하지만 그럴 수도 없는 노릇, 제비꽃모임 사람들에 섞여 쭈뼛쭈뼛 소아 병동으로 들어갔다.

어린이 환자들은 기묘한 수녀복을 입은 선생님과 세일러복 차림의 **우리**를 보더니, 놀랍게도 기뻐 어쩔 줄 모르며 법석을 떨었다. 아무리 봐도 진짜로 기뻐하는 모습이었다. **우리**가 준비한 선물은 순식간에 사방팔방으로 동이 나고, **우리**들 품에 아이들이 안겨들었다. 놀아줘요. 노래 불러요. 그림 그려요. 안아줘요. 같이 자장자장해요. 이야기해줘요.

하나 정도, **우리**한테서 수상쩍은 구린 냄새를 맡고 구석에 몸을 웅크린 아이가 있지는 않을까 싶어, 병실을 둘러보았다. 창가에 서 있는 저 애는, 하고 **내**가 눈길을 주자, 그때까지 우울한 표정이던 아이의 얼굴이 돌연 웃는 얼굴로 바뀐다. 침대에 혼자 남은 저 애는, 하고 **내**가 다가가면, **내** 목을 두 손으로 감으며 **내** 몸에서 떨어질 줄 모른다.

어쩌면 아이들은 시간이 제한된 **우리**의 방문을 아무런 망설임도 의심도 없이, 그저 순수하게 기뻐하는 건지도 모른다. 그 정도로 아이들은 쓸쓸하고 기뻐할 일이 거의 없었다는 셈일까. 당황스러우면서도 그래도 가슴이 설레었다.

제비꽃모임 사람들도 **나**도, 아이들과 한데 어울려 노래 부르고 신나게 웃어대고 침대에 기어들기도 하면서 놀았다. 바로 엊그제까지 **우리**도 아이였으므로, 아이로 되돌아가는 건 퍽이나 간단한 일이었다.

죄송하지만 이미 30분이나 예정 시간이 초과되었으니, 어서 다음 장소로 옮겨주세요. 자아, 언니들이 돌아갈 거니까 모두들 마지막으로 한 번 더 인사해요.

간호부장의 차분하고 낭랑한 목소리가 들려온 그 순간, **우리**는 '봉사 그룹의 학생들' 위치로 되돌아왔다.

소아 병동은 어떤 봉사 단체에서 오신 분들한테나 인기가 있어서, 언제나 시간을 훌쩍 초과하게 된답니다. 그야 아이들이 천진난만하고 귀여우니까요. 하지만 저희들로선 부디 성인 환자분들도 만나주시기를 바랍니다. 그리 즐거운 시간은 못 될 거라 생각합니다만.

내과의 여자 병동으로 향하면서, 젊은 간호사들을 응원하러 달려온 듯한 부장으로부터 주의를 듣고는, 소아 병동에서 너무 소란을 피운 **우리**는 창피해서 그만 고개를 떨구었다. 수녀 선생님도 얼굴을 붉히며, 모두들 너무 즐거워하는 바람에, 라든가, 아이들에게 작별 인사 하기가 쉽지 않아서, 라며 변명의 말을 혼자 연신 중얼거렸다.

여자 병동에는 할머니들뿐이었다. 젊은 사람도 네댓 명 있었지만, 주위에 온통 할머니들뿐이다 보니 할머니식 말투와 습관을 닮아 할머니 빤치게 **우리**를 맞아주었다. 크리스마스 축하드려요, 인사를 나누고 선물을 건네준다. 그 다음엔 각각의 희망 사항을 듣고, 머리를 빗기거나 어깨와 다리를 주물러드리거나 잠옷을 갈아입히기도 한다. **나**를 보더니 시골에 있는 여동생 생각이 난다며 50년도 전에 고생했던 이야기를 꺼내는 할머니가 있었다. 아이들처럼 신나게 법석을 떨지도 않아, 웃는 건지 우는 건지, 할머니들의 표정을 살피는 게 힘들다. 하지만 어느 누구도 예외 없이, **우리**의 방문을 싫어하지는 않았다. 시시한 물건들밖에 들어 있지 않은 선물을 기뻐해주었다. 이렇게 기쁠 수가. 정말 고맙구나. 몇 살이니? 참 귀여워. 나한테도 이런 시절이 있었던가 믿기지 않아. 이렇게 고마운 일이 또 있으려나.

아무래도 인사치레가 아닌 진심으로 기뻐하는 것 같다. 이 분들은 **내**가 아직 겨우 열세 살이라는 것, 건강한 중학생으로 병원 밖 생활을 하면서도 일부러 병실까지 찾아와주었다는 사실만으로 충분히 마음이 들뜨고 감사하고 싶어진다. **내**겐 그런 생각이 들었다. 괜히 망설일 필요는 없다. 겉치레뿐인 동정을 트집 잡는 까다로운 사람은 여기에 없다. 제비꽃모임 사람들이야 어떤지 **난** 알 수 없지만, '위문'이라는 걸 처음 경험해본 **나**는 감사받는 것을 즐기기 시작했다. 이 사람도 기뻐하고 있다. 이 사람도 감사하고 있다. 사람의 기쁨을 이끌어내기란 얼마나 단순한 일인가. **내**가 다가간다. 저것 봐, 또 한 사람, 방긋방긋 웃으며 **나**를 기다리고 있잖아. 아무런 기술도 필요 없어. **난** 그저 미소만 짓고 있으면 돼. 아직 열세 살, 건강 그 자체인 **나**니까.

그래, **나**는 환자들 모두가 기뻐해주는 것에 으쓱해지고 한껏 신명이 나 있었다. 여태껏 꿈에도 그려본 적 없는 새로운 역할을 어느 누구보다 능숙하게 해내려고 열심이었다. **나**는 미소 짓는다. 상냥하게 말을 건다. 손을 잡아준다. 겨우 이 정도의 일로, 입원 환자들은 하나둘씩 행복해진다.

남자 병동에 가서도 **나**는 변함없이 열심이었다. 할머니건 할아버지건 마찬가지였다. 머리 아프게 생각할 필요는 하나도 없다. 불쌍하고 쓸쓸한 사람들뿐이다. 새 비누 하나를 놓고 서로 빼앗으려는 사람들. **나**는 이 사람들과는 다르다. 그래서 아낌없이 미소 지어 보인다. **내** 보드라운 흰 손을 내밀어 어깨를 주무른다. 수건으로 얼굴을 닦아드린다.

그리고 **나**는 혼자 조용히 천장을 보고 누워 있는 사람의 침대로 다가갔다. 잠들었나 싶어 얼굴을 들여다보며 선물이 든 종이 주머니를 머리맡에 두었다. 저어, 이걸…… 하고 속삭이며.

그 사람은 잠든 게 아니었다. 눈을 크게 뜨고 **나**를 똑바로 응시했다. **내** 눈 속을. **내** 몸 속을.

처음엔 푸른 눈으로 보였다. 곧, 갈색 눈임을 알아보았다. 엷은 갈색 눈동자. 물속에 사는 생물처럼 그 눈은 빛났고 젖어 있었다. **나**는 깜짝 놀라 시선을 피할 수가 없었다. 얼굴을 들여다보고 있던 자세를 고칠 수도 없었다. 20센티미터, 아니 30센티미터의 거리에서, **우리**는 서로의 눈을 응시했다. 푸르스름한 엷은 갈색의 눈빛이 강렬해졌다. 긴 속눈썹, 쌍꺼풀진 눈의 빛, 위문을 즐기는 열세 살 짜리 **나**를 업신여긴 눈빛이.

넌 뭘 하고 있는 게냐. 사람을 짓밟는 게 그렇게도 신나고 기쁜 일이냐. 사람을 바보로 만들어도 분수가 있지. 네 정체가 훤히 보여, 더러운 좀도둑아. 속이 다 울렁거린다. 넌 대체 누구냐, 이토록 꼴불견에 초라한 넌 누구란 말이냐. 불쌍한 철면피, 하도 불쌍해 구역질이 나.

나는 숨을 쉴 수가 없었다. 나는 그 눈을 계속 응시했다. 젊은 청년의 눈이었다. 그 눈동자 속에 내가 있었다, 청년이 미워하는 내가. 나에 대한 미움으로, 청년의 눈은 푸르게 빛나고 유리처럼 투명해졌다. 푸르게 반짝이는 눈 속에서, 나는 세상에서 가장 추한 괴물로 변해 있었다. 게다가 어리석으며, 인간의 말도 제대로 못 알아듣는 괴물. 아무 소리도 들리지 않고, 눈물을 흘릴 수도 없었다. 아직 열세 살이련만 주름투성이 백 살 먹은 노인이 된 듯, 나는 그 눈을 계속 응시할 수밖에 없었다. 그 눈은 나를 미워하고 동정하고 있었다. 푸르스름한 엷은 갈색 눈. 두 개의 아름다운 눈이, 내 눈을 내 몸을 산산조각내어 그 속으로 빨아들이고 말았다.—

그때부터, 열세 살이었던 나는 그 눈을 잊을 수 없었다. 내가 이 세상에서 발견한 가장 아름다운 눈을, 그때부터 찾기 시작한 것이다. 언젠가는 반드시 찾아내리라 믿으며. 1년이 지나고 10년이 지나고 35년이 지났다. 35년이란 눈 깜짝할 새였다. 그리고 나는 마침내 발견했다. 35년 전의 그 눈을, 나를 동정하며 푸르게 반짝이던 그 눈을.

그 눈이 나를 응시했다, 35년 전과 다름없는 긴 속눈썹, 푸르게 빛나는 엷은 갈색의 그 눈이.

그 눈의 동정을, 나는 오랫동안 찾아다녔다. 그 눈 외에 어떤 눈도 나를 동정하지는 못했다. 그것은 나 자신의 눈이었다. 내 눈이 나를 응시한다, 줄곧 응시한다, 너무나 불쌍한 나를, 참으로 뻔뻔스러운 열세 살의 **나**를. 내 눈은 은근히 반짝이며 어디서건 **나**를 찾아낸다. 은근히 **나**를 줄곧 미워하고 있다……

그날, 열세 살의 소녀가 동정의 침대에 누워 있는 스무 살의 나를 응시하고 있었다. 나는 그 눈을 잊을 수 없다. 35년이 지나도록 나를 떠나지 않는다. 다른 일들은 죄다 까맣게 잊어버렸는데도.

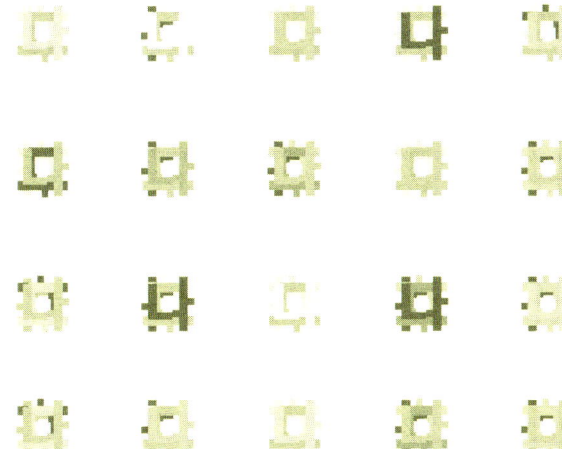

새의 눈물

새의 눈물

―네 아빤 아직 돌아오지 않는구나……

이렇게 엄마의 '이야기'는 시작되었다. 나와 남동생은 두 개의 이불 위에 나란히 누워 있다. 내가 일곱 살, 그러니까 남동생은 네 살 무렵이었을 게다. 굉장히 무서운 이야기라서 나와 동생은 눈을 감은 채 손을 맞잡고 들었다. 잠들기 전의 아이에게 들려주기에는 너무나 무서운 이야기인 줄 엄마도 뒤늦게 알아차렸는지, 어느 틈에 우리는 딴 이야기만 듣게 되었다.

―이건 자장가라고 하는데, 어떤 노래였는지 나도 잘은 몰라. 너네 할머니도 이젠 다 잊어버렸어. 자장가니까, 제 아기한테 들려주는 이야기란다.

이야기를 시작하기 전에 엄마가 이런 말을 한 듯한 느낌이 드는데, 분명하지 않다. 나중에 내가 이 이야기의 발단을 알게 되면서,

자신의 기억을 뒤바꿔치기 해버린 것 같기도 하다. 동생에게 확인 삼아 물어보면 좋으련만, 동생은 오래전에 죽었다.

─네 아빠 아직 돌아오지 않는구나……

엄마는 이야기를 시작한다.

─……날마다, **나**는 울면서 너를 키운단다. 네 아빠 이웃 나라 사람들에게 끌려 가버렸지. 거길 가면 반드시 죽는다는 무서운 곳. 차가운 바다에는 많은 물고기들이 있지. 그 물고기를 하루 종일, 너의 아빤 끌어모으지. 바다의 파도. 아빠는 나뭇군다. 이웃 나라 사람들이 아빠를 몽둥이로 때린다. 몸에서 피가 흘러. 발이며 손이 차가운 바다 때문에 너덜너덜해지고 피투성이가 되었어. 아빠에게 먹을 것도 주지 않아. 잠잘 시간도 주지 않아. 아빠는 병이 났단다. 이웃 나라 사람들은 병이 난 아빠를 몽둥이로 때린다. 병이 난 아빠는 온몸에 피를 흘리며 차가운 바다 속으로 돌아간다. 바다 속에는 인간의 피냄새를 무척 좋아하는 상어가 있지. 그런 무서운 곳.

너의 아빠는 가고 싶지 않았지만 명령을 따르지 않으면 죽임을 당하니까, 어느 날 배를 타고 이웃 나라 사람들의 마을로 나가게 된 거야. 그때 네 아빠는 너를 안고 울고 있는 **내**게 말했지.

"만약 **내**가 영영 돌아오지 않거든 기분 좋은 산들바람이 바다에서 불어오지는 않는지, 유심히 살펴봐주어. 그리고 당신은 바닷가로 나와 먼 바다를 지켜보는 거야. 그러면 새떼들이 뭍을 향해 오는 게 보일 거야. 잘 봐, 그 맨 앞에 목 없는 새 한 마리가 날고 있을 테니. 그게 **나**야. 똑바로 **날** 지켜보며 기도해주어."

그렇긴 하나, 아빠 없는 우리에게 엄마는 아무 생각 없이 이 '이 이야기'를 들려주었던 것일까. 우리 아빠는 남동생이 갓난아기 때 엄마 곁을 떠나, 엄마보다 훨씬 젊은 여자와 살았고 그리고 당시, 동유럽이라 불리던 어떤 나라로 가서 이후로 소식을 알 수 없게 되었다. 아빠와 엄마는 결혼하지 않았기 때문에 우리는 원래 법률상, 아빠 없는 아이들이었다. 아빠는 내가 태어났을 무렵, 아직 학생이었다고 한다. 내가 대학에 들어갔을 때, 엄마가 아빠와의 생활을 있는 그대로, 하지만 최소한의 범위에서 가르쳐주었다. 그러고 나서 10년도 더 지났지만, 나는 아빠에 대해 엄마에게 아무것도 묻지 않을뿐더러 엄마도 말하지 않는다. 세 살까지 있었던 아빠를 아빠라고 할 수 있는지 어떤지조차 나는 모르겠다. 적어도 나는 그 존재를, 내가 이 세상에 태어나게 된 '동기'로밖에 느끼지 못한다. 아빠라는 단어와는 무관한 단순한 '동기'일 뿐이다. 하물며 엄마는 내가 대학을 졸업한 뒤 어떤 연상의 남자와 함께 생활하기 시작해 지금까지 노(老)부부로서 함께 지내고 있는 터라, 내게도 두 분에 대해 가족다운 느낌이 생겨났는지 아빠라는 말을 들으면, 지금의 엄마 배우자를 나도 모르게 떠올리고 만다. 그렇다고 아버지라 불러본 적도 없고, 대놓고 말다툼을 해본 적도 없지만.

  아무튼 스스로도 고개를 갸우뚱거릴 만큼 나는 자신의 아빠에 대해 어떤 특별한 느낌도 갖지 못한 채, 이 나이가 되도록 살아왔다. 결혼해 아이가 생겼어도 무관심은 변함이 없었다. 어릴 적, 아빠가 없어서 불안하다든가 허전하다고 느껴본 기억이 없다. 하지만 엄마는 어땠을까. 요즘에야 그런 것들이 신경 쓰인다. 나와 남동생을 잠재울 때 그 '이야기'를 들려준 엄마는 아빠와 헤어진 지 4년도 채 지나지 않았고 겨우 서른이었다. 엄마야말로 불안한 심정으로 '이야기'의 **나**와 자신을 중첩시켜, 그러나 자신의 배우자는 누군가 강제로 데리고 떠난 것도 아니고, 죽임을 당해 목 없는 새가 된 것도 아니라고 한숨짓지는 않았을까. 아니면, 당시의 엄마는 생활비를 누구에게도 의지할 수가 없었으니, 우리를 보살피고 일하는 데에 너무 바빠 아무런 감상(感傷)도 없이, 하루의 피로에 자신도 거의 졸다시피 아이들을 위해 '이야기'를 잠꼬대처럼 들려주었을 뿐일까. 엄마가 알고 있는 이야기란, 그 수가 극히 한정되어 있었다. '모모타로'* '우렁이 장자'** '은혜 갚은 학' 등, 거듭거듭 얘기하다 보면 금세 밑천이 동나고 마는 절박한 상태에서, 그래서 억지로 기억에서 끌어내온 것이 '새 이야기'였다. 이렇게 되지 않았을까, 자꾸만 그런 생각이 든다.

그래그래, 이런 이야기를 **우리** 어머니한테 들은 적이 있단다. 아주 이상한 이야기였지.

어느 날 밤, 엄마는 불쑥 생각났다. 더 재미난 다른 얘기해줘요, 라는 우리들 투정에 곤혹스러워하며.

— 네 아빤 아직 돌아오지 않는구나⋯⋯

맞아, 이렇게 이야기는 시작되었지, 하고 엄마는 자신의 어머니의 목소리에 귀를 기울이는 듯, 새로운 '이야기'를 천천히 들려주었다.

— ⋯⋯날마다, 울면서 **나**는 너를 키운단다. 이웃 나라로 끌려간 네 아빠는 영영 돌아오지 않아. 하지만 네 아빠가 남기고 간 말 그대로 지금, 기분 좋은 산들바람이 바다에서 불어오는구나. 얼마

* 桃太郎: 복숭아에서 태어났다는 동화의 주인공.
** 우렁이 장자(長者): 우렁이가 처녀와 결혼한다는 옛이야기.

나 상쾌하고 좋은 바람인지! **나**는 서둘러 바닷가로 달려간단다. 파도가 하얗게 반짝이는구나. 먼 바다에서 새떼가 날아온단다. **나**는 숨도 제대로 쉬지 못한 채 새떼를 지켜보았어. 마침내 맨 앞의 새가 보이기 시작해. 하지만 아직 그 모습을 또렷이 알아볼 수는 없어. **나**는 심장을 멈추고 맨 앞의 새를 줄곧 응시했지. 하얀 날개가 아래위로 크게 움직이는 게 보여. 그런데 하얀 몸뚱이에 똑바로 뻗어나 있어야 할 머리가 없구나. 다른 새들에겐 하얀 머리가 달려 있고 노랑 주둥이도 그 앞에 반짝이고 있건만. 목 없는 새는 **내** 머리 위에 원을 그리며 날더니, 그리곤 다시 먼 바다를 향해 날아가는구나.

그게 네 아빠였을까. 정말 그런 걸까.

난 그저 울기만 할 뿐. 모래사장에 얼굴을 묻고 **나**는 운다. 네 아빠 새들의 신(神)이 되었단다. 목 없는 새의 신은, 그러나 너를 볼 수 없어. **내** 모습도 볼 수 없어. 울음 소리도 낼 수 없어. 그렇게 네 아빠 새의 신이 되었고, 이젠 **우리**에겐 영영 돌아오지 않는단다.

나의 엄마는 우리의 머리를 번갈아 쓰다듬으며 이야기를 끝내고는, 스스로 납득이 되었다는 심정으로 혼자 끄덕인다.

이 아이들의 아빠는 스스로 자신의 머리를 잘라냈다. **우리**를 보지 못하도록. **우리**를 잊고 떠나기 위해. 머리를 잘랐을 때는 조금 아프기도 했겠지. 피도 흘렸겠지. 떨어져내린 머리에 달린 두 개의 눈에서는 눈물이 흘렀을까. 울음 소리가 새어나왔을까. 그 사람은 머리를 잃어버린 새가 되어, **우리**에게 작별을 고하고는 날아가버렸어. **우리**에게 하루라도 빨리 체념과 망각을 심어주기 위해. 그래, 내가 그 사람을 그리며 불안과 분노에 울지 않게 된 것은, 이 때문이야. 끔찍한 줄 알면서도 피할 수 없는 '차가운 바다'로 휘말려 들어간 그 사람에게, 나는 동정심마저 느끼게 되었어. 가엾은 사람. 당신은 마침내, 머리 없는 새가 되고 말았어!

나의 엄마는 우리의 얼굴을 오래도록 줄곧 지켜본다. 우리는 잠자리에 누워 눈을 감고 있어도 아직 잠들지는 않아, 이따금 실눈을 뜨고 엄마가 아직 우리 곁에 있는지를 확인하고는 쿡쿡 웃었다. 엄마의 얼굴은 조금도 슬퍼보이지 않았고 그저 졸린 듯 멍한 표정이었다.

최근에 나는 엄마한테 들은 이 이야기가 어디서 나온 건지 궁금해져, 이것저것 민담 책을 들여다보기 시작했다. 중학생이 된 우리집 아이가, 있잖아 그 '목 없는 새' 이야기 말야. 사람들한테 물어봐도 다들 모른대. 어떻게 그런 얘길 알게 됐어?, 하는 말을 언젠가 듣고는, 정말이지 왜일까, 싶어 허둥대고 말았다. 늙은 엄마에게도 슬며시 물어보았다. 엄마의 대답은 너무나 간단했다.

나의 어머니가 이야기해주었으니, 나도 너한테 이야기해준 거지.
나의 할머니는 아오모리*에서 도쿄로 나온 사람이었다. 할아버지는 사이타마(埼玉)에서 태어나 도쿄의 학교를 졸업한 뒤 도쿄의 회사에서 일하시다, 나의 엄마가 아직 갓난아기였을 때 사고로 돌아가셨다. 이 정도의 기억을 떠올려 나는 우선 아오모리에 전해지는 민담 책을 구입했다. 내가 찾는 '새 이야기'는 눈에 띄지 않았

---

* 青森: 도호쿠(東北) 지방 북쪽 끝의 현, 그 현청 소재지.

다. 다음엔 사이타마의 민담집을 구해왔다. 역시 '새 이야기'는 찾아볼 수 없다. 이와테(岩手), 아키타(秋田) 지방의 민담도 마찬가지로 조사해보았다. 어디에서도 '새 이야기'와 흡사한 이야기는 발견하지 못했다.

할머니가 직접 지어낸 '이야기'일까, 하는 생각도 해보았다. 아니면, 할머니와 가깝게 지내던 누군가가 창작한 것일까. 하지만 나는 도저히 그렇게는 여겨지지 않았다. 누군가의 발상으로 지어낸 것치고는 너무나 엉뚱한 '이야기'가 아닌가. 어째서 '어떤 남자가'라고 하지 않고 굳이 '네 아빠는'이라고 말하도록 정해진 것일까. 어떻게, 목을 잃어버린 바다새가 유유히 하늘을 날아다니는 모습을 상상할 수 있었을까. 가만히 생각해보면 이보다 더 잔혹한 모습도 없으련만, 어째서 '이야기' 속에서는 그것이 아름다운 모습으로조차 느껴지기도 하는 걸까.

할머니가 태어난 아오모리의 바로 북쪽에는 홋카이도라고 하는, 섬이라 부르기엔 너무 큰 섬이 존재한다는 사실을 나는 문득 깨달았다. 할머니의 집은 태평양이 바라다보이는 허름한 어촌 마을의 선주(船主)였다고 한다. 그렇다면 홋카이도의 해변과 무슨 연관이 있었던 게 아닐까. 홋카이도는 아이누 사람들의 땅이었다.

혹시나, 하는 생각에 나는 아이누 민담집을 도서관에서 찾아 훑어보았다. 아이누의 노래를 수집한 책도 조사해보았다. 그리고 나는 마침내 그 정겨운 '이야기'를 꼭 닮은 이야기와 해후할 수 있었다.

그것은 짧은 자장가였다. 울음을 그치지 않는 아기를 어르기 위해 엄마가, 죽은 아빠에 대한 이야기를 들려준다.

― 네 아빠 살아 있었지……

자장가는 이렇게 시작되었다.

아기의 아빠는 '와진(和人)'의 마을에서 온 호출장을 받고 마지 못해 떠나간다. 만약 내가 돌아오지 못한다 해도, 틀림없이 산들바람과 함께 새떼들이 날아올 거요. 그 선두에 목 없는 새가 날고 있지. 그 새를 보거든 음식이나 넉넉히 차려주시오, 라는 말을 남기고. 아무리 기다려도 아빠는 '와진'의 마을에서 돌아오지 않아. 그런데 아빠의 말대로 어느 날, 새떼가 날아왔단다. 그래서 아기의 엄마는 맨 앞에서 날고 있는 목 없는 새를 위해, 여러 가지 요리를 차려놓고 배웅했지. 아빠는 그 요리를 선물로 가져가 신들의 마을에 도착했고, 신들과 함께 살 수가 있었단다……

이러한 내용으로, 아빠가 죽임을 당했다는 말은 한 마디도 나오지 않았다.

'이웃 나라'란 '와진,' 즉 '일본인'의 나라였던가, 싶어 내겐 이것이 가장 뜻밖의 발견이었다. 어느 시기에 만들어진 노래인지는 알 수 없으나, 일본인이 홋카이도에 살기 시작하면서 아이누 사람들을 혹사시켜 청어와 다시마로 떼돈을 벌었다는 배경이 여기에 깔려 있음은 분명하다. '와진'들이 얼마나 잘난 척했었는지, 아이누 사람들이 얼마나 희생당했는지, 나는 여기에 대해서는 지식이 없다. 하지만 이런 자장가가 전해질 정도로 '와진'이 공포의 대명사가 되고 있었으리라는 것만은 확실히 짐작할 수 있다.

할머니는 언제, 어디서 이 자장가를 들은 걸까. 아이누 말을 전혀 알아듣지 못하는 할머니에게 누가 그 뜻을 알려주었을까.

……아직 일고여덟 살의 할머니가 바닷가를 달리고 있다.

할머니의 어릴 적 얼굴을 나는 도저히 상상도 할 수 없어, 사진으로 본 적이 있는 엄마의 어릴 때 얼굴을 나는 맞추어본다. 단발머리에 길이가 깡충한 기모노. 할머니는 부모를 따라 홋카이도까지 배로 건너가, 어느 바닷가에서 부모의 일이 끝나기만을 기다린다. 어느 바다나 다 똑같다. 하지만 이곳의 모래사장은 얼마나 기다랗게 이어져 있는지! 바닷물이며 하늘의 빛이 얼마나 무겁게 보이는지! 바람 소리가 사방으로 흩어지고, 살아 있는 무리들처럼 달음질친다. 할머니는 바람을 쫓아 달려나간다. 달려나가지 않을 수 없다. 바람이 할머니의 몸을 휘감는다.

"넌, 어디서 왔니?"

느닷없이 바람이 말을 걸어와, 할머니는 깜짝 놀라 멈춰 선다. 조금 떨어진 곳에, 할머니보다 나이가 많은 소녀가 서 있다. 할머니와 똑같은 길이의 깡충한 기모노에 긴 머리를 세 가닥으로 땋았다. 그래서 할머니는 마음을 놓고 가쁜 숨을 몰아쉬며 대답한다.

"남쪽 아오모리에서 왔심더. 여기, 그쪽 바닷가라예? 모르고 놀았으이 용서해주소."

당시의 할머니는 이렇게 말했던 것일까. 할머니의 말이, 똑똑 부러지는 일본어를 사용하는 세 가닥 머리 땋은 소녀에게 어디까지 통했는지도 알 수 없다. 하지만 다소 귀에 익지 않은 말이라도, 아이들끼리는 그럭저럭 서로 알아들었을 게 틀림없다.

"그래, 여긴 우리 바닷가니까 어서 나가줘. 그치만 아주 잠깐이라면 괜찮아. 내 뒤를 따라 달려오렴."

댕기 머리 소녀는 이렇게 말하기가 바쁘게, 할머니가 지금까지 달려온 방향으로 달려나간다. 할머니는 두 갈래의 댕기 머리가 출렁이는 걸 응시하며, 열심히 뒤를 쫓아 달려간다. 댕기 머리 소녀는 자신의 바닷가를 달리고 있으니, 과연 빨리 달린다. 아무리 달려도 주변의 풍경은 그대로다. 잿빛으로 쓸려오는 물결이 완만한 호(弧)를 그리며 졸린 듯 이어진다. 두 소녀는 말없이 계속 달린다.

할머니의 숨이 헐떡거리고 눈이 핑핑 돌아갈 즈음, 댕기 머리 소녀는 바닷가에서 봉긋하니 높다란 풀밭으로 뛰어올라가 털썩 주저앉는다. 할머니도 그곳에 도착해 소녀 옆에 푹 엎드리며 쓰러지고 만다. 소녀의 웃음 소리가 할머니의 귀를 울린다.

"아오모리의 애도 잘 달리네. 내일도 넌, 여기에 올 거니? 그렇담, 같이 또 달리자."

할머니는 몸을 일으켜 고개를 옆으로 흔든다. 아직 헉헉대는 숨을 따라 몸이 물결친다.

"내일은, 인자 안 온다. 배로 밤에, 아오모리로 돌아가는 기라."

"어머, 그러니?……"

소녀는 잠시 말이 없다가 느닷없이 높고 깨끗한 목소리로 이상한 노래를 부르기 시작한다.

"아우홋투 로-, 에 콜아이누,

아우홋투 로-, 아나 콜카

아우홋투 로-, 도노 이렌카

아우홋투 로-, 호카무파 쿠스

아우홋투 로-, 도노코탄 와……"

자꾸만 귀에 울리는 혀를 떠는 '로-' 소리를, 할머니는 기분 좋게 유심히 듣고 있다. 이윽고 할머니도 소녀와 함께 "아우홋투 로-"

하고 반복되는 부분만을 노래하기 시작한다. 소녀처럼 혀를 멋지게 떨어가며 "로-" 하고 노래 부르기란, 도저히 흉내 낼 수 없지만. 함께 노래 부르는 할머니에게 소녀는 미소 짓고, 눈앞에 펼쳐진 하늘을 뚫어지게 바라보며 이상한 노래를 자꾸만 부른다.

무슨 뜻인지도 모른 채 함께 하늘을 바라보며 노래하는 사이, 할머니는 바다에 자신이 녹아들어 사라지고 말 듯한 슬픔을 느끼고는, 저도 모르게 소녀의 몸에 바싹 다가가 까맣게 그을린 홀쭉한 다리를 꼬옥 붙잡는다.

처음 노래를 시작했을 때와 마찬가지로 소녀는 갑자기 노래를 그친다. 그리고 할머니의 아직 앳된 얼굴을 째려본다. 할머니는 당황하며 소녀의 다리에서 자신의 손을 빼낸다.

소녀는 묵직한 어조로 할머니에게 말한다.

"넌, 시사무의 자식이지만 착한 아이니까 특별히 이 노래의 뜻을 가르쳐주지. 잘 기억해둬. 나도 실은 후치한테 듣고 외운 거야. 하지만 아직 완전히 노래하지는 못해. 내 머리가 좀더 똑똑하면 좋겠는데 말야. ……그럼, 해볼까? 우선 아우홋투 로-는 아기를 어르는 소리, 그래그래 옳지옳지, 자장자장. 이건 자장가야. 우리는 '이훈케'라고 불러. 후치의 이훈케……"

그리고 할머니는 소녀가 들려주는 이야기에 귀 기울인다.

"……네 아빤 살아계셨단다, 헌데 영주님의 명령이 아주 엄했었지, 영주님의 마을에서 여름 6년 겨울 6년, 호출하는 편지가 왔단다, 네 아빤 영주님의 마을로 배도 띠우지 않고 지냈었지만, 마침내 네 아빤 영주님의 마을로 갈 결심을 하셨지, 그리고는 출발 전에 이런 말씀을 하시더구나. '영주님의 마을에 **내**가 가서 만약 못

돌아오게 되면 다음과 같은 일이 생길 거네, 어느 날 잔잔한 바람이 먼 바다에서 불어오겠지, 그러면 당신은 밖으로 나가 먼 바다를 내다봐주어, 그러면 이런 게 보일 거야, 많은 새떼들이 뭍을 향해 날아들겠지, 그 새떼의 선두에 목 없는 새의 신이 섞여 있는데 그게 바로 **나**야, 어떤 탕요리건 산채요리건 좋으니 당신이 만든 걸로 차려놓고 새의 신인 **내**게 절을 해주면, 나는 그걸 신들의 마을로 가져가 신들과 함께 살게 될 거네.' 이런 말을 남긴 채 네 아빤 배를 타고 떠났단다, 그래, 이 이야기를 듣고 싶어 너는 울며 칭얼대는 게로구나, 그러고 나서 날마다, **나**는 울면서 너를 키웠단다, 어느 날, 네 아빠가 말씀하신 대로 잔잔한 산들바람이 먼 바다에서 불어오길래 **내**가 밖으로 나가 살폈더니, 저 멀리 바다 위로 엄청난 새들이 뭍을 향해 날아들더구나, 그리고 목 없는 새의 신이, 그 속에 섞여 있었지……"

잘 기억해둬, 라는 소녀의 말에 할머니는 소녀의 입매를 뚫어지게 쳐다보며 열심히 들었다. 자신의 얼굴이며 팔에 묻은 모래를 이따금 손가락으로 털어내면, 그 모래가 바닷바람에 실려 뒤편으로 날아가 흩어진다. 바닷바람이 차다.

이렇게 해서 나의 할머니는 이상한 '이야기' 하나를 자신에게뿐만 아니라, 나의 엄마, 그리고 나, 어쩌면 나의 아들에게까지 깊이 새겨놓았다.

물론 이러한 나의 상상과는 달리, 실제로는 이 자장가를 아는 일본인이 어딘가에 있어 그 사람이 할머니의 가족에게 전했고, 덩달아 할머니도 그 이야기를 들어 알게 된 것뿐일지도 모른다.

어쨌거나 할머니는 어느 때부턴지 이 '이야기'와 더불어 살기 시작했다. 여학교에 다닐 즈음엔, '영주님의 마을'이 일본인의 마을을 뜻한다는 것, '호출 편지'가 강제 노동을 뜻한다는 것 등을 할머니는 저절로 알게 되었을 게 분명하다. 일본 사람들이 편하게 주고받을 수 있는 '이야기'가 아니라는 사실도 짐작했으리라. 할머니는 그후, 도쿄로 나와 간호사가 되었고 그리고 할아버지와 결혼했다. 하지만 셋째 아이, 즉 나의 엄마가 태어나자마자 할아버지가 돌아가셨다. 할머니는 다시 간호사가 되어 혼자 아이들을 키웠다. 결혼하지 않은 여동생의 도움을 받아가며.

할머니는 늘 피로에 지쳐 집으로 돌아왔다. 그래도 아이들의 얼굴을 확인하지 않고서는, 다실(茶室)에 앉지도 않았다. 아이들이 잠들 시간에 할머니가 집으로 돌아올 때면, 아이들의 머리맡에서 어김없이 '감춰둔 이야기'를 들려주었다. 그 이야기가 아이들에 대한 어머니의 표시였다. 하지만 할머니가 그리 많은 이야기를 알 턱이 없었다. 그러다 할머니는 아이누 사람들의 신기한 '이야기'를 떠올렸다. 일본 사람들이 함부로 스스로에 대한 위로 삼아 얘기해선 안 되는 '이야기.'

아이들의 머리맡에서 할머니는 망설였다. 허나, 이 아이들의 아버지인들 일본인에게 죽임을 당하지는 않았어도 공장의 기계가 죽인 것이니, 지금의 **내**가 아이들에게 들려주는 거라면 용서받을 수 있지 않을까. 지금의 **나**에게, 얼마나 어울리는 '이야기'란 말인가.

— 네 아빤 살아 있었지……

할머니는 자신의 기억을 조심스레 더듬어가며, 나직이 노래하듯 이야기를 시작했다.

─⋯⋯바로 아빠 이야길 듣고 싶어서 넌 꼭 그렇게 우는 게지. 네 아빤 어느 날, 이웃 나라에 강제로 끌려갔단다. 아주아주 추운 나라란다. 꽁꽁 얼어붙는 바다에서 네 아빤 일을 해야 했어. 게다가 이웃 나라 사람들은 무척 잔인해서 아빠를 사정없이 몽둥이로 때리지. 네 아빤 너와 **내**가 있으니까 그런 곳에는 가고 싶지 않았건만, 어느 날 결국 아빠는 이웃 나라의 배를 억지로 타야만 했었지⋯⋯

할머니는 이렇게 '이야기'를 계속해나간다.

출발 전에 하신 아빠의 예언. 우리 그이도 그때 자주 말했었지. 할머니는 '이야기'와 중첩되어 들려오는 자신의 남편의 목소리에도 귀를 기울인다. 나는 무슨 일이 있어도 꼭 여기 돌아오겠어. 설사 죽는 한이 있어도 돌아올 테니까, 당신은 여기서 기다려야 해.

노동쟁의가 잇달아 일어났다 무산되어가는 시대였다. 파업을 했다고 해서 설마 죽임을 당하지는 않겠지 생각했다가, 운이 나쁜 그이는 이미 고장 나 있던 기계에 머리를 짓눌려 어이없이 죽고 말았다. 실제로 일어난 일이 **내**겐 이해가 되지 않은 채로, 간단한 장례식이 끝나고 뼈만 남았다.

그리고 **나**는 계속 기다렸다. 그이는 돌아올 거야. 틀림없이 돌아와. 직접 그이가 그렇게 말했으니까. **나**는 날마다 울면서 네 아빠를 계속 기다렸단다. 여태 오지 않아. 내일은 돌아오려나.

어느 날, 바람이 바깥에서 불어오더구나. 얼마나 기분 좋은 바람인지! **나**는 바람에 이끌려 밖으로 달려나갔지. 여보! **나**도 모르게 소리쳤단다. 이른 아침 푸르스름한 하늘에 하얀 새들이 날아들더구나. 여보! 나는 한 번 더 크게 불렀어. 목이 잘려나간 유난히 커다란 새 한 마리가, 맨 앞에 날고 있더구나. 그렇게 죽임을 당했으니까, 아빠는 목 없는 새의 신이 될 수밖에 없었지. 목 따위 없대도 아빤 전혀 불편하지 않아. 그 커다란 날개가 아빠의 눈이지. 그 몸 전체가 아빠의 목소리란다. 목이 없으니 오히려 그 새의 아름다움이 훨씬 돋보이더구나. 그래, 머리가 있어봤자 성가시기만 한 물건일지도 모르지. 새는 조용히 날아갔어. **나**는 눈물을 흘리며 새들을 배웅했단다. 아빤 죽었어. 이젠 두 번 다시 돌아오지 않아. 정말로 죽어버린 거야. 여보, **나**도 목 없는 새가 되고 싶어요! **나**는 아빠가 죽고 나서 처음으로 엉엉 울음을 터뜨리고 말았지……

할머니의 이 '이야기'를 듣고 자란 나는, 남편을 잃은 건 아니어서 '네 아빠'라고 직접 이야기해봐도 자신의 남편을 떠올리지는 않는다. 나의 아버지나 할아버지를 생각하지도 않는다. 이 '이야기'를 오래전, 이부자리에서 함께 손잡고 들었던 어린 남동생이 내 머리 속에서 목 없는 새의 모습으로 쉼 없이 날갯짓하고 있다.

아이가 태어났을 때, 나는 남편의 얼굴을 보고 울었다. 남편이 그때 짐작했을, 기쁜 눈물은 아니었다.

— 이 아이도 죽겠지, 틀림없이 죽을 거야. 그렇게 돼 있어. 남동생도 아홉 살에 죽었지. 할아버지도 서른셋에 죽었어. 아빠는 사라지고. 남자는 모두 내 곁을 떠나가. 그러니까 당신도 죽을지도 몰라. 하지만 당신은 이미 어른이니까 언젠가 체념하겠지. 갓 태어난 이 아이가 죽는 건, 도저히 참을 수 없어. 어떡해. 이 아이가 남동생처럼 죽기를 기다리며 키우다니, 그렇게는 도저히 못 해. 어째서 하필 남자애가 태어났을까. 남자애는 원하지도 않았는데.

오래도록 잊고 지낸 남동생과 놀던 즐거운 기억이 커다란 파도가 되어, 출산 후의 내게 밀려들었다. 아빠가 없는 집에서 바쁜 엄마 대신, 나는 동생의 기저귀를 갈아 채워주었고 밥을 먹이고 옷도 입혀주었다. 목욕하고 나서 알몸으로 동생과 이불 위를 데굴데굴 구르는 게 너무 좋았다. 동생이 초등학생이 되고부턴 1학년 교실을 하루도 빼놓지 않고 둘러보곤 했다. 동생에게 친구가 생기면 나도 같이 놀았다. 내 남동생! 내 동생! 내가 늘 입에 달고 다니는 통에, 우리 반 전체가 동생을 잘 알게 되었다. 너의 남동생! 네 동생! 반 아이들 전부가 이렇게 말하며 나를 놀린다. 그래도 나는 동생 곁을 떠나지 않았다. 운동이 서툰 동생을 위해 집에서 체조 코치가 되어준 적도 있다. 학년 대표로 뽑힌 동생이 종업식 때 전체 학생들 앞에서, 전근하게 된 선생님을 위한 '송사'를 읽을 때, 나는 너무나 걱정이 되어 속이 울렁거렸다. 내 남동생. 나만의 동생이었다!

이 아이는 죽지 않아, 죽을 리가 없어. 내 남편은 참을성 있게, 마치 자장가를 부르듯 연신 나를 타일렀다. 나는 믿지 않았다. 동생인들 죽을 까닭이 없었다. 하지만 3년이 지나면서, 내가 우는 횟수는 줄어들기 시작했다. 6년이 지나면서 아주 가끔 울었다. 우는 대신 나는 엄마한테 들은 '이야기'를, 그 무렵부터 내 아이한테 들려주기 시작했다.

— 네 아빠 아직 돌아오지 않는구나……

그러면, 아이는 묘한 표정으로 중얼거린다.

— 우리 아빠, 맨날 돌아오는데.

나는 무시하고, '이야기'를 계속한다.

―……날마다, 나는 울면서 너를 키운단다. 네 아빠 이웃 나라의 사람들에게 끌려가고 말았지……

― 그거, 누구 이야긴데? 너라면, 나를 말하는 건 아니지?

무슨 말을 듣건 나는 모른 척한다.

―……하지만 네 아빠가 남기고 간 말대로, 지금 기분 좋은 산들바람이 바다에서 불어오는구나. 얼마나 상쾌하고 좋은 바람인지! 나는 서둘러 바닷가로 달려나간다. 먼 바다에서 새떼들이 날아오는구나. 나는 숨도 제대로 쉬지 못한 채, 새떼를 지켜본단다. 마침내 맨 앞의 새가 보이기 시작해. 나는 심장을 멈추고 앞장선 새를 줄곧 응시한단다. 하얀 날개가 크게 퍼덕인다. 그런데 하얀 몸뚱이에서 똑바로 뻗어 있어야 할 머리가 없구나……

……목 없는 새가 되어버린 내 남동생! 내 동생이 드디어 내게로 돌아와주었어. 날개를 퍼덕이는 소리가 내 귓전을 울려. 목 없는 새가 내 머리 위를 선회하기 시작한다. 새하얀 날개가 눈부시다. 날갯짓 바람이 내 주위에 소용돌이친다. 아직 죽지 말았어야 했는데도 죽어버린 이유로, 목 없는 새의 신이 된 내 남동생! 들어봐, 누나, 들어봐, 하고 늘 내 곁을 맴돌며 종알대곤 했으니까. 지금도 내게 하고 싶은 말이 너무 많아. 그래서 차라리 목을 없애버린 내 동생! 목 없는 새의 날개에서 굵은 눈물이 반짝이며 후드득 떨어져내린다. 그 눈물로 내 머리, 어깨, 가슴, 손이 젖는다. 날갯짓 바람이 내 몸을 얼린다. 날갯짓 소리가 귀에 울린다. 동생의 목소리가 날갯짓과 함께 들려온다.

누나! 누나!

나도 소리친다.

나 여기 있어!

그 순간, 목 없는 새의 신이 된 내 남동생은 하늘 높이 날아올라, 먼 바다를 향해 곧장 날아간다. 동생의 눈물에 젖은 채, 나는 모래사장에서 흐느껴 운다……

그리고 내 아이는 아홉 살이 되었다. 남동생처럼 죽지 않았다. 내 아이는 열 살이 지나도 열두 살이 되어도 죽지 않았다. 그리고 목 없는 새가 된 내 남동생은 먼 바다로 날아갔다.

하지만 가끔 그 날갯짓 소리가 지금도 내 귀에 쟁쟁하다. 그러면, 내 몸은 날개에서 떨어져내린 동생의 눈물로 흠뻑 젖는다. 날개 바람으로 꽁꽁 얼어붙는다.

누나! 누나!

동생의 목소리가 들려온다. 동생의 목소리는 그대로다. 목 없는 새의 신이 된 남동생이 부르는 앳된 목소리가 그리워, 나는 미소 지으며 귀 기울인다.

남동생은 영영 돌아오지 않을지도 모른다. 하지만 난 아직 잘 모르겠다. 내 아이가 앞으로 언제 죽을지, 남편이, 나 자신이, 언제 죽을지, 아무도 알지 못하듯.

―……네 아빤 지금, 신들과 함께 지내고 있을 테니까 이 이야기를 너한테 들려준 거란다……

아이누의 자장가 이훈케는 이렇게 끝난다.

―……아우홋투 로―, 자아, 이제 그만 울음을 그치렴!

들녘

들녘

어머니.
그곳은 어떤가요?
제가 여기로 이사 온 지 어느새 다섯 달이 지났습니다. 겨울에서 봄으로 계절도 바뀌어 지금은 여름, 햇살이 무척 따갑습니다.
이사 오고 나서 처음엔 제가 가져온 짐들과 집 안 정리에 정신이 없어, 밖을 둘러볼 틈도 없었습니다. 당신이 곁에 두고 쓰시던 물건들을 정리하는 데만 족히 1주일은 걸렸어요. 어머니가 입원한 후로 5년이나 빈집으로 남아 있었기 때문에, 도무지 장롱 속이며 찬장 속이 어떻게 되어 있을지 불안했지만, 죽은 바퀴벌레와 똥이 한도 끝도 없이 나올 뿐, 살아 있는 바퀴벌레나 쥐는 한 번도 보지 못했습니다. 아무도 없는 빈집에서 바퀴벌레들은 일단 번식을 하긴 해도, 차츰 먹을 게 떨어지면서 모조리 죽고 마는 거겠죠. 그렇다 해도, 그 수가 어찌나 많은지! 부엌의 저울에서 네 마리나 나왔고, 전기밥솥에서도 세 마리가 나온걸요.

거의 빈집이나 다름없는 상태이긴 했어도, 때때로 도쿄에 있는 당신의 손자 겐(健)짱 부부(겐짱이 결혼한 것도 당신이 입원한 뒤의 일이지요)가 와서 둘러보곤 해서, 그럭저럭 물 사정은 불편 없이 유지되고 있었습니다. 하지만 지금은 낡은 화장실도 목욕탕도 부엌도 사라지고, 저는 간이식 설비를 이용하는 신세랍니다. 다음 달엔 드디어 공사가 끝나, 새 부엌과 화장실을 사용할 수 있어요.

공사가 끝난 뒤에 이사하면 될 텐데, 하고 겐짱과 언니가 어지간히 반대했지만 집 정리까지 조카인 겐짱에게 떠맡길 수는 없는 노릇이고 또 제 맨션을 서둘러 처분할 필요도 있었어요. 더구나 빈집 상태로 공사를 시작하는 건 너무 무성의한 게 아닌가, 하는 생각을 저는 떨칠 수 없었습니다. 그리고 우물과 창고가 있던 북향의 땅을 팔려고 내놓았거든요. 제가 이곳에 오고 나서 언니는 두세 번, 상황을 살피러 와주었습니다. 회사를 그만두고 이젠 빈둥거리며 지내려는 태평스런 고모인 나를 위해, 이 집 한 귀퉁이를 남겨 그 자리에 새 집을 지어 이사 오기로 한 겐짱네는, 1주일에 한 번 이곳에 모습을 드러냅니다. 제겐 아무 말도 없이 그대로 돌아가버리는 일도 있습니다만.

지금까지 이 집은 잡초로 완전히 뒤덮여, 대문에서 현관까지도 쉽게 치울 수 있는 게 아닙니다. 홈통이며 창문이 거지 덩굴에 점령당하고 말아, 공사를 시작하기 전에 우선 이 잡초와 격투를 벌여야만 했습니다. 집 안에 사람 사는 낌새가 사라져버리면, 집 밖에선 순식간에 들풀이 무성하게 자라 빈집을 짓누르려 해요. 거추장스런 인공물(人工物)을 부숴버리고 야성(野性)의 상태로 되돌아 가려 합니다.

일단 집 주변의 풀들이 말끔히 뽑혀지고 그 다음엔 허무는 작업이 시작되었습니다. 그리고 매일 트럭이며 소형 불도저가 들락거리고 목수 아저씨들이 발로 땅을 밟아 다지고 해서, 지금까지의 야성적인 상태는 언제 그랬냐는 듯 시원스레 사라진 것 같았어요. 하지만 빈집 상태로 5년이라는 기간은, 그렇게 호락호락 무시할 수 있는 게 아니었습니다.

어머니, 당신은 근 5년 동안 병원에 계시면서도 자신의 옛집을 줄곧 지키셨지요. 봄이 되면 매화가 피고 도사미즈키가 피는 걸 지켜보고, 서향(瑞香) 내음을 맡고, 협죽도의 붉은 꽃을 바라보고, 비파나무의 노오란 열매가 땅에 떨어지는 바스락 소리에 귀를 기울입니다. 잡초가 한층 우거지면서 고양이와 개구리 울음 소리가 더욱 커지는 걸 들었습니다.

임시로 만들어놓은 출입구 옆에 검은 고양이가 밤마다 나타나는 걸, 저는 금방 눈치 챘어요. 쓰레기 양동이를 넘어뜨리고 제가 내다놓은 음식 찌꺼기를 마구 뒤집니다. 현관 지붕 위에 떡하니 진을 치고는, 사람들 출입을 유심히 지켜보는 얼룩고양이도 있습니다. 한밤중에는 하얀 고양이, 회색 고양이, 그리고 갈색 고양이들이 요란하게 뛰어다닙니다. 세 마리가 한데 어울리는 법은 없고, 하얀 고양이가 제일 먼저 우선권을 가진 것 같아요. 도쿄의 도심지나 다름없는 동네라, 이곳은 고양이들에겐 귀중한 '들판'이었겠지요. 개구리, 도마뱀붙이도 이곳에선 계속 늘어나고 있습니다. 두꺼비는 여전해서 거의 날마다 새끼 두꺼비를 발견하는데, 청개구리도 뒤질세라 그 수가 불어난 데에는 깜짝 놀라지 않을 수 없군요. 장마철의 청개구리 울음 소리는 너무 시끄러웠어요.

그러고 보면, 5월 들어 갑자기 기온이 올라간 밤에 이런 일이 있었습니다. 혼자 식사를 하려고 젓가락을 손에 들었을 때, 밥 위에 까만 점 같은 게 떨어져 있었어요. 뭘까, 하고 눈을 가까이 갖다대고 보는데, 까만 반점의 숫자가 점점 많아지는 거예요. 아주 작은 날벌레였죠. 흔히 있는 일이다 싶어 별로 놀라지도 않고, 이번엔 생선 접시를 보았어요. 하얀 생선 접시는 마치 후춧가루를 실수로 너무 많이 쏟아부은 양, 죽은 날벌레들로 뒤덮여 있었습니다. 자세히 보니까, 된장국이며 나물무침 그리고 테이블이 온통 날벌레 시체로 거무스름한 거예요. 갑자기 몸이 오싹해져 저는 벌떡 자리에서 일어났죠. 무슨 일이 벌어졌는지, 우선 창가로 다가가 밖을 내다보려 했어요. 망창이 뿌옇게 흐린 탓에 바깥이 전혀 보이지 않아요. 망창을 막 여는데 그제야, 거기에 빼곡히 날벌레 떼가 엉겨붙어 있는 걸 발견했습니다. 창문 전체를 뒤덮을 정도의 날벌레들이니까, 대체 그 숫자가 얼마나 되는지 짐작도 할 수 없어요. 다른 유리창도 똑같이 날벌레로 뒤덮여 있었습니다. 그리고 아주 작은 틈새로 날벌레들이 자꾸자꾸 방 안으로 들어옵니다. 허물고 나서 새로 벽을 만든 자리는 아직 마무리 작업이 덜 된 터라, 거기서도 날벌레가 손쉽게 들어옵니다.

예전에 살던 집 가운데 남겨둔 부분은, 응접실과 다다미 방 두 개, 그리고 현관입니다. 저는 응접실에서 잠을 자고, 다다미 방에는 어머니의 짐들로 가득 차 있습니다. 다다미 방 서쪽으로 새로 벽을 만들었고, 다다미 방과 제가 머무는 응접실 사이에는 복도가 있습니다. 저는 우선 다다미 방에 살충제를 여기저기 뿌리고, 응접실 창문을 닫아 여기에도 넉넉히 살충제를 뿌린 다음 복도에서 한숨을 돌리고, 그러고 나서 현관과 응접실 문에도 살충제를 뿌려놓고 재빨리 응접실 안으로 들어와서는, 텔레비전이며 전등을 전부 꺼버렸습니다. 그러고 나니, 이젠 아무것도 할 일이 없더군요. 식사를 계속할 마음도 내키지 않아 어둡고 후텁지근한 방에서 라디오 음악을 들으며 숨죽이고 있는 사이, 그만 졸음이 와서 결국 그대로 잠들었다가 아침을 맞았습니다.

아침 6시. 여느 때처럼 하얀 고양이가 마당 한복판에서 아침 햇살을 쐬며 기분 좋게 늘어져 있습니다. 창문은 다시 투명해졌습니다. 조심조심 창문을 열어보았어요. 날벌레는 한 마리도 보이지 않더군요. 창문 아래, 시체가 아주 조금 남아 있을 뿐. 창문을 여는 소리에 하얀 고양이가 달아납니다. 뭔가에 홀린 듯한, 더없이 화창하고 밝은 아침이었어요.

그토록 많은 양의 날벌레들이 정말로 나를 에워싸고 있었던가, 지금도 여전히 의아하게 여겨질 따름입니다.

진디. 무당벌레. 이런 건 한낮에 구경했는데, 그저 그 엄청난 탄생에 눈이 휘둥그레지고 말아요. 무당벌레는 나무줄기를 타고 기어오르다 유충에서 성충으로 탈바꿈되죠. 그 수가 대단해요!

해면(海綿) 같은 둥지에서 갓 태어난, 헤아릴 수조차 없는 엷은 갈색 버마재비도 마당을 어슬렁거립니다. 비가 내리면 큼직한 지렁이들이 콘크리트 바닥으로 기어오릅니다.

봄에는 노랑 깜장 호랑나비의 모습도 오랜만에 눈에 띄어 즐겁습니다.

 집 공사를 시작한 뒤로 매일 밤, 작업 중인 현장에 둘러쳐진 푸른 덮개가 바람에 나부끼는 소리를 듣습니다. 그것도 살아 있는 어떤 소리인 것 같습니다. 이곳에 우리는 꽤 많은 생물들을 우리 손으로 직접 묻었지요. 개 다섯 마리, 고양이 두 마리. 어머니가 고양이를 싫어하셔서 고양이 수는 많지 않아요. 어린 새들. 금붕어, 토끼, 모르모트.

 그런데 어머닌 어째서 고양이를 싫어하신 거죠? 너무 뻔뻔스러워서?

 장마철이 시작되고 물컹하니 익은 매실이 질퍽한 땅에 저절로 툭 떨어질 무렵, 현관 앞에 고양이 한 마리가 죽어 있었습니다. 이따금 눈에 띄던 회색 고양이예요. 상당히 홀쭉하긴 해도 아직 털이 예쁜 페르시아 고양이로, 상처도 없었어요. 그래서 필시 굶주렸거나 병 때문에 자신의 죽을 시기를 깨달은 고양이가, 이 집 현관까지 겨우 몸을 옮겨 놓고 만족스레 죽음을 맞이했을 거라는 생각이 들더군요.
 하지만 바깥에서 들어온 고양이 시체는, 어쩜 그토록 사람을 겁먹게 하는 걸까요. 전 도저히 그 시체를 혼자서 처리할 수가 없었어요. 기르던 고양이도 아닌 고양이를 마당에 묻을 수는 없다고 생각했고, 시체에 손을 갖다댈 용기도 없었습니다. 페르시아 고양이는 의젓하니 위엄을 갖춘 채, 자신이 선택한 장소에서 죽어 있었어요.
 일요일이라 아무리 기다려도 목수 아저씨가 오지 않는 거예요.

어쩔 바를 몰라, 겐짱에게 전화를 걸었습니다. 죽은 고양이가 듣지 못하도록 나직한 소리로 겐짱과 의논했습니다.

겐짱은 허둥대는 제 꼬락서니가 기가 막히다는 듯, 도쿄도(都)의 청소국에 바로 연락을 취할 테니까 고양이 시체는 그대로 두었다가 청소국 사람이 올 때까지 기다리라고, 너무도 간단히 해결책을 찾아주었습니다. 그리고 세 시간 후에는 두 남자가 나타나, 죽은 페르시아 고양이를 잽싸게 거둬갔습니다. 몸이 싸늘해진 고양이는 신음 소리 한번 내지 못한 채, 조용히 실려갔습니다.

어머니, 그때 저는 당신을 떠올렸습니다. 5년 전 입원했을 때부터 당신은 고양이들과 더불어 이 집 주변을 내내 지켜봐온 거라고. 지금의 당신은 결코 고양이를 내쫓지는 않아요.

그 무렵, 겐짱의 주선으로 상량식을 올리게 되었습니다. 가능한 한 약식으로 치르려던 참이었는데, 도시락 주문에다 음료수 준비까지 저도 어지간히 바쁘게 움직여야 했답니다.

그리고 그 전날 밤, 당신은 벌써 알겠지요, 천장에서 발소리가 들려오기에 저는 이부자리에서 일어나 앉았습니다. 분명히 발소리가 들려. 이렇게 밤이 깊었는데, 목수일 리는 없고. 고양이일까. 새일까. 괜히 무서워할 건 없어. 이렇게 자신을 타일러 소리를 무시하고 잠을 청하려 했지만, 심장이 쿵쿵거리고 가슴이 답답해 잠을 이룰 수가 없습니다. 소리의 정체를 파악하기 위해서라도 역시 집을 둘러볼 수 있는 데까지 둘러보자고 애써 마음을 다잡았습니다.

바람도 비도 없는 고즈넉한 달밤이었어요. 담장 밖에는 수은등이 밤새 불을 밝히고 있습니다. 거리엔 자동차도 달리고 있습니다.

이처럼 환한 도시의 밤인지라, 저 같은 겁쟁이도 파자마 바람으로 혼자 집 밖으로 나갈 수 있었습니다. 살짝 현관문을 열고 3미터 정도 떨어진 대문으로 가서 집 지붕을 올려다보았습니다. 거기서는 아무것도 안 보이더군요. 현관 앞으로 이어지는 작업 현장 쪽을 둘러보았습니다. 옛집의 거실 부분이 뼈대만 남아, 새 부엌과 목욕탕으로 바뀔 채비를 하고 있습니다. 바로 그 옆으로는 겐짱 가족의 새 집 윤곽이 달빛 아래 선명하게 떠올라 있습니다. 1층은 푸른 시트로 덮여 있고, 옛집의 공사 중인 부분도 같은 시트로 덮여져 있습니다. 그 시트 아래로 들어가 공사용 라이트를 켜보았습니다. 군데군데 썩고 거무튀튀해진 옛집의 기둥이며 바닥이 비쳐집니다. 마루청이 떨어져나가고 대팻밥이 어지러이 흩어진 땅바닥이 드러났습니다.

왼편으로 사다리가 걸려 있었습니다. 옛집의 2층 부분은 일찌감치 허물고 말았을 텐데 아직 남아 있었던가 싶어 묘한 느낌이 들기에, 머뭇거리며 그 사다리를 조금씩 오르기 시작했습니다. 무섭다는 느낌은 별로 없고, 작업의 진행을 살펴본다는 책임 같은 것을 느꼈습니다.

바로 그때, 전 어찌나 깜짝 놀랐는지! 어머닌 상상할 수 있겠어요?

사다리를 오르는데, 이야길 나누는 소리가 들려왔어요. 남자 목소리도 들려요. 2층 불빛이 보여요. 저는 계속 사다리를 올라 2층으로 머리를 들이밀었습니다. 귀에 익숙한 여자 웃음 소리가 그때 귀에 울렸어요. 보니까, 어머니, 당신이 거기에 앉아 있더군요.

―……쩨쩨한 소리 말아요, 도편수도 인색한 사람이라니까.

당신은 들뜬 목소리로 이야기합니다.
—아니라요, 남자는 미련 때문에 술을 마시는 거지.
—그라믄, 여자는 배짱으로 술을 마신다는 말인감.
두 남자가 웃으며 말합니다.
—글쎄, 오늘은 나도 마신다니까. 이렇게 셋이 다 모였으니 이보다 기쁜 날이 또 있을라고요.
당신은 옆에 놓인 한 되짜리 병을 높이 들어, 두 남자의 컵에 가득 술을 따라줍니다.
저는 사다리를 끝까지 올라가 2층 바닥에 섰습니다. 하지만 당신들에게 말을 걸지는 못했습니다.
당신은 쉰 살 무렵의 건강을 지녔고, 도편수와 정원사는 제가 기억하는 모습보다 다소 나이 들어보였습니다. 40년이나 전에, 도편수가 지은 이 집으로 우리는 이사해왔었지요. 전 여덟 살이었어요. 이사는 모두 도편수의 지시대로 따랐었죠. 마지막으로 제가 이 도편수를 본 것이, 부엌에 찬장을 달아달라고 부탁했을 때던가요. 그때 전 고등학생. 도편수는 이미 나이가 예순을 넘었었지요. 오랜만에 보는 도편수는 여전히 뺨이 불그레하고 뭉툭한 코가 반들거렸습니다.
정원사도 제 기억에 남은 그대로, 색 바랜 감색 작업복에 지카다비*를 신고 있었습니다. 해마다 적당한 시기가 되면, 이 작달막한 정원사는 마당을 바지런히 돌아다녔었지요. 점심 저녁으로 두 번, 찬술을 한 잔씩 달라고 했었죠. 늘 빡빡 깎은 머리에, 때로는 연극

---
* 地下足袋: 왜버선 모양에 고무창을 댄 노동자용 작업화.

에 나오는 도둑처럼 일본 수건으로 그 머리를 감싸고 있었지요. 설날에는 핫피** 차림으로 우리집에 찾아왔습니다. 어린 손자를 데리고 온 적도 있었습니다. 그리고는 언제부턴가 자취를 감추고 말았습니다. 제가 아직 고등학생이 되기 전이었던 것 같아요.

──……바닥의 나무쪽 세공, 그런 건 주문도 안 했는데 멋대로 만들어놓고선, 손이 너무 많이 가 골칫거리라는 둥, 도편수는 되레 불평을 늘어놓더라니까.

── 직접 한번 해보고 싶어 해보긴 했는데, 그게 당최 사람 잡는 일이라 그땐 참으로 후회막급이었지.

── 어설프게 솜씨가 좋으면, 그러다 제 무덤 파는 수가 있지. 아닌 게 아니라 자넨, 늙은 느티나무가 방해된다고 뭉텅뭉텅 가지를 쳐내더니만, 결국 말라 죽이고 말지 않았던가?

── 하지만 그게 아무래도 방해가 되긴 했어요. 터를 바꾸기에도 너무 많이 자랐고. 그건 그래도 웃을 일은 못 되죠. 벽을 핑크니 블루로 칠하고 천장에다 기묘한 판자들을 발라놓고선, 현대식 양옥집을 지었다며 도편수는 자랑이 늘어졌어도, 이 집을 본 사람들은 모두 집이 절간 같다고 했다니까요.

── 도편수는 원래 황족의 목수라서, 아무도 못 당하고말고.

정원사는 참으로 유쾌한 듯 큰 입을 벌려 웃습니다. 입 안에 하얀 이가 하나도 없네요. 도편수의 뺨이 한층 발그레해집니다.

── 흥, 물건의 가치를 볼 줄 아는 사람이 본다면, 얼마나 정성을 쏟은 집인지 일목요연할걸세. 하지만 사모님은 훌륭하셔. 여자 혼

** 法被: 등이나 깃 따위에 옥호를 염색한 간단한 웃옷.

자 이 집을 지었으니.

― 그리 훌륭할 거 없어요. 남편이 땅을 남겨주지 않았다면, 아무것도 못 했겠죠. 땅을 팔아 집짓기란. 그야 용기가 필요했지만.

― 훌륭해요. 훌륭해. 우리도 그 의지에 크게 느낀 바 있어서, 우에노(上野) 산에 있던 그 석탑을 일부러 여기다 갖다놓은 거요.

― 그건, 자네, 너무 심했어.

― 나도 그땐 놀라 기절할 뻔했었죠.

당신들 세 사람은 배꼽을 잡고 웃어댑니다.

― 자아, 실컷 마시고 마음껏 놀아요. 아 참, 도시락도 준비했었는데 깜빡했군요. 음식이 있어야 흥이 난다니까요.

젊은 여자 같은 날랜 몸놀림으로 어머니, 당신은 자리에서 일어나 제가 서 있는 곳으로 다가왔습니다. 제 바로 곁에, 옻칠한 찬합이 놓여 있습니다. 두세 단짜리가 아니라 열 단이나 높이 쌓은 찬합을 당신은 가뿐히 들어올렸습니다. 내가 여기 있는 줄 아직 모르시나, 하고 전 아무래도 조바심이 나서 당신에게 말을 걸었습니다.

― 어머니, 제가 들어드릴까요?

당신은 제 얼굴을 보며 짓궂게 어깨를 들썩이더니, 제게 말했습니다.

― 네 도움을 받으려면 아직 한참이나 멀었다. 너도 맛있는 거 먹고 싶거든 이리 오렴.

도편수와 정원사도 저를 돌아다보았습니다. 하지만 곧 관심 없다는 듯 눈길을 돌리시더군요. 정원사는 죽마(竹馬)를 만들어주었고, 도편수는 큰 개집을 만들어주었습니다. 하지만 두 분 다 그런 건 잊어버린 모양이더군요.

저는 당신의 뒤를 따라가 함께 자리를 했습니다. 마음이 켕기길래 조금 멀찍이 앉았습니다.

— 극락이 따로 없구먼, 여기 이러고 있으니.

— 여기서 보면 전망이 또 기가 막히게 좋아.

2층 벽은 사라지고 아침인지 저녁 무렵인지 분간이 안 되는, 주홍빛 구름이 흐르는 푸르스름한 하늘이 펼쳐져 있었습니다. 빌딩 그림자 저편으로, 먼 산들이 보였습니다.

— 바람이 좋군요. 벚꽃도 흩날리고.

벚꽃이 필 시기는 이미 끝난 지 오래건만, 당신은 흠뻑 취한 듯한 목소리로 말했습니다. 그러자, 벚꽃이 주위에 날아들기 시작했습니다.

— 꽃놀이까지 즐기다니, 호사로구나.

— 저길 봐, 멋들어지게 꽃이 피었군.

집 바로 옆에 어느 틈엔가 벚나무 한 그루가 높이 자라 있고, 늘어진 꽃가지가 바람에 일렁거립니다. 은빛 꽃잎. 바람이 불 때마다 은빛이 공중으로 퍼져 날아올라, 당신들 세 사람의 몸 위로 뿌려집니다. 당신들의 머리카락도 옷도 바람에 나부낍니다.

저는 다만 말없이, 선뜩한 바람을 훅 들이마십니다.

어머니.

마침내 이 집의 공사도 거의 마무리되어갑니다.

요즘 들어 이 집 대문 앞에, 요전에 페르시아 고양이처럼 인간의 몸 하나가 가로누워 있는 모습이 제 눈에 보이게 되었습니다. 목수들이나 겐짱네나 아무도 그 몸을 알아채지 못한 채, 그 몸을 밟고 이곳을 드나듭니다. 집이 완성되더라도 그 몸이 사라지지는 않겠지요. 왠지 그런 생각이 들어요. 저도 그 몸을 밟고 이곳에 계속 살게 되겠지요. 어머니, 당신의 몸은 풀 한 포기처럼 가늘고, 조약돌 하나처럼 작고 보잘것없습니다. 그런 몸을 당신은 이 집에 영원히 남깁니다. 그리고 당신은 아무도 들을 수 없는 목소리로 연신 중얼댑니다.

──……어쩌나, 저 애는, 외출할 때나마, 좀더, 멋을 부리면 좋으련만, 저래가지고선, 불쌍한 올드미스 소릴 듣기에 딱인걸. 홀가분하게 혼자 몸이 되었으니, 여기 **내** 집에서 좋아하는 남자를 데려와 재미나게 놀면 될 텐데…… 겐짱이 뭐라건, **내** 집이니까 **내**가 허락하면 상관없는 거야…… **내** 집도 엄청 변했는걸, 이젠 땅도 한 귀퉁이씩 팔려나가고, ……괜찮아, 얼마든지 바뀌라지, 그 대신 **난**, 바뀌지 않아, 바뀌고 싶어도 바뀌지 않아, 아무튼 **난** 죽어버렸으니까…… 작은 땅이지만 그래도 이곳에서 많은 사람이 태어나고, 죽어갔지, 앞으로도 그럴 테지, 멈추는 법이 없어, 예전에 어떤 집이 서 있었는지, 앞으로, 겐짱이 죽은 뒤에, 누구의, 어떤 집을 짓게 될지, 그런 건 알 수 없어, 옛날에 그랬듯이, 다시, 허허벌판으로 되돌아가버릴지도 몰라, 하지만, 지금은 아직, 여기에 **내** 집이 남아 있다. **내** 집이라 부를 수 있는 단 하나의 집……, 40년이나 **나**는 이 집에서 여태 살아왔어, 딸들을 위해 지은 집이건만, 둘 다, 서둘러 **내** 집을 떠나고, 도쿄에서도 떠나고 말았지, **나** 혼자 지낸 햇수가, 훨씬 길어지고 말았어…… 쓸쓸할 테니, 저들 있는 데로 오라고 딸들이 법석을 떨기도 했었지, ……쓸쓸한 게 뭔지, 알 수가 없었어, 내가 **내** 집을 떠나 어쩌겠니, 라고 말했지만,

그 애들은 **내**가 하는 말뜻을 알아듣지 못했겠지, 지금은 조금이라도 이해할 수 있으려나…… 아아, 뭔가 쬐끄만 게 **내** 위로 뛰어가는군, 젠짱의 아이 같아, **내** 증손자인 셈인데, 어떤 아인지, **나**는 몰라, 서너 살쯤 됐겠지, 탈 없이 크고 있으니 바랄 게 없어, 새 집을 빨리 보고 싶을 테지…… 맙소사, 이번엔 꽤나 묵직한 게 **내** 위를 지나가는군, 이건, 공사 트럭이야…… 이젠 정말이지, 요란한 공사 소리가 지긋지긋해졌어, 하루 종일 안절부절못하겠어, 하지만 밤에는 그래도 고요해지니까, **나**도 살아 있을 때처럼 한숨 잠을 청할 수는 있지, ……밤중에, 잠든 **내** 위를 고양이며 개구리가 슬며시 지나가곤 해, ……여기가 **내** 집인걸, 고양이와 개구리들은 잘 알고 있지, 그래서 안심하고, **나**는 계속 잠을 자는 거야……

어머니.
다음 달부터 이곳은 제 집으로 등록이 될 거예요. 그만 작은 집으로 변하고 말았지만, 그래도 당신의 집이라는 건 변함이 없어요, 굳이 제가 말씀드리지 않아도.
그곳은 어떤가요?

엄마의 장소

엄마의 장소

말없이 조용히 죽은 사람을, 어째서 우리는 그냥 내버려두지 않는 걸까. 문가에서 쩔쩔매고 있는 엄마의 얼굴을 응시하며, 나도 허둥거렸다. 사람이 죽으면 어째서, 순식간에 주변이 술렁대는 것일까.

엄마는 자신의 침실로 돌아가려다가, 거기에 웬 낯선 남자들이 모여 황급히 왔다갔다하는 걸 발견하고, 열어놓은 문 뒤에 그만 우뚝 멈춰 서고 말았다. 이래가지고선 도무지 침실에 들어갈 수가 있나. 무슨 일이 일어났는지 통 알 수 없다. 함부로 설쳐대는 이 남자들은 이제 곧 환영(幻影)처럼 모습을 감추고, 내 방은 예전의 고요를 되찾겠지. 늙고 지친 나를 받아들이고 위로해줄 게 틀림없어. 하지만 대체 몇 시간을 기다려야 한담? 며칠씩이나 기다려도 남자들이 사라지지 않으면 어떡하나. 엄마는 난감해져 머뭇거리고만 있다.

엄마의 침실에서는 의자가 복도로 나오고, 작은 테이블 위치가 바뀌고, 침대마저 해체되고, 하얀색 싸구려 천이 벽 전체를 둘러치고 있다. 좀체 울리는 법이 없던 엄마 전용의 전화가 요란스레 울려대고, 퀴퀴한 방석들이 잇달아 들어오고, 선향(線香) 냄새까지 풍기기 시작한다. 음침한 검정 옷차림의 남자들. 딸들과 손자들도 다 모였다. 근처에 사는 의사와 보리사(菩提寺) 주지 스님 얼굴도 보인다. 이들 모두가 거침없이 방 안을 돌아다니고, 제멋대로 왁자지껄 목청을 돋우고 있다.

나이가 너무 들어 남의 손을 빌리지 않고선 살 수 없게 되면서부터, 엄마의 세계는 자신의 방을 중심으로 극히 좁은 범위로 제한되고 말았다. 이틀에 한 번 찾아오는 간병사의 도움을 받아 근처로 산책을 나가기도 하지만, 이것도 가능한 한 몸을 움직이라는 의사의 명령을 받은 간병사와 딸들이 잔소리를 하며 강제로 시키니까 마지못해 산책을 할 뿐, 엄마의 본심은 누가 뭐라건 하루 종일 자신의 침대를 떠나고 싶지 않았다. 식사도 병원에 있을 때처럼 기계적으로 배달된 식사를 침대에서 끝내고, 그걸 다시 기계적으로 치워준다면 얼마나 편할까 하고 생각해보지만, 여기는 이제 병원이 아니라서 식사 때마다 번거롭게 침대에서 일어나 작은 식탁으로 가야만 한다. 퇴원해 이곳 자신의 집으로 무사히 돌아온 날은 기뻐서 눈물이 다 날 지경이었는데, 병원에서는 낮이건 밤이건 옷을 갈아입지 않고 지내는 편안함도 입원 중에 알게 되었다. 그래서 집에 돌아와서도 옷을 안 갈아입는다. 방에 틀어박혀 딸들 말고는 아무도 만나지 않는 생활 아닌가. 속옷만 깨끗이 챙기면 그걸로 충분하지.

침실 바깥의 세계는 엄마에게 결코 자신과의 직접적인 접촉이 없는 추상적인 공간에 불과했다. 방 안에 자신을 가두고, 라디오에 귀 기울이고, 신문을 구석구석 빠짐없이 읽고, 잡지를 읽고, 간병사의 도움으로 목욕을 하고, 딸들에게 맡길 수 없는 사무적인 일을 주의 깊게 해치운다. 그렇게 매일을 보내다 보니, 여전히 자질구레하고 쓸데없는 일에 동분서주하는 인간들이 우글거리는 이 지상(地上)을, 세계의 중심인 자신의 방에서 홀로 유유히 내려다보는 감촉을 엄마는 갖기 시작했다. 저런 세계에 자신도 살았던가 싶은 한심한 생각과, 어째서 인간들은 이토록 얼빠진 야단법석을 그만둘 줄 모르는가 하는 연민과 더불어.

　그러나 물론, 이러한 엄마의 여유는 자신의 방만은 바깥 세계로부터 침범당할 리가 없다는 믿음에서 비로소 유지되는 것에 불과했다. 엄마는 방 이외의 이 세상 모든 장소를 포기했다. 바로 그런 이유로, 엄마의 방 안 고립은 완전히 지켜져야만 했다. 여기서는 아무 일도 생기지 않는다. 엄마의 주관만이 지배하는 작은 장소. 방의 유리문으로 내다보이는 마당에조차 엄마는 무관심했다. 정원수며 화초들에 쏟아붓는 정성이 예전에는 자신의 의식(衣食)보다 더했건만. 마당에서 풀을 뽑고 있는 나를 발견하고는, 관둬, 그냥, 마당은 그냥 내버려둬, 하고 엄마는 초조한 듯 말했다. 하지만 내버려두면 정글처럼 되고 말 거예요, 하고 내가 대꾸해도, 그걸로 족해, 하고 엄마는 무표정하게 중얼거릴 뿐이었다. 엄마에겐 마당도 자신의 기억 속에 있음으로써, 돌볼 가치가 있는 공간으로 바뀌었다. 얼추 40여 년의 시간이 거기엔 하나의 풍경으로 압축되고 결정(結晶)되어 있다. 30년 전의 복숭아, 배나무. 20년 전의 장미. 은

방울꽃. 개가 뜀박질하던 시기도 있었다. 아직 어린 손자들이 비닐 풀pool에서 노는 모습. 아직 초등학생인 딸과 아들이 클로버를 뜯고 있다. 중학생 큰딸이 낯을 찌푸린 채 산다화를 그리고 있다. 연못을 만든 적도 있었다. 물 위에 꽃피운 수련. 철쭉도 예뻤다. 양옥란(洋玉蘭). 나팔수선화.

그리고 한편으로, 지금 이 방의 유리문 저편에는 막연히 펼쳐지는 바깥 세상의 일부가 어른거린다.

방 그 자체가 엄마의 몸이었다. 고요한 방 안에서 엄마는 늙은 자신을 불안해할 필요 없이 자고 싶을 때 자고, 일어나고 싶을 때 일어나고, 여학교 시절에 배운 「이세모노가타리」*와 「쓰레즈레구사」**를 꺼내 읽으며, 소음으로 가득한 세상을 먼발치에서 바라보고 있었다. 방의 안전이 엄마의 안전이며, 방의 안락함이 엄마의 자신감을 떠받치고 있었다. 그 방이 생판 모르는 남자들에 의해 마구 짓밟히게 될 날이 오리라고는, 엄마에겐 전혀 예상치 못한 사태였다.

문 뒤에 몸을 숨긴 채 난감한 표정으로 방을 들여다보는 엄마를, 나는 방 안에서 지켜보았다. 지켜보기만 할 뿐, 어찌해볼 수도 없었다. 들어오지 마세요, 하고 엄마를 위해 간절히 바랐다. 이곳에 엄마가 들어온다면, 얼마나 큰 혼란이 벌어질 것인가. 여기엔 85년의 삶을 마친 엄마의 자그만 몸이 눕혀져 있고, 우리는 엄마를 위한 장례 준비로 정신이 없으니까. 하지만 그런 혼란보다도, 엄마가

* 伊勢物語: 작자 미상. 사랑의 진실을 추구하며 살아가는 사람들의 모습이 잘 묘사되어 있다.
** 徒然草: 저자는 우라베 겐코(卜部兼好). 1330년경에 씌어진 수필로 인생론, 인간론, 처세론 등이 기술되어 있다.

자신의 죽음을 알아채게 되는 것이 나는 무서웠다. 엄마에게 그것만은 알리고 싶지 않다. 고즈넉한 방의 일상이 엄마에겐 언제까지나 지속되어야 한다. 엄마는 지금도 자신의 침대로 돌아가고 싶어 한다. 침대에 몸을 눕히고 라디오의 고전문학 강좌를 들었으면. 그런데 이 사람들은 여기서 무얼 하고 있나.

 문가에서 머뭇거리는 엄마를 납득시킬 어떤 거짓말도, 나는 떠올릴 수 없었다. 어머니, 당신은 이미 죽었어요, 그래서 당신의 침대도 라디오도 벌써 다 치워버린걸요, 라고 엄마가 알아듣게 말하기란 너무나 잔인해 도저히 못하겠다. 당신은 이젠 여기 올 수 없어요, 라니.

 엄마는 수십 년에 걸친 자신의 일기장 거의 전부를, 아낌없이 버리고 떠났다.

 엄마가 없는 방을 정리할 때, 나는 가장 먼저 그걸 깨달았다. 언제 처분했을까. 엄마의 2년 동안의 입원 생활은 문지방에 걸려 넘어진 데서 비롯되었고, 그후 퇴원해 자신의 침실에 틀어박힌 생활을 3년이나 계속해오는 동안은 휴지 조각을 버리는 것도 남을 시켜야 하는 상태였으니까. 엄마의 퇴원과 동시에 함께 살기 시작한 내가 그걸 못 보았을 리 없다. 입원하기 전, 아직 몸놀림이 비교적 자유로웠을 때, 엄마는 혼자 일기장을 조금씩 처분한 거겠지. 오래 살 작정은 없었던 내가, 70을 훌쩍 넘기고도 여태 살아 있다. 그렇다면 이 참에 차라리 신변의 쓸모없는 물건들을 내다버리자. 기모노도, 그릇도, 사진도, 그리고 일기장도. 그 무렵의 어머니는 집에 혼자 살고 있었으니, 얼마든지 자신이 마음먹은 대로 귀중한 물품들을 내다버릴 수 있었다.

　엄마의 일기 대부분이 처분된 걸 알고는 귀중한 기록이 되었을 텐데 하는 아쉬움이 있었지만, 마음이 놓여 엄마에게 감사하고 싶어진 것도 사실이었다. 남아 있으면 어떡하든 읽고 싶어질 거고, 읽으면 내가 알지 못한 채 지나간 또 하나의 방대한 시간이 엄마의 목소리로 되살아나, 새삼 그 시간들이 한꺼번에 밀려와 괴로워지는 것이다.

　엄마가 언제부터 일기를 쓰기 시작했는지, 그것도 나는 알 수 없다. 처녀 시절부터 빼놓지 않고 줄곧 써왔는지, 나의 아버지를 만나고 나서 쓰기 시작했는지.

　엄마의 일기장은 언제나, 거실 귀퉁이 엄마 전용의 사무 책상 위에 놓여 있었다. 생활비와 세금 계산을 거기서 했고, 편지를 쓰거나 약을 놓아두는 곳이기도 했다. 편지꽂이, 주소록, 영수증 다발 등과 함께 엄마의 일기장이 놓이고, 나는 어릴 적부터 엄마가 밤마다 그 책상에서 일기를 쓰는 모습을 익히 보아왔다. 다른 어떤 모습보다도 그것이 내겐, 나의 엄마에 어울리는 모습으로 남아 있다. 결코 가까이 다가갈 수 없는 엄격한 엄마. 내게 두려움을 갖게 하는 엄마. 하지만 그건, 남편을 일찍 여읜 엄마가 우리들의 엄마인 자신에게, 오늘 하루의 피로를 회복시키고 내일을 맞이하려는 모습이기도 했다. 책상 정면 벽에 엄마는 아이들의 그림이나 여행지에서 보내온 그림엽서를 내키는 대로, 압핀으로 붙여놓았다. 내 그림도 더러 뽑혔다. 그럴 때, 나의 어린 가슴은 뿌듯하니 벅차올랐다.

　남동생이 열두 살에 죽은 뒤로, 고등학생이 된 나는 엄마와는 입도 벙긋 않는 나날을 보냈었다. 그런 자신이 엄마에게 얼마만큼 고통을 주고 있는지 자꾸만 신경이 쓰여, 엄마가 외출하고 없는 사이, 책상 위의 일기장을 훔쳐본 적이 있었다. 3년 연속 일기라 해서, 속 페이지가 세 부분으로 나눠진 어지간히 살풍경한 일기장인데, 더구나 하루분의 분량이 제한되어 있다. 그 좁은 칸마저 공백을 남길 정도로 엄마는 가능한 한 간략하게 그날그날 있었던 일들을 기록했다. 아침, 은행, 슈퍼에 갔다옴, 오후, 서예교실, 두 명 결석, 이른 저녁식사, 이런 식의 내용이 페이지를 넘길 때마다 똑같이 이어진다. 나를 미워하는 말도, 엄마로서 고민하는 표현도 전혀 발견되지 않았다. 어쩌다 내 이름이 엄마 일기에 등장한다 하더라도, 수학여행 출발, 도착, 감기로 학교를 쉼, 정도에 그치고 성적이 나쁘다, 귀가 시간이 늦어 걱정된다, 와 같은 '일상다반사'는 아예 싹둑 잘려나갔다.

완전히 맥이 빠져버린 나는 그 이후로는 엄마의 일기에 대한 두려움을 조금씩 잊기 시작했고, 엄마 곁을 떠난 뒤로는 엄마 일기의 존재조차 차츰 잊어버리게 되었다.

언제부터 엄마가 일기를 쓰기 시작했는지 알 수 없으므로, 가령 엄마가 일흔다섯 살이 되었을 즈음, 대체 몇 권의 일기장이 엄마 옆에 쌓여 있었는지, 40권인지 50권인지, 짐작이 안 간다. 아무튼 엄마는 그 무렵에 일기장을 미련 없이 하나하나 내다버리거나 아니면 뒤뜰에서 태워 없애버린 건지도 모르겠는데, 그렇다 해도 네 권의 일기장만은 막상 없애기가 아까웠던지, 시기가 제각각 다른 그 네 권이 엄마 방의 낡은 책장에 남아 있었다. 한 권은 엄마가 서른여덟 살세이던 해. 한 권은 마흔. 그리고 쉰 살 되던 해, 껑충 뛰어 일흔세 살이던 해.

그 밖에 지지난해, 지난해, 그리고 올해의 세 권도, 지금은 침실로 옮겨진 엄마의 사무 책상 위에 놓여 있었다. 올해의 일기는 당연히, 엄마의 심장이 멈춘 날에 중단되었다. 이 세 권은 예전에 은행에서 받아온 작은 메모장으로, 날짜와 날씨 그리고 산책, 샴푸라는 단어가 적혀 있을 뿐, 일기라기보다는 메모라 하는 편이 더 어울린다. 병원에 입원해 있는 동안은, 어쩔 수 없이 일기 또는 메모를 중단한 모양이다. 다행히 건강한 몸을 타고난 엄마는 큰 병치레 없이 여든이라는 믿기지 않는 고령(高齡)을 맞이한 탓에, 집에서 넘어져 병원으로 옮겨지고 보니 드디어 죽을 때가 왔다고 마음을 먹고는, 팔 하나 스스로 들어올리지 못할 정도의 중환자가 되고 말았다. 일기를 쓸 이유는 사라졌다. 이윽고 엄마는 침대 위에서 억지로라도 몸을 움직이고, 보행 훈련도 받아가며 서툴게나마 혼자 걸음을 내디딜 수 있게 되어 무사히 퇴원했지만.

　그동안 써온 일기장 더미에서 어째서 네 권만이 특별히 남겨졌는지, 한 장 한 장 페이지를 꼼꼼히 넘겨보지 않고선 나는 그 의미를 알 수 없었다.

　가장 오래된 한 권은 내 아버지가 죽은 해의 일기임을, 이것만은 금방 알아챘다. 패전 후 얼마 안 지나, 폐병으로 군대에 가지 않게 된 회사원 아버지는 할아버지와 처자식이 사는 자신의 집을 나가, 함께 살기 시작한 젊은 여자와 약을 먹고 죽었다. 엄마에겐 이보다 더한 최악의 사건은 없었을 거라고 딸인 나도 어려서부터 짐작하고 있었던 터라, 엄마한테 직접 듣지 않아도 아버지가 죽은 날짜는 내 몸 깊숙이 새겨져 있었다. 아버지에 대한 내 기억이 없는 대신,

까다롭고 늘 정신없이 무슨 일에 몰두하는, 내가 아는 엄마의 모습이 그날부터 살아나기 시작했다. 아버지가 죽은 날은 자식인 우리에겐 아버지의 죽음을 슬퍼한다는 감정과는 무관하게, 오히려 우리의 일상의 출발점으로서 중요한 의미를 갖는 날이 되었다.

  페이지가 변색되어 함부로 다루었다간 갈래갈래 찢어질 듯한 그 낡은 일기를, 나는 우선 펼쳐보았다. 남동생이 아직 갓난아기, 나는 세 살, 언니는 여섯 살, 그리고 일흔 살의 할아버지를 보살피면서 밭일을 하고, 할아버지와 교대로 배급을 타러 줄을 서고, 목욕탕엘 가고, 하치오지(八王子)의 집에서 발길이 멀어져버린 아버지의 귀가를 애타게 기다리는 나날. 그러나 엄마의 일기는 이때부터 오로지 사실에 철두철미한 삭막할 정도의 글쓰기를 고수하고 있다. 매일의 날씨. 배급으로 얻은 물품과 그 가격. 시아버지와 아이들이 번갈아가며 병치레를 해, 근처의 의사를 찾아간다. 의사의 진단 결과와 진찰료도 적혀 있다. 해진 옷을 뜯어 새로 마름질한 아이들과 시아버지, 남편, 그리고 자신의 옷. 서향꽃 내음이 풍겨왔다, 병꽃나무의 하얀 꽃이 피기 시작했다, 라고 꽃에 대해 쓴 것이 드물게 비실용적인 내용이라 할 수 있다.

  그리고 아버지가 죽은 날부터 공백이 나타난다. 한 달, 두 달, 석 달째가 되어서야 겨우 다시 매일의 기록이 시작된다. 공백 기간에 대한 감상(感想)은 한 마디도 적지 않았다. 남에게 보여줄 게 아니라서 당연히 상황의 변화에 대한 설명도 없다. 다시 매일의 날씨, 배급, 시아버지의 외출, 밭일, 손님 방문, 아이들의 병치레 등의 내용이 반복되고, 사이사이에 성묘니 불단(佛壇)이니 하는 예전에 볼 수 없었던 우울한 단어가 나타난다. 하지만 그 정도의 변화일 뿐 엄마의 일기는 묵묵히, 라는 표현 그대로 시종 단조롭기만 하다.

두 권째의 일기장은 그후 2년이 지난 것으로, 2월부터 3월에 걸쳐 거의 3주일의 공백이 여기에도 있었다. 나 자신은 아무 기억도 없지만, 앞뒤 내용으로 보아 할아버지가 병으로 돌아가신 때문에 생긴 공백일 거라고 짐작된다. 시아버님이 감기로 고열(高熱), 이라는 문장으로 일기는 중단되었다가 3주 동안의 공백을 거쳐, 아버지의 여자 형제인 고모님들의 방문, 벽걸이 족자와 단지 등을 유품으로 나눠드리다, 라는 내용으로 연결된다. 할아버지의 죽음에 대한 감상은 여전히 생략되어 있다. 엄마의 부모님은 이미 돌아가시고 의지할 형제도 없었다. 남편의 아버지이긴 해도 일찍이 아내를 잃은 전직 고등학교 교사였던 할아버지에게 엄마는 경제적인 도움을 받았고 아이들도 귀여워해주셨기에, 할아버지의 별세는 엄마에게 심정적인 아픔뿐만 아니라 신상에도 큰 변화를 의미하는 것이었다. 일기의 3주일간 공백에, 엄마의 감정은 죄다 빼앗기고 말았다. 그후, 할아버지의 집을 판 돈의 일부를 손에 쥐고, 엄마는 아이들을 데리고 하치오지에서 도쿄로 거처를 옮겼다. 전쟁 중에 화재를 모면한 낡은 집이었지만, 마당이 넓은 게 엄마와 아이들에겐 기뻤다. 하치오지의 집도 할아버지의 모습도 나는 분명히 떠올릴 수 없다.

그러고 나서 10년 뒤 세번째의 일기. 여기에도 역시 공백이 있었다. 이번엔 다섯 달치 공백. 그 해엔 형제 중 한가운데 낀 나도 중학교 3학년이 되어, 나 자신의 기억과 이 공백을 서로 비추어볼 수가 있다. 즉, 감기가 더친 까닭에 폐렴이 된 내 남동생이 근처 병원에 입원했다가 그 다음날 어이없이 죽고 말았다. 가족끼리의 장례, 화장터, 엄마와 고모님들의 울음 소리, 제단에 바쳐진 백합꽃과 네이블*의 내음, 그리고 사십구재의 납골, 이처럼 내게 남겨진 일련의 선명한 기억이 엄마의 일기에는 말끔히 삭제되었다. 당시엔 네이블이 아직 귀한 과일이라, 나는 남동생의 죽음으로 난생처음 네이블을 맛보았다. 너무 노골적으로 네이블을 받게 되는 기쁨을 나타내서는 안 된다는 약간의 분별심이 있었음에도 불구하고, 저 네이블 아직 먹으면 안 돼? 하고 제단에서 물려지기까지 도저히 기다리다 못해 물어봤을 때, 엄마의 표정이 단숨에 일그러졌다. 남동생이 죽은 다음 달, 언니는 전문대학 입학시험을 치렀고 4월부터 대학생이 되었다. 여동생인 내게 인상적이었던 이 변화도 엄마의 일기에서는 하얀 페이지로 녹아들었다. 전보다 한결 까다롭고 말수가 적어진 엄마를 피해, 나와 언니는 함께 쇼핑하러 다니거나 영화 구경을 가기도 했다.

다섯 달이 지나 다시 일기를 쓰기 시작한 엄마는, 흐린 뒤에 비, 개 예방 주사, 목욕 솥 수리를 부탁하다, 서예 교실의 학생 세 명 늘어나다, 라는 식으로 되게 무뚝뚝한 글쓰기를 고수한다.

마지막 한 권은 다른 일기장에 비해 꽤 새것 같다. 남동생이 죽은 지 23년이나 지났다. 지금부터 12년 전. 그 당시, 엄마는 줄곧 혼자 생활하고 있었다. 엄마의 표현에 따르면, 그 무렵 나는 내 아이들을 데리고 뻔질나게 엄마 집을 드나들었다. 언니가 전문대학 졸업과 동시에 결혼한 뒤로 나 혼자 엄마 곁에 머물다가, 마침내

---

* navel orange: 귤의 변종의 하나.

나도 결혼을 이유로 엄마 집을 나와 요코하마(橫浜) 근방에 살면서 두 아이를 낳았다. 그러고 나서 이혼을 하고, 화구(畵具) 수입 관련 사무소에서 일하기 시작했다. 주말에는 아이들과 엄마 집에 자러 가기도 했지만, 나는 요코하마를 떠나지 않았다. 엄마와 달리 내겐 원래 일기 쓰는 습관이 없는데, 만약 꼬박꼬박 일기를 썼다 하더라도 이혼 후의 시간은 공백인 채로 남았으리라. 아이들과의 새로운 생활을 꾸려나가고, 일을 계속하고, 헤어진 남편과 새로 사귄 남자, 두 사람 모두와 서로 아옹다옹 하고, 앞날의 시간이 눈에 들어오지 않는 그 무렵의 나는, 이 세상의 온갖 표현으로부터 완전히 외면당하고 있었다. 하지만 밑의 남자애가 초등학생이 되고 내가 나가는 사무실이 도쿄로 바뀌어 일의 책임도 많아지면서, 내 눈에 주변의 세계가 갑자기 또렷이 보이기 시작했다. 혼자 생활하는 엄마의 모습도 보였다. 아이들을 도쿄의 학교로 전학시키고 엄마 집으로 들어가 살고 싶어졌다. 엄마는 내 바람을 곧장 들어주었다.

　엄마의 일기에는 아이들 방에 대해 의논, 부엌 개량 공사에 관한 의견 교환, 냉장고를 대형으로 새로 구입하다, 라는 내용이 이어지고 그 사이로, 밑의 남자 아이 스웨터 뜨개질을 마무리하다, 곤충도감을 사주다, 8백 엔, 위의 여자애, 외이염(外耳炎)으로 발열, 등의 문장이 섞여 있다.

　그리고 어느 날, 공백이 시작된다. 작은애가 심장 발작으로 급사하고 말았다. 일기의 공백은 한 달 간 계속된다.

　병원 영안실로 언니와 함께 달려와준 엄마는 거의 무표정인 채, 내내 침묵만 지켰다. 우는 것도 말하는 것도 거부하고 있었다. 그래서 언니도 울지 않았고 나도 엄마 앞에서는 울지 않았다. 엄마 집에 죽은 아이를 데리고 가도 될는지, 나는 엄마에게 머리 숙여 부탁했다. 엄마 집에서 아이의 장례를 치르는 게 자연스런 일로 여겨졌다. 장례식을 끝내고도 나는 그대로 엄마 집에 딸과 머물렀다. 마침 봄방학 철이라 딸애가 개학을 맞기 바로 전 비 오는 날에, 작은애의 뼈를 안고 요코하마로 돌아왔다. 그때까지 엄마는 무표정하게 장례 경비를 계산하고 부의(賻儀)에 대한 답례품을 주문하고, 아들이 다니던 초등학교며 절에 인사하러 가는 내 곁에 동행해주었다. 그리고 한 달 간의 공백을 지나, 엄마의 일기는 또다시 혼자만의 단조로운 생활을 극히 사무적으로 기록하기 시작한다.

딸애와 둘이 지내는 새로운 생활이 너무 고통스럽고 죽은 아이만 애타게 찾아헤매던 나는 어리석게도, 그 당시 엄마의 냉정한 반응에서 단순히 노령(老齡)에 따른 어둔함과 허약함이 안쓰러운 나머지, 엄마의 죽음에 겁먹고 있었다. 엄마가 쓰러져 엄마의 몸이 단번에 싸늘히 식어가는 꿈을 수도 없이 꾸었다. 그러나 현실의 엄마는 지금까지의 인생에서 습득한 신중한 걸음걸이로, 자신의 일상을 지키고 우리의 바람막이가 되어주고 있었다. 엄마로서는 가장 어린 손자에게 바쳐진 순수한 공백을 일기장 속에 남긴 채.

요코하마의 맨션에는 작은애가 쓰던 방이 그대로 남았다. 따로 그 애의 방이 있었던 건 아니고, 방 한가운데 2단 침대를 놓고 두 아이가 각자 반대편을 이용함으로써 방 하나를 둘로 나눠 쓰고 있었다. 작은애는 2단 침대 위쪽을 사용하고 곰 인형과 좋아하는 책을 머리맡에 두었다. 침대 옆으로 난 좁은 공간에는 작은 옷장과 책장이 있고 그 외에 올망졸망 장난감이 담긴 상자도 어지럽게 쌓여 있었다. 아이들이 거기서 노는 일은 좀체 없었고 당시 열한 살이던 딸도 낮에는 거실에서 공부를 하고 동생이나 친구들과 놀았고, 자신에게 주어진 장소로 가는 건 옷 갈아입을 때와 잠잘 때뿐이었다.

내가 딸애와 맨션으로 돌아왔을 때, 작은애 방에는 때 묻은 양말과 책가방이 여전히 널브러져 있고, 죽은 날 아침 벗어던진 잠옷이 그대로 있었다. 아이가 어지럽힌 물건은 설사 블록 한 조각일지라도 치우고 싶지 않았다. 청소도 하고 싶지 않았다. 하지만 아이의 방을 어지럽힌 채로 아무리 기다린들 아이는 돌아오지 않는다. 먼지만 쌓여간다. 나는 책가방을 상자 위에다 치우고 잠옷을 개키고 흐트러진 침대의 이불을 정돈했다.

그러고 나서 한참 시간이 흘렀다. 딸애가 중학생이 되고 고등학생이 되었다. 작은애를 위해 나는 침대 정돈을 계속하고, 속옷과 양복을 옷장에 준비하고, 책가방의 먼지도 계속 닦았다. 죽은 아이의 방에는 무엇 하나 부족한 게 없었다. 곤충채집망, 야구 모자, 수영복도 있다. 하지만 그 방은 누가 보더라도 텅 빈 방이었다. 죽은 아이는 결코 돌아오지 않는다. 아이의 죽음을, 나는 텅 빈 방이라는 형태로 줄곧 가슴에 끌어안고 있었다.

딸이 대학 입시 공부를 시작했을 때, 나는 마음을 다잡고 이 텅 빈 방을 없앴다. 딸애의 성장과 더불어 워낙 제한된 맨션의 공간에 텅 빈 방을 계속 남겨둘 여유가 없어지고 말았다. 남동생과 둘이서 공유하던 방을 딸애 혼자 점령하게 되고, 죽은 아이가 쓰던 물건은 도저히 버리지 못해 엄마 집으로 옮겨 마당 창고에 넣어두었다.

현실의 장소는 현실적인 이유로 언제든 처리된다. 그러고 나서 결국 엄마가 입원을 하고 엄마 집을 지킬 사람이 필요하게 되어, 딸애와 나는 맨션을 처분하고 엄마 집으로 이사해야만 했다. 죽은 아이의 물건들 곁으로 다시 돌아오긴 했지만, 거주지 자체를 나는 떠나오고 말았다. 기둥에 써놓은 낙서며 문에 난 흠집, 벽에 들러붙은 그림물감을 두 번 다시 볼 수가 없다. 엄마의 마지막 날들을 지켜드리기 위해, 그것은 조촐한 대가였다.

엄마는 나의 작은애가 죽고 나서 바로, 수북이 쌓인 일기장 정리를 시작한 모양이다. 전부 깨끗이 내다버려도 좋겠다고 생각했으리라. 하지만 결국 네 권의 일기장만은 남겨두었다. 거기에 새겨진 공백 때문에. 엄마가 받아들인 텅 빈 방이 이렇게, 엄마의 죽음 뒤에도 남겨지게 되었다. 각각의 일기장이 지닌 하얀 페이지에, 엄마의 감정이 산 채로 묻혀 있다.

엄마가 돌아가신 뒤, 이 일기장을 발견하고 언니에게 빨리 알려 전해줘야겠다고 생각하면서도, 나는 매일 밤 거기에 남겨진 하얀 페이지를 계속 응시하지 않을 수 없었다.

가장 오래된 일기장의 두 달치 공백.

무슨 소리가 거기서 들려오지나 않을까, 하고 한밤중 식탁에 앉아 나는 그 공백에 귀 기울인다. 엄마의 한숨. 울음 소리. 할아버지의 목소리. 아이들, 즉 우리의 앳된 목소리. 거친 발소리. 가족이 식사하는 소리. 유리문 여는 소리. 부엌 소리. 고모들의 울음 소리. 누군가의 독경 소리. 경쇠 소리.

내 기억에는 아무것도 남아 있지 않은 아버지의 흔적도, 나는 찾아내려 한다. 아버지는 이미 죽었으니까 생전의 모습이 거기에 나타날 리 없지만, 갑작스런 죽음 직후에 아버지의 흔적은 아직 집 안 전체에 묻어 있었으리라. 일기장의 첫 석 달은, 마흔다섯의 아버지가 살아 있던 나날을 더듬고 있다. 그러나 아버지는 이미 가출한 뒤여서, 그때의 날들을 아무리 꼼꼼히 살펴도 아버지는 직접 등장하지 않는다. 아버지가 할아버지에게 백 엔 송금, 아이들에게 엽서 보내오다, 이런 내용이 간혹 있을 뿐, 오히려 바느질이며 뜨개질, 옷마름질 등의 내용으로 '남편〔良人〕'이라는 단어가 연신 나타난다. '남편'의 이불솜을 새로 타다, 할아버지의 낡은 바지를 '남편'을 위해 새로 짓다, 배급으로 '남편'의 구두를 받다……

아내로서 살아가던 엄마의 모습을 나는 모른다. 엄마는 분명, 매일매일 남편이 돌아오기만을 기다리는 아내로서 살았다. 이 사실이 내 호기심을 돋운다. 아버지가 죽은 뒤, 두 달 간의 공백을 지나 엄마의 일기에서 '남편'이라는 단어가 사라진다. 그 대신 '불단'과 '무덤'이라는 단어가 사용되기 시작한다. 그러나 두 달의 공백 속에, 아마도 '남편'은 여전히 가끔씩 되살아나고 있었을 게 틀림없다. 엄마는 그것이 두려웠던 걸까. 아니면 놓치지 않으려 이를 악물고 버틴 것일까.

…… '남편'을 위한 밤샘이 끝난 아침, 한숨도 못 잔 **나**는 부엌으로 나간다. 구식 토방의 부엌 아궁이에서 물을 끓이고 전열기로 빵을 굽는다. 빵 굽는 냄새에, 방에서 흘러나오는 선향 냄새가 뒤섞인다. 막내가 다실에서 울음을 터뜨린다. **나**는 두통으로 얼굴을 찡그린다. 큰애 둘이 부엌으로 뛰어들어와 새된 소리를 질러댄다.

―할아버지는 차만 마시겠대. 구역질이 나서 아무것도 못 드시겠대.
　―어제 김밥, 먹어도 돼?
　―엄마, 빵!
전열기 위의 빵이 화산 연기처럼 허연 연기를 내뿜고 있다. **나**는 연기 속에서 눈을 비빈다. 눈물이 배어나온다. '남편'이 죽고 나서 눈언저리가 벌겋게 진물러 손끝을 살짝 갖다대기만 해도 따끔따끔하다. 하지만 자신이 언제 그렇게 울었는지, **나**는 전혀 기억이 안 난다. 울고 있을 틈이 도무지 없었으니까.
　……이봐…… 당신은, 오늘도, 겉치레만, 말쑥하니, 내비칠, 작정, 인가?
　내 귓가에 '남편'의 목소리가 어렴풋이, 뚝뚝 끊어지듯 울린다. **나**는 눈을 뜬다. 허연 빵 연기만 보인다. 머리가 아프다. **나**는 부엌에서 도망친다.
　뼈가 되어 집으로 돌아온 '남편'의 제단(祭壇)으로 달려가, 그 앞에 앉아 있는 아버님께 여쭤본다.
　―무슨 소리 못 들으셨어요?
　아버님은 천천히 몸을 일으키며,
　―아아, 닭소리.
하셨다. **내** 몸이 떨려왔다. **나**는 '남편'의 뼈를 향해 떨리는 손으로 선향을 피우고 합장했다.
　……그건 당신의 목소리였나요. 그렇군요. 어째서 죽어서까지 **내**게 그런 밉살스런 말을 하시나요. 네, 당신도 알다시피 **난** 지금, 오히려 마음이 놓여요. 어쨌거나, 당신은 당신 나름대로 해결책을

마련했으니까, 세 아이를 남긴 채. 서로에게 만족한 남편과 사별한 아내인 양 슬퍼하라 한들, 그건 도저히 무리예요. 하필이면 이렇듯 요란한 해결법을 찾을 게 뭐 있느냐고, 생각하면 화도 납니다. 아이가 셋이나 있으니까요. 아버님도 참 안됐습니다. 내 잘못이야, 모두 내 책임이야, 하시며 경찰 연락을 받고 나선 계속 이 말만. 그래요, 전부 아버님이 잘못 하신 거예요, 라고는 차마 **내**가 말할 수는 없잖아요. 아녜요, 그런 말씀 마세요, **제**가 모자란 탓이에요, 라고 말이라도 이렇게 하지 않고 어쩌겠어요. 물론 누구 잘못이라고 생각하는 건 아니에요. 당신이 멋대로 하고 싶은 걸 했을 뿐이니까요. 어제 밤샘하러 와주신 분들도 마찬가지. 일이 이렇게 되고 보니, 뭐라 위로의 말씀을 드려야 할지, 라는 말을 듣게 되면, 고맙습니다. 아직 뭐가 뭔지 머리가 복잡해요. 남편은 정말 마음이 여린 사람이라, 그만 이렇게 되고 말았겠지요, 라고 이 정도의 대답을 하는 것이 아내인 **나**의 역할이 아닐는지요. 이걸 가지고 겉치레만 말쑥하다니요. 의식(儀式)이란 게 어차피 겉치레예요. 속마음 따위 털어놓지 못해요. 가족도 그래요. **난** 아버님에게도 아이들에게도 누구에게도 당신 흉을 보지 않아요. 당신은 듣고 싶을 테지만, **난** 절대 말 안 해요. 당신을 위해서가 아니라 **내** 아이들을 위해서 말하지 않아요. **내** 아이들. 당신은 아이들의 어머니가 된 **나**를 떠났어요. 아이들과 당신의 아버지를 버리고, **내**가 그런 당신을 쫓아갔어야만 했나요. 당신의 아버지와 아이들을 돌보느라 지치고, 아이들이 물고 빨아대던 젖가슴이 곶감처럼 변해버린 **내**가, 어째서 당신에게 버림받아야 했는지, 지금도 **나**는 모르겠어요. 당신과 결혼했으니까 **난** 기꺼이 엄마가 되었고, 전쟁에서 공습이 있건, 식료품이 떨어지건, 당신의 부모님 곁에서 열심히 아이들을 키워왔건만. 당신의 어머니가 돌아가셔도, **난** 당신의 어머니는 될 수 없었어요. 아이들은 당신의 아버지가 아니라, 당신을 원했어요. 너무나 당연한 거 아닌가요. 당신은 **내** 아이가 아니라 **내** 남편, **내** 아이들의 아버지였건만……

아이들과 아버님이 찾는 소리에, **나**는 '남편' 곁을 물러나 다실로 간다. 큰애가 솜씨 좋게 구운 빵과 어제 남은 김밥이 접시에 담겨 있다. 아이들조차 아침에 빵을 먹는 걸 싫어하지만, 쌀이 모자라니 어쩔 수 없다. 하다못해 진짜 버터가 있으면 좋겠는데, 인조 버터는 냄새가 고약해 참기 힘들다. 딸애들은 김밥만 먹고 있다. 밑의 작은애를 아버님이 안고 우유에 빵을 적셔 아기 입으로 밀어 넣는다.

─……전쟁 때문이었을까요.

나는 중얼거린다. 아버님은 나직이 신음 소리를 낼뿐, 아무런 대답이 없다.

아버님과 큰딸 사이로 '남편'이 다시, 슬그머니 나타난다. **내**게 애교 띤 미소를 지으며 창백한 손을 **내** 아기에게로 내민다. 어렴풋이 차갑게 빛나는 그 손.

나는 숨을 멈추고, 그리고

낌새가 느껴져, 나는 엄마의 일기에서 고개를 들었다. 등 뒤로, 전등이 꺼져 어두운 부엌을 돌아다본다. 늙은 엄마가 찬장의 유리문을 열고 건너편에서 나를 응시하고 있었다. 그 모습을 확인한 내가 얼결에 입을 벌리는 순간, 엄마는 깊은 한숨을 내쉬더니 찬장 속으로 사라지고 말았다.

또 어느 한밤중에, 나는 12년 전의 엄마 일기의 공백을, 거실 등 의자에 걸터앉아 바라보고 있었다.

내 아들이 여덟 살에 죽었을 때, 3월인데도 스웨터를 몇 벌이나 껴입어도 덜덜 몸이 떨릴 정도로 추운 날이 이어지더니, 느닷없이 마당의 꽃들이 일제히 꽃망울을 터뜨렸다. 엄마는 그 꽃들을 매일 지켜보고 있었을까. 당시의 내 눈에는, 봄꽃이 하나도 보이지 않았다.

……요사이 자줏빛 무꽃이 늘어나고 제비꽃이 점점 줄고 있다. 이런 얘기를 해도 딸은 들은 척도 하지 않아, 나는 잠자코 제비꽃을 꺾어 제단에 장식해둔다. 딸은 제단에 냉수를 올릴 생각도 않고, 합장도 하지 않는다. 나도 아들이 죽었을 때, 마찬가지로 아무것도 할 마음이 내키지 않았기에 딸을 나무랄 마음은 없다. 마지못해 내가 대신 제단에 꽃을 장식하고 과자를 놓아둔다. 그 아이는 구운 김을 무척 좋아했으니까, 깡통에 든 김도. 딸은 그 애가 죽은 사실을 아직 인정하지 않고 있다. 나도 그랬었지. 아들이 불에 타 뼈로 남건, 무덤 속에 뼈를 묻건, 도저히 인정할 수 없었다. 고약한 농담에 속았다는 생각에, 화풀이를 했다. 10년이 지났어도 진짜로 믿기지 않았다. 꿈속에서 늘 다시 만났다. 하지만 10년 지나고 보니, 아들이 없는 상태에 그만 익숙해지고, 일일이 화풀이도 하지 않게 되었다. 내가 그랬었다. 딸도 틀림없이 앞으로, 나와 똑같이 살아가게 되겠지. 나는 지금의 딸에게 예전의 자신을 떠올리지 않

을 수 없다. 그런 거잖아요, 무슨 설명이 필요하겠어요, 라는 생각으로 딸은 더없이 다감하고 솔직한 눈길로 **나**를 본다. **우리**는 지금, 지나치리만큼 서로의 기분을 잘 알고 있다. 그래서 무턱대고 초조해진다. 하도 불쾌해 구역질이 난다. 이런 일이 생겨, 딸이 **내** 마음을 이해하게 될 줄이야. **나**는 왜 아들을 낳았을까, 후회했다. 이 세상에 태어나지 않았다면 겨우 열두 살에 죽지 않아도 되었을 텐데, 하고. 섣불리 태어난 탓에, 이렇게 즐거운 세계를 아직 떠나긴 싫단 말야, 혼자 낯선 곳으로 가기 싫어, 하고 자신의 죽음을 슬퍼해야만 했다. 모든 것이 잘못되었다. 그렇지만 **나**는 아들을 낳았다. 그리고 아들이 죽었어도, 여전히 **나**는 살아 있다. 딸애도 마찬가지로 괴로워하고 있다. 그 아이는 무엇 때문에 8년 동안만 살아 있었을까, 무엇 때문에 서툰 젓가락질로 그렇게 엄마에게 야단맞고, 무엇 때문에 충치 치료를 억지로 견뎠을까. **난**들 알 수 없다. 이건 어떤 종류의 벌일까, 그 아이가 여덟 살에 죽고, 아들이 열두 살에 죽고, **내**가 일흔셋이 되도록 아직 죽지 않는 건 어째서인가.

    나는 엄마의 일기에서 고개를 든다. 거실의 텔레비전 옆, 다른 등의자 위에 평소의 옥색 잠옷 차림으로 자그마니 몸을 웅숭그린 채 엄마가 울고 있었다. 이미 눈물을 흘리고 있던 나는, 그 모습을 금방 알아보지는 못하고, 눈가의 눈물을 닦으며 엄마에게 말을 건네려고 했다. 하지만 그땐 이미 엄마의 모습은 보이지 않았다.
    어느 누구도, 엄마의 공백을 들여다봐서는 안 된다. 그날 밤, 나는 겨우 깨달았다. 그리고 또 한 번, 눈물을 흘렸다.

엄마의 장소 **181**

엄마가 입원했을 때, 엄마의 병실 문을 열기가 무서웠다. 쭈뼛쭈뼛 문으로 다가가 문 옆의 이름표를 먼저 확인한다. 눈에 익은 엄마 이름이 제대로 걸려 있다. 그제야 조금 나는 마음이 놓인다. 하지만 여전히 무섭다. 마음을 다잡고 문을 연다. 엄마가 침대에 누워 있기만 하면, 이젠 아무런 문제가 없다. 병실 구석의 세면대나 침대 옆에서 엄마가 몸을 구부리고 있어, 잠시 어디에 있는지 알 수 없을 때도 있다. 하지만 금세 엄마 모습을 발견하고 가슴을 쓸어내린다. 아무리 찾아도 엄마가 보이지 않을 때, 그럴 때 나는 되도록 이성적으로 생각하려 애쓴다. 엄마는 틀림없이 훈련실에 있을 거야. 거기 없으면 엑스선실에서 검사를 받고 있을 테지. 계단 아래 매점에 칫솔이며 화장지를 사러 갔을지도 몰라. 보행기를 사용하면 엄마는 서툴게나마 혼자 걸을 수 있으니까. 그리고 나는 기다란 복도를 따라 훈련실로 향한다. 불안해할 건 아무것도 없어. 그런데도, 내 다리는 후들거렸다. 이대로 엄마와 두 번 다시 못 만나는 게 아닐까. 복도에서 간호사가 나를 붙들고, 당신은 여기서 뭘 하고 있는 거예요, 당신 어머닌 벌써 지하 영안실로 옮겨졌다니까요, 하고 호되게 나무라진 않을까.

아무하고도 눈길이 마주치지 않도록, 나는 고개를 숙인 채 서둘러 복도를 지나갔다.

30여 년 전의 내 남동생 병실. 중학생인 나는 엄마가 가르쳐준 번호의 병실을 겨우 발견하고 문 앞에 섰다. 학교에서 돌아오는 길에 들렀기 때문에, 나는 교복을 입고 무거운 책가방을 들고 있었다. 공부 끝나고 꼭 들를게, 하고 전날, 남동생과 약속했었다.

문 옆 이름표 자리가 비어 있었다. 빛처럼, 내 몸에 통증이 내리꽂혔다. 그러나 그 통증을 무시한 채 나는 자신의 변명에 매달렸다. 어제 막 입원했으니까 이름표가 아직 없을 뿐이야.

일부러 덤덤하게 문을 열었다. 남동생도 엄마도 아무도 없었다. 시트가 벗겨진 침대만이 을씨년스럽게 놓여 있었다. 겨울인데도 창문이 활짝 열려 있었다. 병실에는 수건 한 장 남아 있지 않았다.

교외의 노인 전용 병원에서 엄마는 결국 어디로도 사라지는 일은 없었다. 체육관 같은 운동실에서 걷는 연습을 하거나, 안쪽 작업실에서 걸레를 깁는 훈련을 받고 있거나 했다. 엄마가 보행기로 걸을 수 있게 되면서, 작업실에서 하는 손끝 훈련이 많아졌다. 걸레 그룹, 단어 카드를 늘어놓는 그룹, 찰흙을 반죽하는 그룹 등, 거기서는 언제나 열다섯 명 정도의 노인들이 제각기 몽롱한 표정으로 작업에 몰두하고 있다. 두세 명의 훈련사가 열심히 말을 건네며 돌아다니고, 방 안도 환하다. 하지만 작업실은 외부에서 온 사람에겐 공포를 느낄 정도로 답답하고 죽은 듯 고요했다. 노인 한 사람 한 사람이 눈을 뜨고 손끝을 움직이고 있기는 해도, 어느 누구도 깨뜨릴 수 없는 고독하고 깊은 잠 속에 몸이 가라앉아 있는 듯 보였다.

나의 엄마도 그중 한 사람이었다. 다른 노인들과 분간이 되지 않았다. 몸을 웅크리고 모든 감정을 어딘가에 감추고, 정해진 패턴대로 빨간 실을 조그만 하얀색 천에다 계속 찔러대고 있었다. 그 손을 쉬려고도, 주위를 둘러보려고도 하지 않는다. 나는 더 이상 참지 못하고 방으로 들어가 다른 노인들을 무시한 채, 큰소리로 엄마를 부른다. 두 번, 세 번.

엄마는 긴 잠에서 깨어난 양 퍼뜩 얼굴을 들고 내 모습을 알아본다. 그 순간, 엄마는 내가 아는 엄마로 바뀌어, 눈이 빛나고 얼굴에 미소가 번진다. 엄마의 몸 크기마저 바뀐다.

나는 아직 엄마를 되찾을 수 있었다.

그날 아침, 잠옷 바람으로 나는 엄마를 몇 번이고 부르며 엄마 침실로 들어갔다. 덧문은 여전히 닫혀 있고, 방에는 전등이 켜 있었다. 불빛이 눈부셨다. 침대에 엄마는 없었다.

어머니.

문이 열린 화장실에도 불러보았다. 방이 엄청 넓어진 것 같았다. 천장이 높아졌는데도 내 목소리는 조금도 울리지 않는다. 나는 엄마의 침대로 다가갔다. 뭔가가 내 눈을 스쳤다. 침대 옆 바닥에, 엄마는 종이인형처럼 반듯이 누워 있었다. 침대 옆 형광등도 화장실 등도 켜 있고, 엄마 머리맡으로 주간지며 신문이 어지럽게 놓여 있다. 방은 변함없이 그대로다. 변함없이, 하지만 내 눈을 가로막는 방 안 공기 그 자체가 이미 바뀌고 말았다. 몇십 년을 텅 빈 채 갇혀 있던 방, 바삭거리는 모래알처럼, 소리도 색깔도 없는 공기였다.

그리고 정작 엄마는, 아무도 몰래 고요히 죽을 수가 있었기 때문에, 자신조차 무슨 일이 일어났는지 영문을 몰라, 그곳만은 안전하고 조용한 자신의 침대로 자꾸만 돌아가고 싶었다.

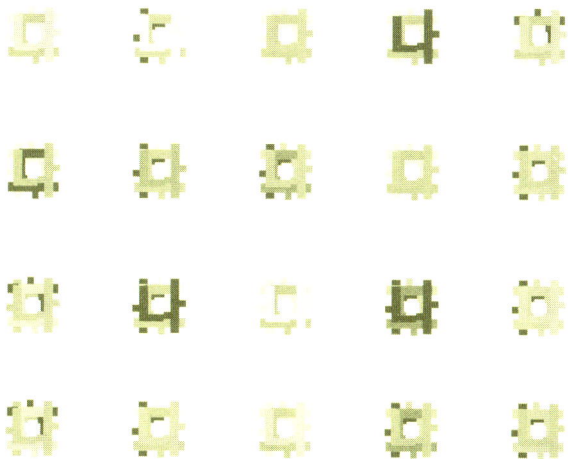

루 모 이 에 서

루모이에서

　─……비가 자주 내리는 곳이었다는 기억밖에 남아 있지 않아요. 눈[雪]을 본 기억이 없어요. 겨울이면 모든 게 죄다 꽁꽁 얼어붙는 곳인데, 얼음 감촉도 남아 있지 않아요.
　전에도 똑같은 이야기를 했었지 하면서도, 나는 개의치 않고 계속 말을 이었다.
　─……조금 전까지 화창했다가도, 갑자기 굵은 빗방울이 후드득 쏟아지고 순식간에 폭포 같은 큰비로 변해, 보이는 거라곤 온통 비뿐이에요. 발밑으로 금세 흙탕물이 콸콸 흘러가고, 물통에 천 조각, 판자, 채소, 그리고 닭이며 고양이, 개까지 떠내려가요. **나도** 깜빡했다간 휩쓸리기 십상이죠. 채소 가게 안으로 뛰어들었다가, 근처의 담장을 기어올랐다가 하며 빗속에서 흠뻑 젖은 채 **나는** 덜덜 떨었습니다. 집이 바로 코앞인데, 영영 돌아갈 수 없게 되었구

나. 엄마도 만날 수가 없어. 그런 불안한 마음을, 열대 지방의 스콜 같은 엄청난 비와 더불어 생생하게 기억해요. 그런데 참 묘해요, 두 살인 내가 엄마를 따라 1년 반 옮겨 살았던 곳은, 루모이라는 지독하게 추운 곳이라고 하니까요.

똑같은 이야기라도 하다못해 달리 이야기할 수 있다면 좋으련만. 하지만 그게 안 된다. 내 머리엔 이런 말 외에 아무것도 없으니까. 그런데 내 앞에 앉아 있는 이 사람은, 전에도 똑같은 이야기를 들었다는 생각도 없이 지금, 연신 고개를 끄덕이며 내 이야기를 들어주고 있는 걸까. 그럴 리 없을 텐데, 하고 나는 혼자 안절부절 못하면서도, 그렇다고 직접, 어째서 이미 들은 이야기를 잠자코 또 듣고 있는 거죠? 라고 물어볼 수도 없이, 곁에 있는 낡은 테이프를 돌리듯 나의 이야기를 이어갔다. 나의, 라기보다 나의 엄마 이야기를.

내가 아까 불을 붙인 선향의 연기가 방의 에어컨 바람을 타고 여자의 머리 위를 떠돌다가 사라졌다. 조문객인 나는 예의를 차려 검은 옷을 걸치고 있었지만, 여자는 평상복 차림이었다. 내가 전화를 한 지 한 시간 이상 지났으니, 블라우스 정도는 갈아입었는지도 모른다. 하얀 반소매 블라우스에 감색 통치마. 예전엔 이런 옷을 입을 사람이 아니었다는 느낌이 든다. 5년 전과 바뀐 점이라면, 긴 머리에 화장도 약간 짙어졌다. 아니, 그게 아니라 단지 화장이 서툴러진 것뿐이겠지. 어머니를 보살피느라 죽 집안일에 매여 있었다고 하니까. 5년치 나이가 표정에 묻어나고, 눈이며 입가에 주름이 생겼다. 하지만 아직 사십대. 나보다 젊다.

―어머나, 당신이군요? 지금 도쿄에 계세요? 물론 당신을 잊을 리 없죠. 엄마 일을 어떻게 당신이? ……아아, 그랬군요. 일부러 여기까지 와주신다고요? 그럼, 오랜만에 당신을 만날 수 있겠네요. 5년 만이에요. 기뻐요. 당신을 다시 만난다니, 정말 기뻐요.

　내가 전화를 했을 때, 여자는 아무런 망설임도 없이 쾌활한 목소리를 드높였다. 물론 여자는 나를 기억했다. 내 이야기와 함께.

　5년 전 여름, 낡은 청바지에 티셔츠를 입은 이 사람은, 산에 들어가 살던 나를 찾아왔다. 정확히 말하자면, 내가 일하고 있는 절에 묵으러 왔다. 민박을 겸한 비구니 절이라 그저 숙박객으로 왔을 뿐, 신앙의 목적이 있는 건 아니었다. 때문에, 아무런 의무도 없는 일반 '손님'이었지만, 1주일씩이나 혼자서 하릴없이 머무는 것은 분명히 어떤 이유로 정신적인 보양을 찾아온 게 틀림없고, 이 사람은 스스로 아침 청소를 거들고 산나물을 뜯거나 으름덩굴 세공 작업에도 함께 나서고 해서, 우리도 굳이 말리지 않았다. 원래 산사(山寺)의 경제에 보탬이 되고자 한 으름덩굴 세공이고 사찰 요리였던 것이 어느 정도 사람들에게 알려지게 되면서, 민박 손님은 그리 늦지 않았어도 차를 타고 와서 바로 하산하는 손님 수는 의외로 많아져, 이 사람처럼 어정쩡한 도움이나마 산사에서 일하는 우리에게는 역시 고마웠다. 그리고 2,3일 지나보니, 어렴풋이 그 '사정'이 전해져왔다. 으름덩굴 줄기를 엮으면서 혹은 요리 준비를 하면서, 비구니 스님의 질문에 이 사람이 대답하는 걸 내가 귀담아 들은 것뿐이긴 해도.

　아침저녁으로 본당에서의 수행에도 열심히 참석하는 여자는, 젊어서 남편을 잃고 2년 전, 대학생이 된 외동딸마저 자살하고 말았다. 산사에는 가끔 버거운 '사정'을 짊어진 여자들이 찾아온다. 그래서 어떤 '사정'을 듣더라도 나는 일일이 놀라지 않게 되었다. 운이 나쁜 사람은 끝까지 운이 나쁜 법이다. 네댓새 지나 깊은 산중에서 산채를 뜯으며, 그럼 당신은 지금 외톨이가 된 거군요? 하고 물어, 나는 여자의 '사정'을 좀더 상세히 알 수 있었다. 여자는 미소를 띠며 대답했다. 진짜 외톨이는 그리 쉽게 될 수 있는 게 아니잖아요? 부모님이 있죠. 아버지는 일찍 이혼해 안 계시지만, 엄만 지금도 건강하세요. 딸애가 그렇게 되고부터 엄마와 함께 지내고 있습니다. 엄마도 나이가 들어 적적할 테니까……

여자는 그러고 나서 심호흡을 하고 주위의 나무들을 올려다보았다.

아아, 여긴 조용하네요. 여러 소리들이 하늘로 울려퍼져요. 바람소리, 새소리, 그리고 뭘까, 물 흐르는 소리도 들려요. 어딘가 폭포라도 있는 걸까요?

그래서 나는 여자를 폭포 있는 곳까지 데려갔다. 작은 폭포라서 그럴듯한 이름도 갖지 못했다. 높이가 겨우 2미터쯤 되는 신통찮은 폭포였다. 주변에 달래, 고고미, 가와지샤가 눈에 띨 정도이고, 평소에는 거의 얼씬도 하지 않았다. 그런데 여자는 아이처럼 소리를 질러대며 즐거워하고, 신고 있던 샌들을 냅다 벗어던지고 청바지를 걷어 올리고 얕은 물가로 들어갔다. 아앗, 차가워, 너무 좋아! 하고 법석을 떨다가, 그리곤 두 손으로 물을 떠 얼굴을 적시더니 소리 내어 웃었다. 물방울이 묻은 여자의 머리카락이 여름 햇살을 받아, 등 뒤로 폭포도 빛나고, 물속에 서서 웃는 여자의 모습에, 같은 여자임에도 나는 아주 잠깐, 반해버렸다. 폭포의 물보라를 받은 여자의 하얀 티셔츠가 몸에 달라붙어, 처녀 같은 젖가슴이 훤히 비쳤다. 브래지어를 여자는 하고 있지 않았다. 여자는 웃고 있었다. 그게 아니라면, 여자는 울고 있었다. 깊은 산 차가운 물 속에서. 자신의 눈물을 받으며. 내 눈에는 그렇게도 보였다.

다음날, 그러니까 여자에겐 산에서 보내는 마지막 날 밤, 나는 여자를 숙소의 툇마루로 불러내어, 모과주를 대접했다. 심심풀이로 내가 만들어본 약술 가운데 가장 잘 익은 술이었다. 그리고 여자에게 옛날 사진을 내보이며 나의 이야기, 혹은 내 어머니의 이야기를 일방적으로 늘어놓았다.

으스스한 찬바람이 어지러이 산을 맴돌았다. 살랑이는 나무들 뒤로 달빛이 하얗게 지상을 비추고, 먼 데서 올빼미 우는 소리도 들렸다.

―……하얀 털실 케이프*를 입은 그 아기가 나예요. 하긴, 이 아기가 나라고는 스스로도 믿기지 않지만. ……나를 안고 있는 이가 엄마. 옆에 서 있는 이가 할머니와 삼촌. 삼촌은 아직 중학생이었죠. 엄마는 이때, 열아홉 살이었어요.

여자는 의아스럽게, 그러나 예의상, 내가 가리키는 낡은 사진 한 장을 숙소의 불빛 아래 비쳐보며 고개를 끄덕였다.

―그리고 이쪽 사진은 여학교 시절의 엄마. 전쟁 중이라 몸뻬를 입고 있어요. 뒤로 바다가 보이죠? 규슈(九州)의 바닷가 마을에 엄마는 살았었죠. 할아버지는 어부였다는군요. 하지만 전쟁으로 돌아가셨습니다. 할머니는 밭일에다 해녀 일까지 해가며 엄마와

---

* cape: 소매 없는 외투.

삼촌을 학교에 보냈다고 들었습니다. 그리고 전쟁이 끝났어요. 이 바닷가 작은 마을에 한 남자가 나타나, 시골 처녀인 엄마는 한눈에 그 남자에게 푹 빠져버리고 말았습니다. 흔히 있는 이야기죠. 보세요, 이 남자예요.

여자는 그제야 내 이야기에 흥미를 느낀 듯, 들뜬 목소리로 말했다.

―어머, 이 정도면 누군들 푹 빠지지 않겠어요. 전혀 옛날 분 같지 않아요.

―네, 당시의 미남 스타를 꼭 빼닮았다고…… 이건 군대에 가기 전 사진이에요. 엄마가 이 사진을 버리려는 걸 할머니가 갖고 있다가 내게 물려주셨어요. 나의 아버지가 틀림없으니 소중히 간직하라면서. 자, 술을 좀더 드세요. 적당히 차가운 게, 아주 맛있죠? 여기가 절이라고 사양할 것까진 없어요. 불교 신자하고는 다르니까.

체크 무늬 원피스에 감색 카디건을 걸친 여자는 미소를 띤 채 옛날 사진을 들여다보며 컵을 손에 들었다. 나도 내 술을 한 모금 마셨다. 모과 향에 머리가 탁 트인다. 그런데 당신은 어째서 불쑥 자신의 이야기를 꺼낸 거죠?라는 말을, 여자는 하지 않았다. 적이 당황하면서도 어차피 할 일도 없으니까 하고, 내 이야기에 귀 기울이고 있다. 아직 젖어 있는 여자의 짧은 머리카락. 조금 전에, 여자는 금방 목욕을 마친 참이었다. 왼쪽 눈썹 가장자리에 흉터가 나 있는데, 목욕 탓인지 술 탓인지 빨갛게 도드라져 보였다.

5년이나 지났는데도, 나는 이런 것까지 기억하고 있다.

―복원병(復員兵)이었다는 이 남자는 엄마의 집 헛간에 네다섯

달을 머물다, 그리고 어느 날 돌연 사라졌습니다. 그러고 나서 몇 달인가 지나 엄마는 나를 낳았습니다. ……대충, 이런 이야기예요. 나 자신은 직접 알 도리가 없는 이야기죠. 하지만 순 엉터리 거짓말도 아닐 테죠. 글쎄 워낙 터무니없고 평범한 이야기라서……

여자는 미소를 지어보이고, 살포시 고개를 저었다. 차가운 달빛이 숙소 뜰에 일렁거렸다.

나는 이야기를 계속했다. 여자의 숨결이 내 이야기를 재촉한다. 이 세상에서 외톨이가 되어, 늙은 어머니 곁으로 돌아갈 수밖에 없는, 나보다 쪼끔 젊은 여자.

— 할머니도 삼촌도 나를 애지중지 키워주셨습니다. 물론, 아주 어렸을 적 기억이 내게 있을 턱이 없지만, 좀더 자란 뒤에 내 인상으로는 그래요. 작은 어촌이다 보니, 엄마의 '연애'는 모두들 알고 있었습니다. 그걸 괴로워하고 견디기 힘들어한 것은, 누구보다도 당사자인 엄마였어요. 마을에 남아 살아갈 수야 있겠지만, 그뿐. 아무런 희망도 가질 수 없다. 엄마는 이렇게 결심한 걸까요, 스무 살의 엄마는 두 살이 된 나를 데리고, 무작정 북쪽으로 북쪽으로 도망쳐, 마침내 루모이에 도착했습니다. 어째서 루모이에 머물기로 한 건지, 난 모르겠어요. 마침 적당한 일자리가 있었거나, 엄마에게 친절한 사람이 있었던 거겠죠. 어쩌면 아버지와 무슨 관련이 있는 장소였는지도 모릅니다. 하지만 이건 지나친 생각이다 싶어요. 의미 따위, 인간이 하는 일에 그런 게 있을 리 만무하니까. 글쎄, 그렇지 않아요?

나는 모과주를 다시 입에 머금고, 이야기를 계속했다. 조금 쌀쌀하게 느껴지는 밤바람을 기분 좋게 몸으로 받으며, 여자도 모과주를 마시고 내게 고개를 끄덕여보였다.

―……그런데, 루모이란 대체 어디를 말하는 걸까요. 루모이라는, 내가 듣고 기억하는 지명조차 틀린 건지도 몰라요. 루모이. 내 머리에는 어쨌든, 루모이라는 울림만 남아 있을 뿐이에요. ……루모이, 비가 자주 내리는 곳이었다는 기억밖에 남아 있지 않아요. 눈을 본 기억이 없어요. 홋카이도의 루모이라면, 겨울이면 모든 게 죄다 꽁꽁 얼어붙는 곳인데, 얼음 감촉도 남아 있지 않아요. ……조금 전까지 화창했다가도, 갑자기 굵은 빗방울이 후드득 쏟아지고 순식간에 폭포 같은 큰비로 변해, 보이는 거라곤 온통 비뿐이에요. 발밑으로 금세 흙탕물이 콸콸 흘러가고, 판자, 채소, 그리고 닭이며 고양이, 개까지 떠내려가죠. **나**도 깜빡했다간 휩쓸리기 십상이죠. 채소 가게 안으로 뛰어들었다가, 근처의 담장을 기어올랐다가 하며 빗속에서 흠뻑 젖은 채 **나**는 덜덜 떨었습니다. 집이 바로 코앞인데, 영영 돌아갈 수 없게 되었구나. 엄마도 만날 수가 없어. 그런 불안한 마음을, 엄청난 비와 더불어 생생하게 기억해요. ……루모이란, 정말 어디에 있는 걸까요. 두세 살의 기억은, 거의 존재하지 않는 거겠죠. 엄마와 둘이서 1년 반이나 지냈다는 장소를, 나는 엄청난 비 말고는 아무것도 기억 못 해요……

여자는 내 얼굴을 보더니, 가볍게 한숨을 내쉬었다.

―……엄마에겐 어떤 1년 반이었는가, 성장한 뒤로 나는 늘 그 생각뿐이었던 것 같아요. 하지만 아무리 생각한들, 루모이 시절의 엄마에게 다가갈 수 없어요. 다가가고 싶지도 않고, 엄마도 나를 가까이하려 하지 않아요. 루모이에서는 나와 함께 있었는데도. ……모든 일이 틀어지고 매번 남에게 속기만 하고, 먹을 것도 없

어지고, **나**를 죽일까 둘이서 죽을까 하는 생각이 엄마의 가슴을 스쳤을 때, 엄만 집을 나온 지 처음으로 할머니에게 엽서를 써보냈다고, 나중에 할머니한테 들었습니다. 엄마가 쓴 엽서에는 노골적으로, 그냥 돈이 필요하다, 돈을 보내주세요, 라고만 씌어 있었다는군요. 돈 대신에 삼촌이 루모이까지 가서, 엄마와 **나**를 규슈의 어촌까지 데리고 돌아왔습니다. 지금하곤 시대가 달랐으니 일부러 루모이까지 걸음을 하는 게 쉽지만은 않았을 텐데, 그것이 홋카이도의 루모이였는지, 아니면 딴 데 있는 루모이였는지, 나는 알 수 없습니다만……

나는 산속 제법 쌀쌀한 밤바람을 맞으며, 여자에게 내처 이야기했다.

……할머니 곁으로 돌아온 뒤, 평온하고 아름다운 어촌에서의 몇 년. 내겐 가장 그리운 날들. 하지만 엄마는 그즈음, 나를 외면하고 할머니와 삼촌에게는 말도 건네지 않고, 무작정 밭일을 거들고 있었습니다. 그리고 삼촌의 결혼. 삼촌의 아이 출생. 할머니의 병사(病死). 나는 열 살이 되었습니다. 엄마는 나를 데리고 어촌을 떠나. 하지만 이번엔 루모이가 아닌, 같은 규슈에 성(城)이 있는 도시로 이사했지요. 그 무렵 둘째 아이가 막 태어난 삼촌 부부는, 나를 자기네 아이로 떠맡겠다는 말은 하지 않더군요. 그래서 나도 엄마도 실망이 컸습니다. 어차피 상대방으로부터 도망칠 수 없다라고, 서로 깨닫게 되었습니다. 친지의 소개로 시내의 큰 포목점에서 일하게 된 엄마는, 생활의 불안을 조금씩 덜게 되면서 내게 관심을 보이기 시작했습니다. 그때까지 아이나 다름없던 내 몸에 변화가 생긴 걸 알아챈 거죠. 어린애 가슴에서 소녀의 가슴으로 바뀌

고 있었어요. 엄마는 내 관심을 공부에 집중시키려 했습니다. 마치 나를 내버려두었다간 이 세상 모든 남자들에게 마음을 빼앗길 게 틀림없다고 확신한 것처럼. 이때부터 엄마는 마침내 당연한 나의 엄마로 돌아왔다고나 할까요. 딸을 염려하고 딸을 엄하게 감시하며 딸을 위해 살아가는 엄마. 딸을 괴롭히기만 하는 엄마. 나를 내버려두었던 엄마가 그리웠죠. 이런 아인, 언제라도 내다버리고 말겠어, 라고 생각하던 엄마야말로 나의 엄마였는데. 엄만 늘 나를 따라다녔습니다. 중학생이 되어 나는 첫 월경을 맞이했습니다. 그러자 엄마는 나의 '임신'을 두려워하기 시작했습니다. 학교에서 남학생들, 그리고 남자 선생님들과 절대 허물없이 얘기해선 안 돼, 라고 엄마는 내게 연신 일러주었습니다. 나의 '임신,' 내겐 얼마나 멍청한 상상이었는지! 엄마가 그렇게 해서 안심이 된다면, 나는 자신의 젖가슴을 잘라내더라도 상관없다고 생각했습니다. 여자의 몸이란, 보기 흉할 뿐이라고 창피하게 여겼습니다. 중학교 수학여행에는 참가하지 않았습니다. 꼭 가야겠다면 나중에 의사한테 네 몸을 검사하게 할 거야, 아무 일 없었다고 아무리 네가 말해봤자 믿을 수 없어, 라고 엄마가 우기는 탓에 난 아예 수학여행을 포기하고 말았죠. 학교 성적은 좋았어도, 친구 하나 사귀지 못하는 소녀가 되고 말았습니다. 고등학생이 되고부터, 나는 엄마한테서 도망칠 궁리만 했습니다. 엄마의 일부로서 살아갈 수 없다면, 엄마를 버릴 수밖에 없었습니다. 고등학교를 졸업하고 나는 막무가내로 오사카(大阪)의 간호학교에 들어갔습니다. 간호학교를 졸업한 뒤에는 도쿄로 나왔어요.

─……어째서 엄마는 그토록 나의 임신을 두려워했는가, 그런

걸 생각할 틈도 없을 만큼 나는 줄곧 엄마를 원망해왔습니다. 엄마는 직접 편지를 쓰거나 전화도 거는 법이 없었습니다. 오랫동안 삼촌을 통해 겨우 서로 소식을 전했습니다. 엄마를 만나고 싶다고 생각한 적이 없어요. 하지만 난 엄마를 잊지 못했어요. ……당신은 이해할 테죠, 이런 바보 같은 집착. ……그래요, 바보 같지만 엄마와 딸 이렇게 단둘이서 살고 있으면, 딸은 엄마의 전부를 자신의 것으로 삼든가, 거꾸로 모든 걸 끊어 없애든가, 그 중간을 적당히 받아들이기가 힘들어집니다. 엄마와 마주 대할 수가 없어요. 당신도 경험이 있겠지요? 아닌가요? ……보시다시피, 나는 지금도 혼자입니다. 물론 내게도 이런저런 일이 있었지만, 남자건 여자건 남과 지내는 것이 내겐 너무 괴롭습니다. 이것도 엄마 탓이에요. 간호사 일을 계속하면서 삼십대 중반쯤부터는 저 역시 가끔은 규슈에 가게 되었습니다. 엄마는 지금도 포목 관련의 일을 계속하고 있습니다. 도쿄에 더러 나오기도 합니다. 그게 싫었던 건 아니지만, 어느 날 나는 간호사 일을 그만두고 이곳으로 거처를 옮기고 말았습니다. 신심(信心) 따위, 내겐 없어요. 마침 이곳에서 일손을 필요로 했고, 나도 여기가 마음에 들었을 뿐이에요. 언제까지고 이곳에 머물 생각도 없어요. ……하지만 이런 산중에 오게 된 것도, 역시 엄마 때문이에요. 엄마의 루모이에 다가갈 수 없으니까, 나는 여기서 루모이를 떠올리려고 애씁니다. 난 엄마한테서 아무것도 듣질 못했어요. 엄만 내게 아무 얘기도 하지 않아요. 이곳으로 엄마는 전화를 걸기도 합니다. 하지만 내가 듣고 싶은 건 엄마의 입에서 나오지 않아요. 나는 숨쉬기가 힘들어져 전화를 끊고 싶어집니다. 이런 나이에, 꼴불견이죠. 그런 생각이 들어도 어쩔 수가 없어요. 어쩔 수 없는 거잖아요……

여자의 얼굴을 나는 바라보았다.

5년 전의 여자는 나무들의 술렁임 속에서 중얼거렸다.

―……어쩌지도 못 하다니…… 하지만 당신은 자살하지도 않았으니까…… 그런 건, 생각도 하지 않았으니까……

나무숲 틈새로 비치는 달빛이, 어지럽게 쏟아져내리는 눈발 같았다.

―……엄만 **나**를 죽이려 했습니다. 자신이 똑똑히 그걸 기억하는 건 아니지만, ……루모이에서 **나**는 그걸 알고 있었어요. 그래서 나는 아무리 그래봤자 죽을까 보냐, 하는 생각뿐이었어요. 그랬으리라는 느낌이에요. ……엄마는 나를 비웃기라도 하듯, 나이보다 훨씬 화사한 얼굴로 살아가고 있습니다. 마치 엄마와 내가 둘이서 억지로, 살아가는 경쟁이라도 하는 것처럼. 단순하다면 무척이나 단순한 이야기…… 하지만 루모이에서 무슨 일이 있었는지, 엄마가 만약 이야길 꺼낸다면 어떻게 될까, 하는 생각도 듭니다. 물어보고 싶으면서도, 무서워서 뒷걸음질치고 말아요. ……나는 엄마를 줄곧 기다리고 있습니다, 어릴 적부터 죽 몇십 년을. 그걸 깨달은 게 겨우 최근의 일이에요. 나도 어지간히 둔한 사람인가 봐요. 어머니, 나한테 얘기해줘요, 라고 먼저 말을 꺼낼 수는 없어요. 엄마 쪽에서 먼저 입을 열기를, 나는 그저 줄곧 기다립니다. 언제까지 기다릴 수 있을지, 엄마가 죽을 때까지? 내가 죽을 때까지?……

여자와 나는 선향의 내음 속에 앉아 있었다. 머리카락이 조금 자란 여자는 돌아가신 어머니의 사진을 응시하며 희미하게 끄덕이고 숨을 내쉬었다. 나는 여자의 어머니가 어떤 분이었는지 모른다. 여자의 남편도 여자의 딸에 대해서도. 설사 아무리 자세히 설명을 듣는다 하더라도, 그 사람들을 알 수는 없다. 그러니까 아무 얘기도 듣지 않은 거나 마찬가지다. 나의 엄마에 대해서도 그건 마찬가지여서, 여자의 머리에 나의 엄마의 어떤 상(像)도 떠오를 리 없었다. 그럼에도 불구하고, 나는 여자에게 이야기를 계속하지 않을 수 없었다. 5년 전, 폭포 속의 여자를 지켜보았기 때문에. 여자의 젖가슴에 반해버렸기 때문에.

　——……엄만 결코 이야기하지 않아요. 만약 그렇게 결심한 거라면, 난 살아 있을 이유도 잃고 말아요. 엄마가 이야기해주지 않는 한, 나는 엄마 이외의 누구에게도 다가갈 수 없어요. 하지만 엄마의 이야기를 듣고 싶지 않아요. 듣고 싶지 않지만, 꼭 들어야 해요. 내가 잘못 생각하는 걸까요? 난 아무런 자신감도 없어요. ……루모이는 비가 많이 내리는 곳이었나요? 루모이의 길은 좁았나요? **우린** 어디서 잠을 잤나요? 루모이는 어디에 있나요? ……물어보고 싶은 건 얼마든지 있습니다. ……**우리**가 살던 곳이 정말 루모이라는 곳이었나요? 루모이에선 무얼 먹었나요? 루모이에는 어떤 남자들이 있었나요? **나**를 어떤 방법으로 죽이려 했었나요? 목을 조른다, 바다에 빠뜨린다, 겨울산에 내다버린다, 열차에 치이게 한다, 독(毒)을 마시게 한다……

　집 안에, 초인종 소리가 울렸다. 이 소리를 듣고 여자는 적이 안심했다는 표정으로 현관에 나갔다.

　혼자 남은 나는 인상을 찌푸리며 어깨를 늘어뜨리고, 여자의 어머니 사진을 바라보았다. 유골 함 앞에 세워놓은 큼직한 컬러 사진. 안경을 낀 낯선 늙은 여자가 이쪽을 향해 미소 짓고 있다. 여든 셋에 돌아가셨다고 하니까 이건 꽤 오래전의 사진이리라. 나의 엄마도 역시 나이가 들었다. 하지만 전혀 노인다운 구석이 없다. 딸과 열여덟 살밖에 나이 차가 없는 엄마는, 혼자만 먼저 노인이 되어주지도 않는다. 이틀 전, 여자의 어머니가 죽은 걸 나는 알았다. 여자에게 산사를 소개한 사람을 도쿄에서 만났을 때, 그 얘기가 나왔다. 산사의 단골인 그 사람은 여자와 먼 친척뻘인 데다 스님의 친구이기도 했다. 돌아가신 지 아직 한 달도 채 안 됐을 텐데, 지금까지 어머니를 돌보느라 집을 비울 수 없어 산사에 가지 못한 걸 아쉬워하더군요, 이제부턴 얼마든지 갈 수 있게 된 거죠, 이런 말투였다. 하지만 지금은 내가 산사에 없다. 일찌감치 산을 내려와 도쿄 근교에서 다시 간호사 일을 시작했다. 산사에서 일한 것은 내게 인생의 휴가와 같은 것이었다. 신심이 없는 내게 대단한 변화는 없었지만, 몸만은 아주 튼튼해졌다. 습진도 이젠 없어졌고, 그렇게 고통스럽던 현기증도 물러갔다. 산사에 일부러 가봐도 이젠 나를 만날 수 없다는 걸 알려야지 싶어, 여자에게 전화를 걸었다. 아니, 이유 따윈 아무래도 좋았다. 여자를 만날 수 있다면, 한 번 더 만나고 싶었다. 나를 잊었을 리 없을 테니까.

여자는 좀처럼 방으로 돌아오지 않았다. 꼭 닫아놓은 방의 냉방이 너무 강해, 화장실에 가고 싶어졌다. 하지만 화장실이 어디에 있는지 알 수 없다. 허름한 2층집으로, 현관에서 복도를 오른쪽으로 돌아 이 방으로 나는 안내되었다. 화장실은 현관 왼쪽에 있음직한데, 멋대로 나갈 수도 없다. 유리문의 레이스 커튼 너머로 보잘것없는 좁은 마당이 보였다. 담장 건너편으로 이웃집 유리창이 눈부시게 빛났다. 여자의 어머니 사진을 한 번 더, 보았다. 사람이 죽으면 어째서 항상 사진을 장식하는 걸까. 이 사람의 시간은 이렇게 이젠 멈추었습니다, 라는 표시. 나도 부모님의 옛날 사진, 할머니와 삼촌이 함께 찍은 사진을 산사에까지 가져가 여자에게 보여주었었다. 하긴, 이번엔 지참하지 않았지만.

마침내 가벼운 발소리가 장지문 밖에 들리면서, 새 보리차를 컵에 담아 들고 여자가 냉랭한 방으로 들어왔다.

──미안해요, 기다리게 해서. 남편이 회사를 조퇴하고 돌아온 참이라, 깜짝 놀라 열을 재고 약을 먹이고 하다 보니…… 하지만 단순한 여름감기라 걱정 안 해도 될 것 같아요.

──남편? 당신 남편이라니……

나는 얼결에 되물었다. 여자는 나와 마주 보고 앉아 소리 내어 웃었다.

──그러고 보니, 아직 당신한테 알리지 않았군요. 죽은 남편이 다시 살아나기라도 했나 생각했어요? 이제 와서 그런 일이 생긴다면 곤란하죠. 그후로 지금 남편을 만나 여기서 살게 된 거예요. 벌써 3년째인걸요. 그이가 아프지 않으면, 당신에게 소개할 수 있을 텐데.

──맙소사, 난, 아무것도 모르고…… 당신도 죽 혼자려니, 믿고 있었으니……

허둥대며 나는 쓸데없는 말을 중얼거렸다. 내가 불쾌하게 느낄 까닭은 아무것도 없었다. 여자의 재혼을 축복해야지 생각했다. 그런데도 내 얼굴은 분명히 실망을 내비친 모양이다.

──……어쩐지 당신한테 야단맞고 있는 느낌이에요. 어째서 그

렇게 남자가 필요하냐고 질린 거 아녜요? 딸애가 죽고 정말이지 비구니 절에라도 갈 수밖에 없는 처지인 주제에, 신바람이 나서 새 남자와 살림을 시작했으니. 하지만 살아 있는 동안은 혼자이고 싶지 않아요. 혼자선 살 수 없어요. 부끄럽지만 당신과는 달리, 남을 의지하는 것밖에 몰라요. ……어째서 그런 거냐고 물어도, 제대로 대답할 수 없어요. 당신만큼 엄마에게 집착하지 않기 때문일까요. 나의 엄마는 루모이에는 가지 않았으니까……

여자의 목소리는 속삭이듯 나직이 바뀌었다.

─당신과는 다르다니, 나도 혼자인 건 싫어요. 그래서, 이렇게……

여자는 내 얼굴을 한참 응시하다가, 그리고 고개를 떨구며 중얼거렸다.

─……네, 그래요. ……물론, 그렇겠죠. 미안해요. ……7년 전, 딸이 죽고 나자 나한테서 말이 사라지고 말았어요. 단 한 마디, 예 아니오조차 죽은 사람은 전해주지 않아요. 남편도 그랬었지만, 딸이 내 곁에 있어줘서 겨우 정신을 차릴 수 있었죠. 딸의 이름을 아무리 불러도, 그 이름마저 의미를 잃었어요. 딸이 왜 죽은 건지 그 답을 알고 싶어, 모든 것에 귀를 기울였습니다. 아무것도 들리지 않았어요. 딸은 뭐라 말 한마디 전해주지 않더군요. ……산으로 들어갔을 때, 뜻밖에도 당신이 자신의 이야기를 들려주셨죠. 내 딸과는 아무런 관계도 없고, 나 자신과도 상당히 거리가 먼 이야기이긴 했지만, 그런데도 내 귀에 뭔가 말 같은 게 들려왔습니다. 그것이 내겐, 그립고 반가웠습니다. ……정말 그랬었다니까요. 그후부터예요, 내 귀가 차츰 사람의 목소리를 알아들을 수 있게 된 것

이. 그리고 지금의 그이 목소리도 들려왔어요……

나는 애써 미소 지으며 고개를 끄덕였다.

― 그랬군요. 그렇다면, 다행이에요. 나는 혼자 멋대로 이야길 늘어놓은 것뿐이니까. 그후로 5년이나 지났는데도 난 그때나 지금이나. 이제부턴 내가 먼저 엄마에게 전화를 걸어 귀를 기울여야겠군요. 엄만 아직 살아 계시니까, 머잖아 어쩌면 뭔가 들려올지도 모르겠어요. 그다지 기대는 할 수 없지만. ……그럼, 이만 가봐야 겠어요……

결심하고, 나는 일어섰다. 밖은 아직 환했지만 5시가 훌쩍 넘어 있었다. 딸이 죽고 나서 생긴 버릇인지 아니면 남편을 잃었을 때부터 그랬는지, 여자는 미간에 주름이 움푹 파인 채 자신의 무릎을 뚫어지게 응시하고 있다가, 내 목소리에 놀란 표정을 짓고 몸을 일으켰다. 5년 전, 폭포의 물보라를 받으며 웃음 짓던, 혹은 울고 있던 여자의 얼굴이 거기에 되살아났다.

현관 밖까지 여자는 나를 배웅하러 나왔다. 내가 머리를 숙이자, 여자는 그때까지 꾹 다물고 있던 입을 열어, 내게 강한 어조로 말했다.

― 당신은 이곳 전화번호를 아실 테지요. 그렇다면 꼭 다시 전화를 해주세요. 언제든 내키실 때 전화하세요. 글쎄, 제가 할 수 있는 일은 그것뿐이니까요. 당신의 어머니를 괴롭히지 않기 위해, 그렇게 해주세요. 당신의 어머니는 당신에게 아무 말도 하지 않아요, 말할 리가 없다고 생각합니다. 그걸로 족해요. 그런 어머니를 모른 척하세요. 그러니까 제게 전화를 하세요. 당신이 그럴 필요가 없을 때까지.

여자의 왼쪽 눈썹에 난 작은 흉터가 빨갛게 도드라져 있었다. 밖에는 아직 숨 막힐 정도의 무더위가 내려앉아 있었다.

사흘 지나, 밤늦게 나는 망설이며 여자한테 전화를 걸었다. 여자와 전화로 긴 이야기를 나눌 마음은 없었다. 전화는 오히려 상대방과의 거리를 느끼게 한다. 아무래도 내겐 편지가 더 친근했다. 여자에게 무슨 말을 해야 좋을지, 나 자신 아직 종잡을 수 없는 채로, 나는 수화기를 귀에 갖다댔다. 내가 혼자 사는 방. 엄마가 규슈에서 보내준 쪽빛 칸막이 천이, 부엌 입구에서 일렁인다.
― 여보세요……
여자의 목소리가 들렸다. 나는 내 이름을 대고, 사흘 전의 방문에서 너무 오래 머문 걸 사과했다. 여자는 내게 말했다.
― 여보세요, 당신한테서 전화 오기를 죽 기다렸어요. 지금부터 제가 하는 얘기를, 당신은 아무 말도 하지 말고 그저 듣고만 계세요. 부탁이에요. 그리고 원하실 때 수화기를 내려놓도록 해요, 저는 상관 마시고. ……그래요……이건 아주아주 옛날이야기예요. 언젠가 바닷가 마을에서 머나먼 루모이까지 떠난 건, **나**였습니다. **나**는 루모이에 두 살 난 딸을 데리고 갔었죠. 하도 오래된 옛날 일이라, 지금은 잊어버린 일도 많아요. ……바닷가 마을에서 길고도 긴 여행이었습니다. 전쟁이 끝난 지 아직 얼마 안 된 무렵으로, 도중에 이곳저곳의 읍내와 마을에 묵으며, 배를 타고 루모이까지 겨우 닿았습니다. 루모이에서, 마침 지니고 있던 돈이 다 떨어지고 말았습니다. 루모이는 번화한 바닷가 마을이었습니다. 석탄 냄새가 진동했어요. **나**는 루모이의 여관에서 일하기 시작했습니다. 딸

은 늘 혼자 여관 주변에서 놀았습니다. 이웃 아주머니가 돌봐주기도 했습니다. ……경기가 좋은 동네로, 모피를 입은 신기한 부자 손님들이 많이 있었습니다. 그래서 매일 **나**는 바빠서 눈이 돌아갈 지경이었습니다. 딸은 그래도 가끔 **내** 모습을 조금 떨어진 곳에서 확인을 하고는, 얌전하게 혼자 놀았습니다. 아빠를 모르는 아이였는데도, 아니, 바로 그런 아이였기 때문일까요, 순하고 심지가 고운 아이로, **나**한테는 과분한 딸이라고, 밤이 되면 **나**는 자주 눈물을 흘리기도 했습니다. 생활이 순조롭게 지속되지 못한 것은, 단지 **내**가 젊은 탓에 어리석은 희망을 버리지 못했기 때문입니다. 딸은 그런 **나**를 줄곧 떠받쳐주었습니다. 딸은 **나**의 어린 어머니였습니다. 딸은 **나**를 그 작은 가슴에 품어, 눈물을 흘리는 **내** 등을 어루만져주었습니다. 귀여운 목소리로 자장가를 불러주었습니다. 루모이는 비가 자주 내리는 곳이었습니다. 겨울은 잘 기억나지 않아요. 너무 추우면, 밖을 나돌아다니는 일도 거의 없기 때문이겠죠. 이른 봄이 되면, 조금 전까지 화창했다가도 갑자기 굵은 빗방울이 후드득 떨어지고 순식간에 폭포 같은 큰비로 변해, 보이는 거라곤 온통 비뿐이에요. 발밑으로 금세 흙탕물이 콸콸 흘러가고, 물통에 천 조각, 그리고 닭, 고양이까지 떠내려갑니다. 깜빡했다간 딸애까지 휩쓸리기 십상이라, **나**는 딸의 이름을 부르며 밖으로 찾아다녔습니다. 아무튼, 딸의 몸은 아직 무척 작았습니다. 딸은 혼자, 근처의 가게나 남의 집 처마 밑에서 비에 흠뻑 젖은 채 덜덜 떨고 있었습니다. 하지만 딸은 울지 않았습니다. 딸은 **나**를 믿고, 꾹 참으며 계속 기다렸습니다. 루모이에서 딸은 언제나 **나**를 기다리고 있었습니다. **나**를 믿고. 내게 함박웃음을 지으며. 루모이에서, **나**는 딸

덕분에 행복했습니다. 어떤 일이 있어도 행복했습니다. **우리**는 루모이의 흙탕길을 손잡고 걸었습니다. 루모이의 바다도 바라보았습니다. 규슈의 바다와는 색깔이 전혀 다른 바다였습니다……

마법의 끝

마법의 끝

　옛날 옛날, 내게도 학교에 다니며 영어책을 읽었던, 혹은 읽어야 했던 시절이 있었다. 그중 한 권에, 벤지라는 이름의 지능 장애가 있는 삼십대 청년이 모습을 드러냈다. 덩치가 커서 그 불안정한 몸놀림이 훈련받은 곰 같고, 헤벌어진 입술에서는 침이 질질 흐르며, 연신 신음 소리를 내거나 울고 있다. 이런 식으로, 소설 속에서 묘사된다. 하지만 눈동자는 수레국화처럼 엷고 스위트sweet한 푸른 빛이고, 시선도 스위트하게 흐릿하다, 라고.
　영어로 읽은 이 미국 소설을 내가 어느 정도 이해할 수 있었는지 상당히 의심스럽긴 하나, 이 벤지만은 당시의 내게 또렷한 인상을 남겼다. 벤지가 흘리는 침과 울음 소리. 수레국화 같은 스위트한 눈. 그것은 나 자신의 오빠에 대한 인상이기도 했다. 그렇긴 해도, 오빠의 덩치는 크지 않았다. 삼십대까지 살아 있었다면 벤지처럼 덩치 큰 남자가 되었을지도 모르지만, 오빠는 열다섯의 나이에 병사(病死)했으니까, 그 무렵 열두 살이었던 여동생인 나와 비슷한 키밖에 되지 않았다. 눈동자도 푸른빛이 아니고 거무스름한 갈색이었다. 다만 오빠는 아주 심한 근시여서 안경을 만들기도 했지만, 싫다고 자꾸만 벗어버리고 걸핏하면 넘어지는 탓에 안경 렌즈가 깨져 파편이 눈을 찌르게 될 사태를 염려해 결국, 안경은 오빠와 인연을 맺지 못한 채 끝났다. 이런 이유로, 오빠의 눈은 가까이 있는 뭔가를 유심히 응시할 때 말고는 전혀 초점이 맞지 않고 막연했는데, 그 눈은 동시에, 거기에 비치는 모든 것들을 사랑하지 않을 수 없다는 스위트한 엷은 빛으로 가득 찼다. 그리고 말할 필요도 없이, 흐르는 침과 울음 소리. 그리고 감정의 기복에 따라 목구멍에서 새어나오는 나직한 노랫소리 같은 목소리.

이 책을 읽었을 때는 오빠가 죽은 지 아직 7,8년밖에 지나지 않았다. 상당한 시간이 흘렀구나, 라고 당시엔 생각했다. 그런데 그 후 한참 30여 년이 지난 지금 와서 돌이켜보니, 그 무렵의 내겐 자신의 죽은 오빠에 대한 기억이 여전히 몸에 생생히 남아 있었음이 분명하다. 오빠의 다양한 목소리가 귀에 남았고, 침과 콧물과 옷의 땟국이 뒤섞인 오빠의 냄새가 내 코 끝에 아직 짙게 떠다녔다. 쪼그라든 귤처럼 까칠한 손의 감촉. 집 안을 울리는 오빠의 발소리. 그리고 그런 만큼, 가족으로서 결코 미화시킬 수 없는 오빠의 현실적 무게도 확실히 기억했던 게 아닐까. 지금의 내가 도저히 떠올릴 수 없는 지긋지긋한, 그리고 은밀한 우리의 일상과 더불어.

당시의 그런 내게, 아마도 소설 속의 벤지는 단번에 친근감이 느껴지는 인물이었으리라. 허투루 남에게 말해선 안 되는 존재였던 나의 오빠가 만약 무사히 살아남아, 오래도록 몸을 숨기고 있던 장소에서 걸어나와, 더구나 새롭고 신기한 능력을 익혀 갑자기 자신의 세계를 말하기 시작했다고 한다면, 이렇게 얘기하지 않을까. 오빠가 무얼 느끼고 무얼 바라고 무얼 거절하는지, 누구보다도 바로 여동생인 내가 이해했다는 자부심이 나의 몸 어딘가에 줄곧 살아 있었을 테고, 무엇보다도 그 무렵의 나는 오빠의 상실을 저리도록 슬퍼했을 것이다. 어떤 오빠이건, 그래서 어떤 곤란을 짊어지게 된다 해도, 어른처럼 덩치 큰 오빠와 함께 살아가고 싶었다. 달리 어떤 삶도 계획하지 않았다. 나의 몸에서 이러한 생각이 사라지지 않았다. 그런데 벤지를 알게 되면서 오빠에 대한 나의 집착은 다소 느슨해졌는지도 모른다. 그런 느낌이 든다. 그후로 나는 안심하고 오빠의 기억에서 자신의 몸을 풀어주었다. 나는 막 스무 살이 되어가고 있었다.

만약 벤지가 등장하는 소설을 그후, 일본어로 다시 읽지 않았다면 나는 일찌감치 이 벤지조차 까맣게 잊어버리지나 않았을까. 지금도 여전히 벤지의 말이 신경 쓰여, 오빠의 말은 어땠었나 고민하는 이런 일이 생기지 않을 수 있었을까. 그러나 아무튼, 나에겐 열두 살까지 함께 지낸 다운증후군의 오빠가 있었다. 애매한 기억이 간신히 남아 있을 뿐이라 해도 그 오빠를 완전히 잊을 수는 없는 일이고, 그렇다면 벤지에게 무관심해질 수도 없다. 신문이건 텔레비전이건 혹은 길을 걷다가도, 지금도 내 눈이 바로 앞에 오빠를 닮은 사람을 찾아헤매듯, 그렇게. 어쨌건, 나는 이 미국 소설을 다시 읽어야만 했다.

일본어 속에 있는 벤지와 한 번 더 만난 것이 언제쯤이었는지,

잘 생각이 나지 않는다. 영어로 읽고 나서 4, 5년은 지난 것 같다. 나의 모자라는 영어 실력으로는 오빠의 눈과 마찬가지로, 영어의 내용 전체가 흐릿하게 둥둥 떠다닐 뿐인 시원찮은 독서에 불과했다. 그렇기 때문에 오히려 벤지의 인상이 특별하게 느껴졌다고 말할 수 있을지도 모르지만.

일본어 책 속에서는 벤지도 일본어로 말한다. 소설은 벤지의 목소리로 시작된다. 그런데 읽기 시작하자마자, 나는 그 책을 덮어버리고 싶어졌다. 아냐, 이게 아니야! 무턱대고 부정했다. 벤지를 위해, 라기보다, 나의 오빠를 위해서.

'나'*는 나아갔다, '나'는 갔다, '나'는 보았다…… 이런 일본어를 벤지가 말하고 있었다. '와타시.' 이 말처럼 벤지 혹은 오빠에게 걸맞지 않는 말은 없다. 분명히, 그런 생각이 들었다. 하필, '와타시'라니. 울컥 화가 치밀어 전에 읽었던 영어책을 찾아 대조해보았다. 영어로 읽을 때는 거슬리지 않았는데, 그러니까 일본어 번역에 문제가 있는 게 틀림없어, 라고 일방적으로 단정짓고.

다시 접하게 된 벤지의 영어 목소리. 뜻밖에 영어 벤지도 'I(나)'를 사용하고 있었다. 어째서 이 'I'를 예전엔 못 보고 지나쳤는지, 스스로도 그것이 의외였다. 'I'를 사용하지 않고 벤지가 이야기하는 거라 믿었는데. 이래서는 일본어로 옮긴 사람을 나무랄 수 없다. 자신에게 별로 친근하지 않은 말이라서, 'I' 따윈 그저 나무막대기 하나로만 보고 '나(私)'라는 그 의미를 모른 척해버린 걸까. 영어 문장은 그런 식으로 읽혀진다. 하지만 그게 일본어이고

---

* 와타시. 보통 私라고 써서 와타시로 읽는다. 원문은 히라가나.

보면, 뜻이 너무 무겁게 전달되어 그냥 넘어갈 수 없다. 결국은 나 자신의 어줍잖은 영어 실력이 오해의 원인이었던 모양이다. 그걸 깨닫자, 맥이 빠지고 말았다.

그렇긴 하나, 벤지의 일본어, '와타시'가 줄곧 신경 쓰였다. 여전히, 이상하다. 하지만 어떤 일본어로 옮기면 좋을지 알 수 없다. '와타시'가 아니라 '보쿠'*라면 괜찮을까. 이것도 어색하다. '오레.' '오이라.'** '와시.'*** 모두 아니다. '아타이.'**** '왓치.' 이런 것도 틀렸다. 지능이 좀 모자란다고 해서 이런 단어를 쓰게 한다면, 누군가 멋대로 지어낸 이미지에 오빠를 끼워맞추는 꼴이 되고 만다. 물론 이런 단어를 진짜 지능 장애인들은 사용하지 않는다. 사용하리라고는 도저히 여겨지지 않는다.

벤지의 일본어에 대해 아무런 의무도 책임도 없는 입장이면서도, 나는 혼자 끙끙대며 줄곧 고민했다. 그후 몇 년, 10년, 20년 이상을. 일상 속에서 깡그리 잊고 있던 것이 어쩌다 문득 생각이 떠올라, 그렇지, 아직 해답을 못 찾았어, 하고 앉은자리가 불편해지고 몸이 움츠러든다. 아아, 어떡해. 어쩌면 좋을지, 아직도 모르겠어. 그리고는 다시 잊어버린다. 5년 지나, 불현듯 다시 생각난다. 아아, 아직도 모르겠어, 하고 한숨짓는다. 실제로는 그 정도의 고민에 그칠 뿐, 정작 아무런 생각도 없이 무위의 시간을 살아왔다고 해야 할지도 모른다.

오빠가 죽고 7, 8년 지나 소설 속의 벤지를 알게 되고, 그러고 나

---

* 주로 남자가 동년배 또는 아랫사람에게 쓴다. 오레도 이와 비슷.
** 우리. 오레의 복수.
*** 오레보다 격식차린 말씨로 다소 거만한 느낌을 준다. 남자 노인의 말투.
**** 여성이나 어린이가 주로 사용.

서 한참 헤아려보니, 30년 이상이 훌쩍 지났다. 오빠가 살아 있다면 몇 살이 될까, 짚어보는 건 그만둔 지 오래다. 그 30년 동안, 나는 결혼하고 이혼하고 또 결혼해 세 아이를 낳고 그중 하나를 잃고, 지금껏 같은 회사에서 일하고 있다. 6년 전, 노령에 접어든 엄마 곁으로 남편과 막내아들과 나, 세 사람이 옮겨와 살았는데, 엄마도 1년 전 저 세상으로 가셨다. 그리고,

그리고, 아주 최근 있었던 일. 지난 세밑에, 어떤 남자가 찾아와 긴장된 목소리로 우리에게 말했다.

　―이것이 **나**입니다……

맑게 갠, 따스한 겨울날이었다. 2층에서 청소기를 돌리고 있던 내겐, 아래층 목소리가 들리지 않았다. 남편이 난감한 표정으로 2층에 와서 내게 알렸다.

　―누군지, 어떤 이가 마당으로 들어와 거실 앞에 서 있는걸. 실례합니다, 실례합니다, 큰 소리로 부르고 있어.

어떤 사람? 하고 내가 묻자, 초로의 남자라고 한다. 이럴 때야말로 젊고 힘센 아들이 집에 있어주면 좋을 텐데, 생각하며 남편과 둘이서 머뭇머뭇 거실로 내려갔다. 유리문 자물쇠가 잠기지 않았는지, 남자는 이미 손수 유리문을 열어 거실 문지방에 등을 구부리고 앉아 있었다. 한낮의 하얀 햇살 속에서 남자의 몸도 부드럽고 따스해보였다. 우리 모습을 눈치 챈 남자는 재빨리 일어나 머리에 쓰고 있던 검정 털실 모자를 벗어, 실례합니다라고 말한 뒤 다시 자리에 앉았다. 짧게 깎은 머리카락은 거의 하얗게 변했다. 베이지색 등산용 재킷에 검정 바지 그리고 샌들을 신은 차림은, 외근을

다니는 감독자 같은 인상을 우리에게 주었다. 적어도 폭력을 휘두르거나 괜한 시비를 거는 부류의 사람은 아닌 듯하다. 남자는 그러나, 우리의 난감한 입장을 무시한 채 일방적으로 이야기를 시작했다.

　──……저어, 전에 여기 온 적이 있습니다. 여긴 마코토 군(君)의 집이지요? 저어, 마코토 군의 어머님은 안 계십니까? 아버님은? 저어, 마코토 군과 친구였습니다. 음, 같은 유치원에 다녔습니다. 당신은, 모릅니까? 마코토 군을 모릅니까? 미안하지만, 마코토 군의 어머님을 불러주세요. 안 계십니까? 저어, 이름을 말하면 아실 겁니다. 당신은, 누굽니까?……

　당황한 남편이 대답했다.

　──헌데, 마코토 씨라면, 이 사람의 오빠가 되는 사람입니다. 오래전에 돌아가셨다는……

　──……저는 마코토의 여동생입니다만…… 하지만 전 아직 어렸으니까, 유치원에 대해선 잘 몰라요. 죄송합니다만. 어머니가 계시면 좋겠는데, 어머니도 이젠 안 계시고……

　뒤이어, 나도 말했다. 남자의 얼굴을 아무리 보아도 낯선 얼굴이었다. 유치원 이야기는 어릴 때 엄마한테 듣기도 했고, 크리스마스 모임인가 학예회 때 한번 따라간 적도 있다. 하지만 그건 너무나 흐릿한 기억이었다. 오빠는 여섯 살부터 3년 정도 그곳을 다녔던가. 열 살이 되었을 무렵엔 이미 근처의 구립(區立) 초등학교 특별학급에 다녔을 티였다. 그렇다면 오빠가 유치원생이던 시기에, 나는 겨우 세 살에서 다섯 살 어린애에 불과했다. 엄마와 오빠의 모습에서 유치원의 즐거움이 전달되어, 꿈의 세계인 양 상상했었다.

그런 아련한 단편들만이 남아 있다. 유치원에서 오빠가 가져온 커다란 수세미. 오빠가 입고 있던 작업용 덧옷. 나를 데려가주지 않은 유치원 소풍. 가정방문을 온 여선생님. 하지만 이름도 얼굴도 이젠 다 잊었다. 유치원에 직접 가보기도 했을 텐데, 도무지 기억이 없다. 하지만 나 자신이 품은 동경심만은 여전히 남아 있다. 아이들도 그 부모들도 마치 딴 세상의 무지갯빛 유원지에서, 반짝반짝 빛나는 표정으로 환한 웃음을 터뜨리는 듯 보였으니까. 세계 제일의 황금 수세미를 오빠가 키워 수확한 양, 엄마가 흡족스레 집에서 해준 이야길 들었으니까. 그 유치원 아이들. 행복한 웃음으로 장난치던 아이들. 그 아이들 중의 하나가, 이 남자란 말인가.

 하얀 머리의 그 남자는 허둥대며 고개를 끄덕이고 똑바로 우리를 쳐다보았지만, 우리의 설명을 전혀 받아들이려 하지 않았다. 어머님은 안 계십니까, 아버님은 어디 계십니까, 라고 미심쩍은 듯 우리를 응시하며 거듭 말한다. 이런 중년 여자가 마코토보다 어린 여동생이라니, 그런 엉터리 얘기를 들을까 보냐, 하는 완고한 표정이었다.

 ─그러니까, ……마코토의 어머니는 이미 죽었습니다. 아버지도 아주 오래전에 죽었습니다. 그러니까, 당신을 알고 있는 사람이 여기에는 없습니다. 나는 아무런 기억도 없고……

 남자가 이해하기 쉬운 말을 골라, 나는 같은 이야기를 되풀이했다.

 ─어머니가 죽었다? 아버지도 죽었다……

 남자는 중얼거리고, 문득 생각났다는 듯 가슴께를 더듬어 플라스틱 케이스에 든 카드 한 장을 우리에게 내밀었다. 그것은 남자의 얼굴 사진이 붙어 있는 신분증명서였다.

　―이것이, **나**입니다. 이름은 여기. 이 이름이, **나**입니다. 알겠습니까?

　남편이 먼저 그걸 확인하고 나서 나도 확인한 뒤, 공손하게 남자에게 되돌려주었다. 남자는 우리를 경계하듯 황급히 그걸 품속에 숨겨 넣었다. 남자의 이름은 역시 아무리 생각해도 들어보지 못한 이름이었다. 그러나 생년월일을 보니, 오빠와 같은 해에 태어났다. 주소도 바로 요 근처였다. 남자는 정말로 오빠의 친구였으리라. 그렇게 믿을 수밖에. 도대체 어느 누가 40년 전 옛날에 죽은 다운증후군 남자 아이와 같은 유치원을 다녔노라고, 일부러 거짓말하러 남의 집을 방문한단 말인가. 오빠와 동갑이라면 이 남자는 이제 쉰다섯이 되는 셈이다. 남편보다 연하인데도, 남자가 오히려 분별을 갖춘 나이로 보였다.

　―……이 근처에 사시는군요.

　남편이 말하자, 남자는 끄덕였다.

　―맞습니다, 바로 근처에 집이 있습니다. 하지만 지금은 먼 곳에서 일하고 있습니다. 저어, 일을 하고 있습니다. 그래서 설날이 되어 돌아온 겁니다. 아시겠어요? 어려운 일입니다. 중요한 일입니다. 하지만 휴일이라서 이곳에 왔습니다. 마코토 군과 친구였습니다. 여기에 마코토 군이 있었습니다. 그런데, 저어, 마코토 군의 어머님은 어디에 있습니까? 아버님은 안 계십니까? 어째서 안 계십니까? 글쎄, 같은 유치원을 다녔습니다. 마코토 군과 놀았습니다. 유치원에서는, ……틀림없이, ……군이, ……해서, ……

　남자의 목소리가 갑자기 빨라지면서 작아졌다. 우리는 그 말을 거의 알아들을 수가 없었다. 유치원 시절의 어떤 장면을 애써 더듬는 중인 모양이다. 곤충의 날갯짓 소리 같은, 자신만을 위한 노래. 순수한 즐거움과 빛으로 가득 넘쳐, 사랑하는 사람들과 기분 좋게 한데 어울렸던 어릴 적 노래. 더없이 상냥한 선생님들. 늘 따스하게 껴안아주었던 부모님들. 서로 누가 누군지 분간이 안 될 정도로 마구 뒤엉켜 놀던 아이들. 그 시간, 그 사람들은 어디로 가버렸나.

잠시 혼자 중얼거리더니, 남자는 다시 우리의 존재를 떠올리고 못내 아쉬운 듯, 어머님은 안 계신가, 아버님은 안 계신가, 하고 되묻는다. 그리고는, 당신은 누군가요, 하고 묻는다. 우리도 똑같은 대답을 반복했다. 아버지도 어머니도 죽었다, 나는 여동생인데 아무것도 기억 못 한다, 라고.

만약 남자가 아주 당연하게 우리의 설명을 듣고, 마코토와 전혀 닮지 않은 이 중년 여자가 어떻게 마코토의 여동생이란 말인가 미심쩍어하면서도, 일단은 미소를 지으며 끄덕이고, 아아, 당신이 여동생 되십니까, 물론 저에 대해선 아무런 기억도 없을 테지만, 마코토 군은 당신의 오빠니까 여러 가지 기억이 많을 테지요, 라고나마 붙임성 있게 말해주었다면, 네에, 그 유치원에선 모두들 즐거워 보였어요, 난 얼마나 부러웠는지 몰라요, 수세미도 기억하고, 그래요, 다같이 '커다란 나무'였던가 뭐 그런 연극도 했었지요, 라고 나도 말을 꺼냈을지도 모른다. 하지만 남자는 결국 끝까지 멋쩍은 미소도, 덩달아 웃는 어떤 웃음도 입가에 띄우지 않았다. 마코토의 친구인 자신을 대환영해줄 마코토의 부모님을 어서 만나게 해달라, 어서 자신을 기쁘게 해달라, 어째서 방해를 하는가, 라고 자신의 생각만을 한결같이 끈질기게 요구하는 남자를 상대로, 부모님은 이미 죽었다, 그러니까 만나게 해줄 수 없다, 라고 대답하는 데 급급할 뿐, 남자에게 웃어보일 여유조차 나는 찾지 못했다. 남자의 벅찬 기억을 받아들일 수 없었다. 내가 누구이건 결국, 남자에겐 그런 기대밖에 없었을 텐데. 하지만 내가 이미 어린 여자 아이가 아니듯 그 남자도 더 이상 어린 남자 아이가 아니며, 지금은 꽤나 사리분별을 갖춘 것 같고 머리카락이 거의 하얗게 센, 나보다도 내 남편보다도 덩치가 큰, 굵직한 목소리의 중년 남자라는 존재로 변해 있다. 유치원의 작업용 덧옷을 입은 낯선 남자 아이를 나는 껴안아주기는커녕, 제대로 바라볼 수조차 없었다.

 똑같은 문답을 서로 질책하듯 되풀이하며 당신은 누구요라고 추궁당하는 사이, 나는 막막하고 답답한 나머지, 마코토의 진짜 여동생, 이라 적힌 나 자신의 신분증명서가 있다면 좋으련만, 하는 생각까지 해보았다. 한편 남자는 쉽사리, 유치원 생활을 회상하는 혼자만의 노래 속으로 깊이 가라앉는다. 아무리 귀 기울여봐도, 우리는 그 속으로 들어갈 수 없다. 그렇다면, 나의 오빠에 대한 기억인들 손에 잡을 수 없는 냄새 같은 것이고, 억지로 말로써 몸 밖으로 밀어 내보내려 하면 금세 사라지고 만다. 서로 가장 확인해보고 싶어하는 기억일 텐데도, 서로가 공감하는 단 한 마디도 되지 못한다.

 30분 가량 지났을까, 남자는 돌연 깜짝 놀라며, 지금 몇 시입니까? 하고 물었다. 1시 10분 전이라고 가르쳐주자, 이제 돌아가겠습니다, 1시 넘으면 야단맞으니까, 하고 남자는 몸을 일으키려 했다. 하지만 돌아가기 전에 무얼 마시고 싶다, 주스는 없는가, 하고 묻기에 서둘러 부엌에서 사과 주스 캔 하나를 가져왔다. 남자는 그걸 단숨에 마시고 그제야 자리에서 일어나기에 우리는 안도했다. 그런데 남자는 화장실에 가고 싶어, 했다. 물론 이 말을 들은 이상, 화장실로 안내하지 않을 수 없다. 남편이 남자를 따라갔다가 다시 둘이서 돌아왔다. 남자는 서둘러 마당에 내려서더니 그리고 집 안의 우리를 돌아다보았다. 그때야 비로소 우리의 모습이 또렷이 그 눈에 담겨진 양, 남자는 허둥대는 표정을 지었다.

—……경찰은 안 됩니다. 절대 안 됩니다. 경찰을 부르지 마세요. 경찰은 무서워서 싫거든요. 그러지 말아요.……

우리는 남자를 안심시키고 남편이 마당으로 내려가 남자를 대문 밖까지 배웅했다. 남자는 기뻐하지도 않았지만 불만스러운 기색도 없었다, 라고 남편은 내게 전했다.

—……하도 갑작스런 일이라, ……왜 지금 와서…… 당신도 깜짝 놀랐을 거야. 정말 미안해요.

한숨을 내쉬고 나는 중얼거렸다.

내키는 대로 불쑥 남의 집에 들어갔다가 경찰에 신고당한 경험을, 남자는 이미 여러 번 겪은 것일까, 하고 상상했다. 경찰에서 호되게 야단맞고, 집에서 데리러 온 가족한테 꾸중들은 그 고통이 남자의 몸에 새겨져 있다. 자신의 집으로 허둥지둥 몸을 앞으로 숙인 채 급한 걸음으로 돌아가는 남자의 모습. 그것은 죽지 않고 살아남은 나의 오빠의 모습이기도 했다.

남자의 집에서는 누가 남자를 기다리며 시계를 응시하고 있을까. 늙은 아버지나 어머니. 아니면 부모님은 이미 죽고, 형이나 누나들이 남자에게 오후 1시에는 귀가하도록 약속을 하고, 신분증명서를 쥐어주고, 경찰 신세를 지는 허튼짓은 말라고 타이르며 집에서 내보낸 것일까. 하지만 어쩌면 남자의 어머니는 아직 건재한지도 모른다. 우리 어머니가 아직 살아계신 줄로, 남자가 철석같이 믿고 있었으니까. 그리고 몇 번이나, 남자의 어머니는 이 집 앞을 남자와 함께 산책을 하며 지나가다, 혼잣말처럼 중얼거렸는지도 모른다. 여긴 마코토 군의 집이란다. 이 집은 옛날 그대로구나. 마코토 군의 어머니는 여전히 건강하시겠지. ……마코토 군은 가엾게도 열다섯 살에 죽었지. 장례식에 갔던 걸 너도 기억할 테지. 마코토 군의 친구들이 많이 왔었어. 하지만 유치원 친구들은 조금뿐이었어. ……마코토 군의 어머니를 만나고 싶지만, 만나면 틀림없이 반겨주실 거라 생각하지만, ……그러나 이제 와서 새삼스레 무슨 이야길 하겠니. 척척 일을 해내는 너를 자랑하고 싶은 거라고 여겨지면 곤란해. ……넌, 틀림없이 기억하실 거야. 글쎄, 그토록 서로 사이가 좋았으니까. 얼굴은 모르더라도 네 이름을 잊을 리가 없어. 아무렴, 그렇고말고. 널 무척이나 반기며 맛있는 걸 듬뿍 주시겠지. ……그래, 그 유치원에 다닐 때가 제일 즐거웠어. 따돌림 당하지도, 이상한 눈으로 보는 사람도 그땐 아직 없었거든. 넌 하도 귀여워서 아무도 네게 화내지 않았단다. 널 바보라고 놀리는 사람도 없었지……

휴가를 맞아 남자가 집으로 돌아올 때마다 남자의 어머니는 낡은 앨범을 꺼내놓고, 맨 첫 페이지 사진부터 이건……누가……누구랑 유치원 뜰을 달리기하는 거, 다음 사진은, 이건 너와, ……누구랑……선생님이, ……하고 차근차근 순서대로 설명을 해나간다. 아니면, 남자가 늙은 어머니에게 사진 설명을 졸라대는 걸까.

어머니와 아들, 둘만의 달콤한 시간. 영원토록 싱싱하게 되살아나는, 두 모자(母子)를 감싸는 환희의 빛.

남자의 갑작스런 방문으로 나는 비로소, 오빠에게 자신을 가리키는 '나'란, 오빠의 목에 항상 매달려 있던 미아(迷兒) 방지 이름표에 불과했음을 깨달았다. 나라는 단어는 오빠에겐 전혀 의미 없는 말에 지나지 않았다.

애당초, 오빠 자신이 과연 그런 말을 필요로 했을까. 이거, 갖고 싶어. 가고 싶어. 보고 싶어. 자신의 욕구는 이 정도의 말로 충분히 통했을 것이고, 자신에게 주어진 이름이 무엇인지는 알고 있었으니까, 당신은 누구죠?라고 물으면, 마코토, 라고 대답했을지도 모른다. '와타시' 혹은 '보쿠,' 라고 굳이 말해야 할 이유가 없다. 오빠에겐 자신의 세계를 애써 남에게 설명하거나 납득시키려는 생각이 아예 없었다. 남한테 조금이라도 잘 보이려고, 감사받으려고, 이해받으려고, 동정받으려고 하지 않았으며, 다른 사람의 시선에 겁먹고 창피해서 규칙들 속에 몸을 숨길 줄도 몰랐다. 자신의 요구를 내세우고 싶을 때, 오빠는 걷잡을 수 없을 정도로 고집스러웠고, 좋고 싫음이 분명했다. 오빠의 '어린 여동생'인 나는, 오빠가 제일 좋아하는 사람들 중 하나였다. 제일 좋아하는 친구들. 제일 좋아하는 이웃 사람들. 제일 좋아한다는 오빠의 기분에는 한 점 구름도 섞이지 않았다. 그냥 제일 좋아. 그래서 기분 좋은 오빠는 웃음을 터뜨린다. 그것이 오빠의 웃음이었다. 결코 상대방에게 알랑대며 웃고 수줍어하고 속이고 허둥대는, 그런 웃음은 존재하지 않았다.

'와타시' '보쿠,' 이러한 단어 자체가 기묘한 게 아니라 그런 뜻을 지닌 단어가 오빠에겐 불필요했을 뿐. 아주 오래전에 내가 알고 있던 그 벤지는, 그렇다면 '실제로는' 어떻게 이야기했을까. 영어일 경우엔 사정이 달라지는, 그런 일도 가능한 것일까.

그렇긴 해도 나는, 오빠가 알지 못했던 어정쩡한, 상대방을 의식한 웃음만을 줄창 얼굴에 내보이며 살아가고 있다. 나는 이토록 오빠한테서 멀어지고 말았다. 지금 와선, 오빠가 어떻게 이야기했는지, 구체적으로 떠올릴 수도 없게 되고 말았다. 오빠의 마음을 이해했다, 라는 기억은 있다. 나의 마음을 오빠도 이해했다. 어린 여동생이 기뻐하고 괴로워하고 슬퍼하는, 그런 이해에 한정되긴 했어도, 하고 싶은 말이 통하지 않아 애먹었던 기억이, 신기하게도 없다. 대체 오빠와 난, 어떤 대화를 나누었던 것일까. 미묘한 목소리의 높낮이. 울림의 차이. 표정. 동작. 그리고 단어 몇 가지. 그것을 동시에 보고 들으며 우리는 아무런 불편 없이, 매일의 일상을 함께 보냈던 것일까. 도저히, 지금의 나는 생각이 나지 않는다. 그 무렵의 자신을 되찾을 길이 없다. 지금의 내게 또렷이 기억되는 것은 가령, 오빠의 미아 방지 이름표, 경찰서에서 머리를 조아리는 엄마의 모습, 풀려난 오빠의 졸린 표정뿐. 가장 중요한 오빠의 목소리가 내 귀에 들려오지 않는다. 어째서 들리지 않나, 어떤 계기로 당장 되살아날 성싶은데, 지금의 나 자신이 마냥 안타깝기만 하다.

내가 아는 한, 오빠는 항상 목에 미아 방지 이름표를 늘어뜨리고 있었다. 죽고 나서야 겨우 오빠는 이름표에서 해방되었다. 더 이상, 오빠는 자기 혼자서 낯선 곳으로 떠나지 않게 되었으니까.

오빠의 이름표는 몇 번이고 새로 만들어야 했다. 어디엔가 떨어뜨리거나 오빠가 이로 물어뜯거나 했으리라. 새 이름표는 금빛으로 눈부시게 반짝거려 나를 황홀케 했다. 내 거도 만들어줘요, 응? 마코쨩한테만, 미워, 하고 엄마를 성가시게 졸라댔다. 하지만 엄마는 나의 이름표는 만들어주지 않았다. 내게도 필요할 때가 있었을지 모르는데.

직사각형이나 타원형 놋쇠표에 오빠의 이름과 주소, 전화번호가 새겨져 있다. 혈액형 혹은 다니던 학교 이름까지 적혀 있었을까. 이걸 빼내면 안 돼, 이게 없으면 네가 누군지 알 수 없게 되는 거야, 여기에 네 이름이 적혀 있단다, 라는 엄마의 거듭되는 말에 오빠도 대충 알아듣고 자신의 가슴에 달린 이름표와 완전히 정이 들었을까.

오빠를 혼자 밖으로 내보내지 않도록 늘 조심을 했지만, 그래도 자꾸만 오빠는 눈 깜짝할 새 자취를 감추었다. 오빠와 나 둘이서 근처 공원에서 놀다가 문득 둘러보면 오빠가 곁에 없다. 그럴 때, 여동생인 나보다도 제법 날쌔게, 오빠는 어딘가로 뛰쳐나갔다. 어디로 가는 건지, 무얼 쫓아가는 건지 알 수 없다. 어느 방향으로 몸이 흘러간다. 그 상쾌한 기분에 오빠는 미소 지었다. 몸과 함께 흘러가는 거리의 여러 가지 소리, 색채, 냄새. 그 모든 게 오빠를 달콤하게 유혹하고 오빠를 쫓는다. 끝없이 펼쳐지는 색채, 그리고 오빠의 몸. 그것이 오빠에겐 얼마나 큰 기쁨이었으랴.

그러나 집에서는, 밤이 되어도 돌아오지 않는 오빠를 엄마는 돌처럼 굳은 채 기다렸다. 아무 말 없이 가만히 고개를 숙이고, 그 미아 방지 이름표가 이번에도 마코토를 구해주리라, 틀림없이 그럴 거야, 하고 필시 마음속으로 자꾸만 되뇌이고 있었을 게 분명하다. 그리고 운 좋게도, 그런 엄마의 바람은 어긋나는 법이 없었다. 밤 10시, 11시가 되어 경찰서에서 전화가 걸려온다. 엄마는 깊은 숨을 들이쉬고, 경찰도 미아 방지 이름표도 아닌 무언가에 감사한다. 이 미 잠든 나를 놔두고, 엄마가 혼자 오빠를 데리러 갔을 때도 있었을까. 아니면 늘 나와 같이 경찰서에 갔을까. 남편이 있다면 남편과 갈 수 있었으련만, 그건 이미 불가능한 일이었다. 남편과 일찍 사별한 엄마에겐 아이들밖에 없었다.

한밤중 경찰서. 거기에 들어가는 건 깜깜한 종유(鍾乳)동굴에 들어가기보다 무섭고, 출입문 앞에 서면 숨도 쉴 수 없었다. 그러나 그 안에 오빠가 있으니까 망설이고 있을 수만은 없다. 쭈뼛쭈뼛 접수 창구를 지나 아무도 없는 복도를 걷다가, 대기실 같은 곳에서 차가운 벤치에 앉았다. 어둡고 춥고 죽은 듯 조용한 장소. 그런 기억이 내게 남아 있다. 엄마도 나도 입을 꾹 다문 채, 견디기 힘든 시간을 오로지 기다렸다. 어째서 오빠를 바로 돌려보내지 않는지, 나는 이해할 수 없었다. 한낱 미아에 불과한 오빠에게 무슨 볼일이 있단 말인가. 마침내 어디선가 사람 소리가 들리고, 경찰과 오빠가 어디에선가 모습을 나타냈다. 경찰은 두 사람이었는지도 모른다. 경찰은 오빠를 곧 돌려보내지 않고, 엄마를 나무라기 시작했다. 엄마를 괴롭히고 엄마가 울음을 터뜨리기를 강요하는 듯한 목소리와 표정. 엄마는 울음을 터뜨리는 대신, 몇십 몇백 번을 깊숙이 머리를 조아리고 사과했다. 아무리 괴로워도 오빠를 보호해준 경찰서에서는 머리를 계속 조아리는 수밖에 없다. 그것만은 아직 어린 나도 이해할 수 있었다. 하지만 그때의 내게 참으로 무서웠던 것은, 바로 가까이 보이는데도 영원히 손이 가 닿지 않는, 아주 먼 사람이 되어버린 양 오빠의 멍한 흙빛 얼굴이었다. 그리고,

 그리고 지난 가을, 아들과 동갑인 스물일곱 살 청년이 행방불명이 되었다.
 매일 아침, 통근할 때 이용하는 역 플랫폼에서, 그 사람을 찾는 포스터를 아들이 발견했다. 어디선가 본 듯한 얼굴. 누구더라. 아들은 다음날에야 겨우 생각이 났다. 구립(區立) 중학교 때 같은 학년의 특별학급에 있던 남학생이었다. 같이 어울릴 기회는 없어도, 운동회 같은 데서 그 학생한테 응원을 보냈던 것 같다. 복도에서 쉽게 마주쳤다. 반 친구라고는 할 수 없다. 하지만 같은 학교의 같은 학년 친구였다. 그날부터 아들은 매일 집으로 돌아오면 인상을 찌푸리며 한숨을 쉬곤 했다.
 ─……그 포스터, 아직 붙어 있어. 여태 못 찾은 거야. 어서 무사히 찾아야 할 텐데, 너무 안타까워. 걱정만 할 뿐 아무런 도움도 줄 수 없으니까……
 통근 때 다른 역을 사용하는 나는, 포스터를 보지 못했다. 일부러 보러 갈 마음도 내키지 않는다. 다만 아들과 함께 조용히 간절하게, 스물일곱까지 성장한 남학생이 무사하기만을 기도했다. 더 이상 할 수 있는 일이 없었다.
 아들은 나의 오빠를 직접 알지는 못한다. 하지만 그런 오빠가 예전에 있었다는 건 알고 있다. 그래서 특별학급의 아이들한테 저도 모르게 친근감을 느끼게 된 걸까. 그런데 나는 아들의 중학교에 몇

번 가서 운동회 구경도 했지만, 그 아이들의 얼굴을 하나도 기억하지 못했다. 하물며 아이들의 부모 또한 아는 사람 하나 없다. 뒤늦게 이를 깨닫고, 자신의 손으로 남자 아이를 훨씬 더 멀고 낯선 곳으로 밀쳐낸 듯한 불안을 느꼈다.

아들이 역의 포스터를 발견한 지 1주일 지났다. 회사에서 돌아와, 아들은 내게 속삭이듯 전했다. 너무 늦었나 봐……

회사에서 동료가 아들에게 지방 신문을 보여주며 묻더라고 했다. 이 주소, 너의 집 바로 근처 같은데 혹시 아는 사람 아닌가, 라고. 아들이 포스터로 처음 알게 된 이름이 적혀 있었다. 자신의 집에서 전철로 두 시간 이상을 가야 하는 먼 장소. 그곳에는 큰 강이 있고, 아들과 같은 중학교에 다녔던 스물일곱 살 청년은 그 강을 떠내려와 떠올랐다. 그것이 신문에 난 짧은 기사의 내용이었다.

나의 엄마가 몇십 년 전 옛날, 날마다 두려워했던 결코 일어나선 안 될 사고였다. 엄마의 비애가 시간을 초월해 내 몸을 후려치고, 내가 살고 있는 이 세계에 퍼져나갔다. 새 이름표를 달아야 해. 좀더 크고 좀더 눈에 잘 띄는 이름표를. 일이 잘못되지 않게 덩치보다 훨씬 더 커다란, 번쩍번쩍 빛나는 이름표를. 서둘러. 서두르지 않으면 너무 늦어!……

─……하지만, 장모님이 아직 살아 있다 해도, 그 사람을 만나려 했을지 어떨지는 모르는 일이야. 아마, 만나고 싶지 않았던 게 아닐까.

그 겨울날, 남편은 내게 이렇게 말했다.

열다섯에 나의 오빠는 죽었고, 그러고 나서 40년 가까이 나와 엄마는 살아왔고, 그리고 엄마는 지난해에 죽었다. 엄마가 죽은 뒤, 오빠는 여기저기 되살아났다. 이 사실에, 나는 줄곧 놀랄 뿐이다. 부모가 이 세상에서 없어진다는 것, 그것은 마법의 봉인이 갑자기 열리게 되는 일이었던가, 하고.

산불

산 불

　소방차가 꼬리를 물고 달려 지나갔다. 파아랗게 너무나 눈부신 하늘, 그리고 쭉 뻗어 하얗게 빛나는 고속도로에는 다른 차들의 그림자도 찾을 수 없다. 주변에도, 소방차가 달려나가는 방향으로도 건물은 보이지 않고, 다만 햇살을 받아 바싹 마른 풀밭이 단조로이 펼쳐져 있다. 그 가운데를 달랑 소방차가 가로질러 간다. 번잡한 시내에서 맞닥뜨릴 때의 흥분이 느껴지지 않는다. 사이렌 소리가 푸른 하늘로 빨려들어가고, 반짝이는 작은 차체가 마치 장난감 소방차 같다.
　하얀 고속도로가 내려다보이는 위치에 딱 한 채 들어선 드라이브인* 앞에, 우리는 멈춰 섰다. 그리고 나는 중얼거렸다.

---

* drive-in: 차에 탄 채로 들어갈 수 있는 식당, 상점, 영화관 따위.

어디에 불이 났다고 저러나……

하지만 우리는 그때, 고속도로를 달리고 있었는지도 모른다. 우리 차가 느릿느릿 달리고 있었던 것은 아니다. 우리 외에 달리는 차는 한 대도 없었으니까. 사이렌 소리가 먼저 뒤쪽에서 들려왔고, 차 속도를 늦춘 우리를 잇달아 자꾸자꾸, 양철 장난감 같은 빨간 소방차가 추월해간다. 고속도로에 떠올랐다 사라지는 신기루처럼.

지금의 나는, 전혀 기억나지 않는다. 나는 어디서 그 소방차를 보았던 것일까. 어디건 간에, 운전을 못 하는 나는 무책임하게 멍하니 경치를 바라보았을 따름이다. 우리가 어디에서 어디로 향하고 있었는지, 그것조차도 떠올릴 수가 없다.

그 지역에 사는 지인(知人)이 말했다. 태평스런 내 말투를 나무라듯, 나지막이.

산불이에요. 불난 곳은, 저기, 저쪽 부근이에요.

고속도로 가에 펼쳐진 풀밭을 들판 삼아, 푸석푸석한 구릉들이 줄줄이 늘어서 있다. 그리 높아보이지는 않았다. 하지만, 부시도록 푸른빛이 짙은 하늘 아래에서는, 산조차 땅에 엎어진 듯 사람들 눈에 비치는 건지도 모른다. 그 꼭대기 일부가 하얀 구름에 싸여 있었다. 구름은 하늘을 드넓게 퍼져나가려다, 엉거주춤한 모양새로 움직임을 멈추었다. 내 눈에는, 그렇게 비쳤다.

오늘로 벌써 열흘째인가, 계속 타들어가고 있습니다. 일단 산이 불붙었다 하면 손을 댈 수가 없어요. 원래 사막 같은 곳이라 너무 건조하다 보니, 야영객의 성냥 한 개비로도 쉽게 엄청난 산불이 되고 말아요. 매일 헬리콥터와 소방차를 동원해 불을 끄고 있지만, 그 정도로는 어림도 없습니다. ……아아, 저길 보세요, 이틀 전에

본 것보다 두 배는 번졌군요.

새파란 하늘에 얼어붙은 듯한 연기밖에 보이지 않아, 화염의 열기를 실감하기란 어려웠다. 그때 나 자신, 무척 당황했던 기억이 난다.

어떤 길을 따라, 아까의 소방차가 산불에 다가가는 것일까, 나는 산을 오르는 길을 떠올리며 그 차체에 자신의 눈도 실어, 살금살금 접근해오는 산불의 낌새를 지켜보려 했다.

우선, 불타오르는 나무들 냄새가 코를 자극하게 될까. 그리고 조금씩 눈이 아려올까. 목이 알싸해진다. 도로 위로 하얀 연기가 흘러들어 퍼진다. 하얀 어린 동물들 무리 같다. 길 양쪽의 숲에도, 자세히 보니, 하얀 연기가 낮게 떠다닌다. 산불인 줄 몰랐다면, 정신없이 홀린 듯 바라보게 될 신기한 풍경. 새들의 날갯짓 소리가 머리 위에서 퍼덕인다. 인간의 비명 같은 울음 소리. 새떼들 그림자로 하늘이 뒤덮인다. 연기가 그 뒤를 쫓아간다. 지상에는, 묵묵히 도망가는 동물의 무리. 다람쥐, 토끼, 두더지, 여우, 사슴, 멧돼지. 하늘의 연기와 땅을 기어다니는 연기가 이윽고 하나로 어우러져, 그 연기 속에 나무들의 형체도 빨려 들어간다. 화염의 열기가 갑자기 훅 끼쳐온다. 나뭇가지, 이파리들이 타오르는 메마른 소리······

여기까지 생각을 더듬었을 즈음, 멍해진 머리에 뭔가 날카로운 것이 파고든 느낌이 들어, 나는 소리를 질렀다. 이때의 감촉이 아직도 잊혀지지 않는다.

나는 알고 있다. 그렇게 느꼈다. 그 뜨거움. 소용돌이치는 화염 소리. 연기 속에서 흘린 눈물. 무엇보다도 그 산을 질주하던 공포. 오로지 도망쳐 달아날 수밖에 없는 슬픔. 무리 속에 있으면서도,

나는 외톨이였다. 녹초가 되어 쓰러지면, 죽음에 삼켜지고 말아. 내 다리가 이렇게 외쳤다. 하지만 급기야 힘이 다해 화염에 휩싸여 자신의 몸이 지글거리며 타는 냄새 속에서 죽게 되리라는 것도, 나는 알고 있었다. 그 슬픔에 온몸이 떨려왔다. 내 옆을, 여우가 달린다. 눈이 빨갛게 이글거린다. 내 눈도 이글거리고 있었을 게 틀림없다. 뜨거운 바람이 함지만 한 붉은 입을 벌리고 뒤쫓아온다. 그 붉은 입이 자꾸자꾸 커져만 간다. 나의 정든 숲은 이제 사라지고 말았다. 다리가 열기에 녹아내린다.

하얀 연기 속에 나는 쓰러져 슬픔의 소리를 지른다. 나의 갈색 사슴의 몸이, 더 이상 움직이지 않는다……

중학생 시절, 자신이 '쓰시마마루(對馬丸)'라는 학동소개선(學童疎開船)을 탔다가 미국 군대의 잠수함 공격으로 바다에서 죽은 오키나와(沖繩) 아이가 환생을 한 거라고 주장하는 친구가 있었다.

당시의 나는 우주인이니 심령 현상이니 하는 이야기에 무관심했고, 솔직히 말해 무시하고 있던 참이라 그 친구의 주장도 결코 진지하게 받아들이지 않았다. 다만 어째서 그런 생각에 사로잡히게 되는지, 놀라기는 했다. 전쟁 중에 강제로 집단 소개를 하게 되어, 오키나와에서 '쓰시마마루' 수송선을 탄 초등학생이 8백 명 이상, 그 밖에 7백 명 정도의 민간인이 미국 잠수함의 공격에 바다 밑으로 가라앉고 말았다는, 무참하기 짝이 없는 이야기는 나도 물론 들어 알고 있었다. 태평양전쟁이 끝난 뒤에 이 세상에 태어난 우리들이긴 했지만, 어릴 때는 전쟁에 얽힌 무서운 이야기, 슬픈 이야기에 질식할 정도로 둘러싸여 있었다. 그리고 가령, 히로시마(廣島)에 원폭이 떨어졌을 때 나도 거기에 있었던 것 같은 착각을 나 자신 굳게 믿은 적도 있다. 하지만 초등학생이라도 자신이 태어난 연도를 알고 있으니까, 그럴 리가 없어라고, 얼마간 지나면 스스로 틀렸다는 걸 알아차렸다.

너랑 오키나와와 무슨 상관이 있는데?

우선, 나는 친구에게 물어보았다.

아무 관계도 없어, 친척도 아는 사람도 하나 없어, 하고 친구는 나를 비웃는 듯한 표정으로 대답했다. 그런 관계는 아무런 의미가 없어.

하지만, 하고 나는 대꾸했다. 목적지인 본토에 아직 도착하기도 전에 부모와 헤어진 채 그 아이들은 바다에서 죽고 말았어. 만약 환생할 수만 있다면, 서슴없이 당장 오키나와로 돌아갈 거라고 생각해. 오키나와밖에 모르는 아이들이었는데, 굳이 이런 도쿄 한복판에서 태어나고 싶어할 까닭이 없잖아?

친구는 한층 나를 무시한 투로 말했다.

그러니까, 그런 생각이 전혀 통하지 않는 현상이란 말야, 환생한다는 건. 영혼에는 도쿄나 오키나와나 차이가 없어. 인간이 아니라 하찮은 풀로 환생하게 되는 수도 있으니까.

그냥 흘려들어도 좋으련만, 나는 점점 초조해졌다.

그래도, 일단 환생을 한다 하더라도 그럴려면, 죽어서 곧바로, 다음 아기가 되거나 다음 풀로 태어나야 하는 것 아니니? 쓰시마마루는 우리가 태어나기 2년 전에 침몰했어. 바다에서 죽은 뒤에, 2년 동안이나 넌 어디서 무얼 하고 있었는데?

나도 몰라, 하고 친구도 나를 째려보았다. 여러 가지 경우가 있을 거야, 분명히. 바다에서 죽으면, 바다를 하염없이 떠돌다 환생하기까지 시간이 걸릴지도 몰라. 아무튼 그런 건, 나도 알 수 없어.

그렇다면 어째서, 자신이 쓰시마마루의 아이였다고 단언할 수 있니?

친구는 여기서, 엄숙하게 내게 말했다.

확실히 2년 틀리긴 해도, 쓰시마마루가 침몰한 8월 22일은, 내 생일이야. 이건 우연이라 할 수 없어. 어느 무엇보다도 우선 내가 기억하고 있거든, 배가 엄청난 소리를 내며 서서히 비스듬하니 가라앉기 시작하던 때를. **우린** 다같이 엉겨붙어 비명 소리조차 지르지 못했어. 무섭다기보다, 어찌나 놀랐는지.

아니 잠깐만, 하고 나는 황급히 끼어들었다. 우리라니, 그럼 넌 어떤 아이였니? 몇 살이었지? 엄마 아빠는? 오빠나 여동생은 없었니? 어떤 집에서 살았는데?

그런 걸, 내가, 어떻게 알아.

친구는 아무렇지 않게 말했다.

전세(前世)의 기억은 죄다 사라지는 거야. 다만 죽기 직전에 있었던 일은 나처럼 기억하는 경우도 있는 모양이야. 사고나 살인 따위로 죽은 경우는 특히. 바다에서 죽은 **내**가 여자애였는지 어떤지도 분명하지 않아. **내** 주변에 여자애밖에 없었으니까, **나**도 여자애였을 거라 생각하지만. 이름이나 나이도 몰라. 쓰시마마루에서 죽은 아이들의 명단을 보여준다 해도, 어떤 게 **나**인지 알아볼 수 없을 거야. 하지만 하얀 옷을 입었던 것 같아. 바닷물에 **내** 블라우스가 하얗게 펼쳐진 게, 눈에 남아 있어. 여름이라 춥진 않았어. 불타

오르며 바다로 가라앉는 배는, 고래 백 마리가 한데 모인 듯 어마어마한 소리를 외쳤어. 그렇지만, 어뢰의 공격을 받고 나서 가라앉기까지는 눈 깜짝할 새. 바닷물이 머리 위에서 바위처럼 굴러떨어졌어. 감색인데, 깊은 곳은 무지개처럼 여러 색깔로 반짝였어. 그걸 지켜본 **우리**들 중 아무도 울지는 않았어. 입을 벌린 채, 그저 기겁을 했을 뿐이야.

너, 그런 꿈을 꾼 거야, 하고 나는 맞받아 주장했다. 네가 하는 말을 아무도 믿지 않아. 그러니까, 더 이상 아무한테도 말하지 않는 게 좋아.

친구의 이야기가 무섭기도 했지만, 나는 질투를 느꼈다. 근거야 어떻건 간에, 친구가 특별한 어떤 세계를 자신만의 것으로 소유하고 있다는 것에 대한 질투.

그러고 나서 40년 남짓 지난 지금, 그 친구가 만약 아직 살아 있다면 어떤 감상을 내게 들려줄까, 생각할 때가 있다. 그런 이야길 내가 했었단 말야? 하고 의외로, 남의 말 하듯 재미있다고 웃음을 터뜨릴지도 모른다. 다 잊어버렸는걸. 넌 뭐든지 잘도 기억하는구나.

실은 나도 이 친구의 부보(訃報)를 접할 때까지, 그녀의 전세 이야기는 까맣게 잊고 있었다.

옛 친구의 부보는, 이 나이에 아직 많지는 않다. 이십대에 한 사람 죽고, 삼십대에 두 사람, 그리고 사십대가 되어 이 친구가 병사(病死)했다. 학교를 졸업한 이후 만난 적은 없어도, 일반적으로 너무 이른 그 죽음을 알게 되니, 열두세 살 무렵의 아직 앳된 그녀의 미소 띤 얼굴, 건강 그 자체인 굵직한 다리, 머리핀이 반짝이는 지나치게 많던 머리숱, 그런 세세한 부분의 인상이 묘하게 또렷이 내 몸 어딘가에서 솟구쳐나와, 그토록 건강했었는데, 라고 안타까운 마음이 절로 난다. 쓰시마마루 이야기도 그렇게 되살아났다. 그렇다고, 이 이야기의 내용을 믿고 싶은 마음이 생긴 건 아니다. 예전처럼 맞대고 반론할 생각이 사라졌을 뿐, 내겐 이것만으로도 커다란 변화임에 틀림없었다. 착각일지도 모른다. 꿈일지도 모른다. 하지만 착각 혹은 꿈은 어디서 태어나는 것일까. 여러 가지 요소가 분명 뒤섞여 있겠지만, 거기에 전세의 기억이 포함될 리 만무하다고 누가 단언할 수 있겠는가, 하는 망설임이 지금의 내게 생겨났다. 자신이 태어나기 전, 그리고 죽은 뒤의 영역은, 살아 있는 인간이 도저히 확인할 수 없다. 그러므로 그 부분은 매력 있는 수수께끼로서 잊혀지지도 않는다. 거기에선 어떤 사태라도 일어날 수 있다. 동시에, 모든 가능성을 집어삼킬 만한 침묵도, 우리에게 계속 전해주고 있다.

자신의 전세가 쓰시마마루의 아이였다고 믿은 내 친구는, 서둘러 이 세상을 떠나고 말았다. 그리고 그런 그녀에게, 그녀의 다음 삶이 이미 어딘가에서 시작되었을지도 모른다. 그것은 어떤 삶일까. 한 송이 아름다운 꽃일까. 가지 끝에서 우는 작은 새. 아니면 또다시 갓난아기일까. 그렇게 환생한 그녀는, 나와 같은 학교에 다녔던 소녀 시절에서 성장하고 결혼해서 엄마가 된 한 여성으로서의 전세를 조금이라도 기억할까.

내 주변에 죽는 사람이 자꾸 늘어간다. 이런 게 나이를 먹는다는 거로구나, 하고 최근에야 나도 겨우 깨달았다. 자기 자신이 어쩌다 살아남았다고 해서 죽음이 비켜가는 것은 아니다. 부모들 세대가 죽고, 나이 많은 선배, 동세대의 사람들이 계속 죽어가고 그리고 때론 아이들 세대까지 죽어간다.

"······처음엔 물론, 뭐가 뭔지 알 수가 없었습니다. 장례식이 끝나고 대강 사무적인 처리도 마무리 짓고, 그런 다음 그의 유품을 정리하다 보니 문득, 내가 알았던 그 사람은 대체 누구였을까, 하고 착잡한 기분이 들더군요."

올봄, 나는 내가 아는 젊은 여성으로부터 편지를 받았다. 그녀의 남편이 사고로 죽은 지 석 달가량 지나서, 이런 거라도 다소 위로가 될까 하고 그녀가 좋아할 성싶은 향수를 보냈다. 편지는 그 답례였다. 여학교 시절, 그녀는 내 아이의 베이비시터baby-sitter 일을 했었다. 그 아이가 뜻하지 않게 이 세상을 떠난 지 8년 지났다. 내 아이가 그랬을 때나, 결혼하고 얼마 안 지나 그녀의 남편이 불의의 사고를 당한 것도, 한겨울 추운 계절이었다.

"······누구인지, 점점 알 수 없어집니다. 그러나 먼 사람이 되었다는 뜻은 아닙니다. 오히려 내 몸에 전부터 울려퍼지고 있던 그 음색이, 실은 그 사람이었다고 납득할 만큼 그 사람을 나 자신의 내부에 늘 느낍니다. 그러니까 잃어버릴 염려는 없습니다. 다만 지금까지 이러저러한 사람이었다고 나름대로 파악한 그 사람의 윤곽이, 돌연 흐릿해지면서 사라져갑니다. 그 사람의 이름. 그 사람이 걸어온 시간. 그 사람의 몸 구석구석. 그 모든 게 내 것이 아니었습니다. 그 사람 자신의 것도 아니었습니다. 살아 있는 한 그 사람이 내내 질질 끌고 다녀야 한다는 것은, 나 역시 그 사람과 결혼한 상대로서 당연히 함께 떠맡고 있긴 했습니다만. 나는 그 사람의 스물

아홉에서 서른두 살까지의 3년 간밖에 알지 못합니다. 그 3년 가운데서도 극히 일부만. 잠잘 때의 그 사람의 꿈이, 내겐 보이지 않습니다. 역을 향해 혼자 걷고, 전철을 탔을 때의 그 사람, 일을 할 때의 그 사람이 보이지 않아요. 그 사람의 몸에 몇 천, 몇 만의 빛 알갱이로 감춰져 있을 갓난아기 적부터의 기억이 보이지 않아요. 그 사람이 아무리 내게 전해주려 애써도 그 사람 자신이 도저히 손에 쥘 수 없었던, 말로 표현되지 않는 부분. 그 사람은 그 사람이 스스로 알고 있던 모습보다 백 배, 혹은 훨씬 더 큰, 하나의 삶이었습니다. 그 사람의 부모님이나 누님들은 저처럼 이런 느낌을 갖지는 않는 걸까요. 당신의 경우는 어떠했나요? 지금의 제가, 이런 질문을 드려도 실례가 되진 않겠지요. 그래요, 내게 아이가 있었다면, 달리 감상을 지녔을지도 모릅니다. 하지만 가정(假定)은 가정에 불과합니다. 미덥지 못한, 흐릿해져만 가는 그 사람의 윤곽을, 그래도 나는 잊으려 하지 않겠지요. 그리고 또 한편으로, 나는 그 사람의 실체를 매 순간 순간 확인하며 살아가려는가 봅니다. 모든 장소, 모든 시간 속에, 그 사람의 본질이 깊숙이 박혀 있습니다. 그러한 실감이 이미 시작되었습니다.

얼마 전엔 네덜란드의 옛 그림 속에서 그를 발견했습니다. 농장에서 집오리의 꽁무니를 쫓는 하얀 개. 그림 귀퉁이에 그려진 조그만 점 같은 모습입니다. 나는 물론 그걸 화집에서 보았으니까 색깔도 진짜와는 다를 테지요. 하지만 나는 그 사람이 이런 데서도 살아 있었다고 느꼈습니다. 설명할 수 없는 확신입니다. 어줍잖은 믿음, 감상(感傷), 뭐라 하건, 이 확신은 바뀌지 않습니다. 나는 그 사람의 본질을 어디서든 찾아내려고 마음만 먹으면 찾아낼 수 있다고, 이제 믿습니다. 세심한 주의력이 필요하고, 어떤 가능성도 받아들일 수 있게 항상 마음속을 투명하게 해둘 필요도 있어, 이것이 꽤 힘든 일이긴 합니다만.

 이 세상에서 환생을 거듭해온 그 사람의 실체를, 나는 살아 있는 동안 대체 몇 개나 발견할 수 있을까요. 노오란 금작화에서도 그 사람을 보았습니다. 길을 걷다가 어떤 아이가 손에 들고 있던 풍선에 부딪힐 뻔했습니다. 은빛으로 반짝이는 그 풍선에서도 나는 보았습니다.

 필시 수없이, 그 사람은 존재하겠지요. 하지만 나는 시간이 흐르면서 차츰 그를 발견하는 능력을 잃게 되고, 마침내 그런 변화를 안타까워하는 것조차 잊어버리게 될까요. 그럴지도 모릅니다. 하지만 지금은 그와 더불어 시간을 무시한 채, 온갖 형태로 살아 있는 그 사람을 유심히 찾아내고 싶습니다. 내 나이 서른. 하지만 그 사람에겐 더 이상 나이도 아무런 의미가 없어지고 말았습니다……"

 이 편지에, 나는 어떤 답장을 써야 하나. 답장 같은 건 필요치 않는 편지일지도 몰라. 그런 생각도 들었다. 평소에 나이 차이를 그다지 의식하지 않고 함께 영화를 보러 가기도 하고, 서로 일에 대한 푸념을 늘어놓기도 했었는데, 이 편지에 대한 답장을 고심하면서 그녀의 젊음이 무엇보다 내 몸에 와 닿았다. 서른이 넘어 나는 아이를 낳았고, 10년 후에 그 아이를 잃었다. 그런 나이에는 변화다운 변화는 이제 내 신변에 일어나지도 않고 바라지도 않는다고 여겼다. 그럼에도 실제로는 얼마나 큰 변화를 허락하고 말았던가.

시부모님이 잇달아 별세했고 우리는 이사를 했고, 남편이 외국으로 부임하면서 나도 그곳에 익숙해졌고 낯선 말을 배웠고, 새로운 친구들도 생기고, 좀처럼 풀리지 않던 내 사무실 작업에 자잘한 장식품을 사 모으는 일이 보태졌다. 거리 풍경도 바뀌고 말았다. 아이가 사용하던 가구를 그대로 쓰고 있는데, 책상 서랍은 어느 틈에 내 소지품들로 가득 찼고, 겉에 쓰인 낙서들도 차츰 엷어져간다. 내 옷이며 구두가 늘어난 만큼, 아이의 옷과 구두가 든 상자는 점점 벽장 구석 쪽으로 밀려난다. 한편, 나는 꿈속에서 지금도 아이를 야단치고 열을 재고 아이의 몸을 씻겨준다.

서른에 남편을 잃은 그녀에게, 스무 살이나 연상인 내가 무슨 말을 해야 하나. 앞날을 너무 부담스러워할 필요는 없습니다, 그러나 확실히, 뜻밖이리만큼 확실히 시간은 지나갑니다. 부디 하루하루를 소중히 여겨 꿋꿋이 살아가세요, 당신 자신을 위해서, 라고 쓰면 될까. 언젠가 당신도 반드시 죽습니다. 그것만은 틀림없습니다. 그러니 그때까지 안심하고 느긋하니 즐겁게, 이 아름다운 세계를 살아야 해요.

그렇지만, 나는 이 같은 능청스런 편지보다도 그녀를 향해 사실은, 아아, 정말 그래요!라고 외치고 또 외치고 싶어하는 가슴의 고동에 마냥 헐떡거리고 있다. 정신없이 외쳐대는 자신의 목소리가 내 귀를 울린다.

정말이지, 당신 말 그대로예요! 나도 이런저런 모습으로 그 아이를 보았죠. 가게 앞의 물고기가 나를 쳐다보며 희미하게 웃은 적도 있어요. 외국의 바닷가에서 나비가 된 그 아이가 나를 쫓아오더군요. 그 아이는 이상한 빛깔의 코스모스를 마당에 가득 꽃피워놓고 나를 깜짝 놀래킨 적도 있답니다. 새끼 도마뱀붙이로도 그 아인 몇 번이나 환생했어요. 죽은 그해 여름에 곧바로, 자신의 방으로 돌아왔습니다. 맨션 8층에 있는 방까지 그 자그만 몸으로 기어올라온 거지요. 그후, 우리가 이사를 했을 때도 그 아이는 새 집을 보러 왔더군요. 거실 유리문 한가운데 달라붙어 구슬처럼 동그랗고 까만 눈으로 우리를 응시했습니다. 3센티미터도 될까 말까 한 앙증맞은 회색의 그 아이. 알에서 막 태어난 참이라 자신도 어리둥절한 채, 곧장 유리문을 향했습니다. 걸음마도 아직 우스꽝스런 갓난아기였어요. 현관문에 달라붙어, 우리가 외출에서 돌아오기를 기다렸던 적도 있습니다. 이파리 뒤에 작은 초록 벌레가 되어 숨어 있기도 했죠. 정말이지 모든 장소, 모든 시간에, 그 아이도 깊숙이 박혀 있는 거예요. 그래서 잠시도 방심할 수 없어요. 깊은 산속, 계곡의 물보라 속에서 그 아이는 놀기도 합니다. 환생을 되풀이하는 그 아이. 그렇다면 그 아이는 어디서 태어난 것일까, 하는 생각이 저도 모르게 들곤 합니다. 물고기였을까. 벌레였을까. 아니면, 어딘가 벌판에 서 있는 커다란 나무였는지도 몰라……

환생이라니, 진심으로 믿고 있느냐고 누군가 묻는다면, 설마, 하고 나는 웃음으로 얼버무릴 게 뻔하다.

하나하나의 생명은 단지 한 번뿐, 절대 둘도 없는 현상이라고 깨닫고 있으니까 나도 자신의 죽음을 두려워하고, 자신의 아이에게 집착하고, 돌이킬 수 없는 상실을 그 죽음으로 인해 확인받으며 멍하니 그 자리에 내내 멈춰 서 있다. 울부짖고 슬퍼하는 감정까지도 상실의 공백에 빨려 들어가버렸다. 하지만 우리에게 그래도 계속 살아가야 할 어떤 이유라도 있는 거라면, 그러기 위해선, 아무런 소리도 들리지 않고 아무런 빛도 보이지 않는 이 상실의 영토에서, 조금만 눈을 돌릴 필요가 있다. 그렇게 함으로써, 아이와 애인을 잃어버린 과거의 무수한 사람들도 그 죽음을 받아들이며 무심히 계속 살아갈 수 있었던 게 분명하다. 아무도 가르쳐주지 않았어도.

환생 이야기는 일본에도 중국에도 아프리카에도 태평양 섬에도, 필시 지구 상의 어디에서도 공공연히 혹은 몰래, 지금껏 믿어오고 있는 모양이다. 무슨 이론으로 납득할 수 있는 건 아니다. 하지만 직감과도 같은 무엇이, 환생이라는 사실로 그 사람을 이끌어간다. 그런 경험을 가진 사람들도 많겠지, 바로 우리처럼. 어쨌거나, 환생 이야기를 사람들이 들려줄 때, 그렇게 되면 좋을 텐데, 라는 바람에서 이야기하는 게 아니라, 이 세상과 그 주변에 펼쳐지는 광막한 세계 양쪽을 동시에 인정하기 위한 방법을 달리 찾지 못해, 사람마다 제각기 의무로서 이야기를 들려주는 것이리라. 적어도 내겐 그렇게 여겨졌다. 환생 따위, 나는 여전히 믿지 않는다. 하지만 나 자신 미처 확인할 길 없는 부분에서, 나는 믿는다.

그녀에게 보낼 답장에, 나는 무슨 말을 써야 할지.

산불 기억으로, 내 사념은 거슬러간다.

도시에서 자란 내가 산불을 알 리 만무했다. 착각에 불과한 건지도 모른다. 만약 누군가 그렇게 말한다 해도 부정할 수는 없으리라. 하지만 그런 말을 주고받기도 귀찮아서 아무한테도 말을 하지 않는다. 산불 기억이 되살아났을 때, 곁에 있던 지인에게조차 나는 입을 꾹 다물었다. 도저히 설명할 수 없는 기억이었으므로. 그럼에도, 고속도로의 소방차를 본 이후, 나는 자신의 산불 기억을 지우지 못하고 있다.

　내 아이가 죽은 것이 8년 전, 그리고 산불을 떠올린 것이 6년 전. 어떤 의미가 이 숫자에 포함되어 있는지, 거기까지 나는 생각하고 싶지도 않거니와 생각할 힘도 없다.

　……**나**는 산불에 쫓기어 내달리고 있었다. 숲이 불타는 소리. 훅 끼쳐오는 화염의 열기. 하얀 연기가 소용돌이친다. 새들의 울음소리.

　나는 내달렸다. 눈물을 흘리고 떨면서. 아무리 도망쳐도 **내** 몸은 불길에 휩싸인다. **내** 몸이 타들어가는 냄새. 그래도 **나**는 계속 도망쳤다. 홀로, 눈물을 흘리며.

　나는 산불로 죽었다.

와 타 시 스 피 카

와타시스피카

하늘은 아직 충분히 환했고, 아이들도 지치지 않았다. 도중에 작은 연못을 발견하고, 거기로 둘 다 뛰어내려갔다. 기다랗게 퍼진 연못 주변에는 물가의 식물, 이파리가 긴 갈대며 억새 종류가 갖가지 한데 어울려, 울창하니 우거져 있다. 연못물은 작은 개울로 이어지고 개울은 길가를 따라 흘러 폭포를 만들고 언덕배기를 돌아, 그리고 끝임없이 펼쳐지는 원시림의 어둠 속으로 미끄러져 들어간다. 깊숙한 원시림은 말할 필요 없이, 이미 식물원의 범위가 아니라 산의 영역에 포함되었다. 하지만 어디에 그 경계가 있는 건지, 분간을 할 수 없었다. 적어도, 도심의 고층 빌딩에 둘러싸인 비좁은 정원만 알고 지내온 나에게는.

아이들은 맨발로 연못의 바위 주변에서 놀고 있었다. 긴 이파리 사이로 숨었다 나타났다 하는 그 모습을 내려다보면서 우리는 샛

길을 계속해서 걸었다. 가까운 나뭇가지를 바라보고, 발밑의 양치류 식물을 쪼그리고 앉아 만지고 뒤집어보기도 했다. 까만 새가 가지 끝에서 지저귀기 시작했다. 우리는 발을 멈추고 숨죽인 채 그 소리에 귀 기울였다. 때까치처럼 날카로운 소리를 외치는가 싶었는데, 같은 새라곤 믿기지 않는 감미로운 노랫소리가 울려퍼진다. 정체불명의 그 새가 날아가자, 우리는 크게 숨을 내쉬며 마음 놓고 웃음을 터뜨렸다. 그리고 연못에 아이들 모습이 보이지 않는다는 걸 깨달았다.

아이들의 엄마가 먼저, 아이들의 이름을 탁 트인 목소리로 불렀다. 잇달아, 아빠가 더 큰 소리로 불렀다.

그러자 갈대 잎이 하늘거리고, 물빛 티셔츠를 입은 세 살짜리 여자애가 몸을 일으키며 부모에게 소리 질렀다.

물고기가 엄청 많아.

오빠는?

엄마가 물었다.

몰라. 딴 데로 가버렸어. 물고기, 도망가서, 재미없어.

여자애의 뾰로통해진 목소리가 돌아왔다. 부모는 서로 얼굴을 마주 보다가, 그리고는 아빠가 혼자 연못으로 내려갔다.

……제 맘대로 어디든 가버린다니까.

엄마는 중얼거리고, 곁에 서 있는 나를 돌아보며 말했다.

자아, 가요.

괜찮아?

나는 머뭇거리며, 어느새 연못으로 들어가 여자애를 물에서 안아올리고 있는 아빠의 뒷모습을 지켜보았다.

금방 뒤따라오겠죠, 틀림없이.

나는 끄덕이고, 그래도 가능한 한 천천히 걸음을 옮겼다. 길은 폭포 쪽으로 나 있었다.

그 식물원에 우리가 도착한 것은 이미 해질녘이었다. 바닷가 마을의 중국 요릿집에서 늦은 점심을 먹고, 아이들과도 적당히 놀아주면서 오랜만에 만난 어른들끼리 한참 이야기를 나누다 보니, 3시가 훌쩍 지났다. 더 이상 지루함을 못 배기는 아이들은, 아빠의 사촌 누이로 서먹서먹할 뿐인 내 눈치를 봐가며, 부모에게 번갈아 소근소근 졸라대기 시작했다.

어서, 다른 데로 놀러 가요, 그냥 집으로 가기 싫어. 딴 데 가고 싶어.

그래서 교외의 식물원에 가기로 했다. 여름철 폐원(閉園) 시간은 늦으니까, 지금 가더라도 두 시간 정도는 여유가 있을 거라 한다. 식당을 나와, 아이들을 위한 물을 사서 준비한 뒤 차에 올라탔다. 소형차인데, 안에는 아이들 책이며 장난감, 때 묻은 타월 따위가 엉망으로 흐트러져 있었다. 쭈글쭈글한 요트 파카도, 내 것까지 비닐 주머니에 쑤셔박힌 채, 바닥에 나뒹굴었다. 한낮엔 여름의 강한 햇살이 아직 남아 있지만, 해거름이 되면 쌀쌀하게 느껴질 정도의 바람이 불어온다. 1년 내내, 바람이 많은 동네이기도 했다. 이틀 전, 비행기와 택시를 번갈아 타고 이 동네에 와서, 그 사실을 10여 년 만에 다시 떠올리게 되었다. 어제 재(齋)를 올리는 동안에도 바다를 건너온 바람이 절의 경내를 휘젓고 돌아다녀, 소나무 가지가 윙윙 앓는 소리를 내기도 했다. 묘 앞에 선 주지 스님의 법의(法

衣) 소맷자락이 흡사 새의 날개인 양 펄럭거렸다.

좁아터진 차 안에서 아이들은 내가 모르는 노래를 부르기 시작했다. 말뜻도 나는 알 수 없었다. 아이들의 엄마는 선글라스를 끼고 차를 운전하고, 아빠가 조수석에서 지도를 살폈다. 몇 번이나 가보긴 해도 워낙 길이 복잡하게 얽혀 있어 헤매기 십상이라고, 변명하듯 내 사촌 동생 나오히코(直彦)는 중얼댔다.

음식점과 슈퍼마켓이 늘어선 중심가를 빠져나오자, 곧장 가파른 오르막길이었다. 바다 쪽으로 산이 성큼 다가서고, 급경사진 산자락에 차도가 복잡한 그물코 모양으로 새겨져 있다. 알록달록한 주택 지붕이, 양쪽에 우거진 나무숲 저편으로 엿보였다.

이 부근은 이젠, 고급 주택지가 되었죠, 전망이 아주 좋고 조용하고. 하지만 매번 이렇게 산을 올라야 하다니, 좀 불편하긴 해요.

주의 깊게 차를 운전하던 나오히코의 아내 히로미가 뒷좌석에 앉은 내게 설명을 하고, 그리고 내 옆의 여자애를 호되게 야단쳤다.

똑바로 앉아!

시트 위에 일어서 있던 여자애는 차 바닥으로 몸을 미끄러내리고 훌쩍거리기 시작했다.

아빠 자리에 갈래. 뒤는 싫단 말야.

남자애는 여동생을 본 척도 않고, 무슨 말인지 알아들을 수 없는 노래를 혼자 계속 불렀다.

조금 지나 히로미가 차를 세웠다. 여자애를 나오히코의 무릎으로 옮기는 김에, 나더러 같이 잠깐 내리자고 했다.

여기선 바다가 잘 보여요.

남자애도, 뒤따라 여자애도 차에서 나왔다. 벼랑길 끝에 나란히 서서 후미진 바다를 내려다보았다. 바다는 잿빛에 짙은 초록 줄무늬를 그리며 잠잠했다. 하늘도 잿빛으로 흐리고 태양은 보이지 않았다. 하얀 바다새가 산등성이를 어지러이 날고, 바다에는 하얀 페리보트가 떠 있다. 섬 그림자가 의외로 가깝게 보였다.

나도 어렸을 때, 저 섬에 페리로 간 적이 있어. 할아버지가 데리고 가주셨지, 낚시하러 가시는 길에.

내가 말하자, 히로미는 진지한 표정으로 끄덕였다. 할아버지는 벌써 12년 전에 이 세상에서 모습을 감추었고, 히로미는 할아버지를 직접 알지 못한다. 모르니까, 진지한 반응을 보일 수밖에 없다.

……저긴 완전히 관광지로 변해, 호텔도 들어섰어요. 이젠 우리가 갈 곳이 못 돼요. ……자아, 차로 돌아가요.

히로미는 아이들에게 말하고, 나를 눈으로 재촉한 뒤 차로 돌아갔다.

시내에서 식물원까지 실제로는 한 시간도 채 걸리지 않았으리라. 그런데도 무척 먼 길로 느껴졌다. 산을 겨우 넘었다 싶으면, 또 다른 산이 나타난다. 차는 오른쪽 왼쪽으로 가파른 언덕을 끈질기게 올라간다. 바다가 어느 방향에 있는 건지, 도무지 감이 잡히질 않았다. 가끔 대형 트럭이 앞질러 지나가고, 그때마다 긴장했다. 마침내 주택이 길 양쪽에서 사라졌다. 깊은 산속으로 잘못 들어온 듯한 불안을 느끼기 시작할 무렵, 드디어 우리들의 차가 멈춰 섰다. 그곳인 줄 모른다면 자칫 그대로 지나칠 법한, 나무들이 초록으로 뒤덮인 작은 입구였다. 정차되어 있는 다른 차는 한 대도 보이지 않고, 사람 그림자도 없었다.

모두들 요트 파카를 꺼내 입고, 하얗게 마른 자갈길을 따라 안으로 들어갔다. 목조 건물이 있고, 그 창구에서 나오히코가 모두의 입장표를 한꺼번에 샀다.

시간을 잘 지켜주세요. 엉성한 울타리뿐이라 갇힐 염려는 없지만, 아무튼 깜깜해지니까요. 방향 감각이 없어져 새벽까지 한참 헤매다녀야 할지도 모르거든요.

농담 섞인 직원의 충고에 우리는 서로 웃었다. 그래도 우선 만일을 위해 시간을 확인하고, 거기서 받아든 팸플릿으로 길의 순서를 살폈다. 제일 안쪽까지 들어가는 길을 택한다 해도 소요 시간은 한 시간에 불과하다. 언덕을 올라 꼭대기에 서면, 항구가 보인다고 적혀 있었다. 하지만 그 길로는 가지 않기로 했다. 아이들과 걸으면 의외로 시간이 더 걸릴 게 분명하다. 가장 수월한 코스를 골랐다.

길을 걸으니 맨 먼저 야자나무가 다가왔다.

이어, 무성한 초록잎 속에 묵직하니 늘어뜨려진 진홍빛 열매가 눈길을 끌었다. '유독(有毒)' 표시가 나무줄기에 매달려 있다.

크고작은 양치식물의 터널.

맹그로브mangrove 열대림.

우리 말고는 사람 그림자가 보이지 않았다. 아이를 데리고 들어오기엔 너무 늦은 시간이었을까. 인기척이 없는 식물원에서 새소리가 가까이 멀리, 부산하게 울려퍼졌다.

하얀색 분홍색 꽃이 달린 풀숲을 넋 놓고 바라보았다.

갖가지 모양에 크고작은 나뭇잎이, 머리 위로 이어졌다.

회색 줄기. 붉은 줄기. 구불텅 휘어진 가지. 하늘로 쭉 뻗은 가지.

아이들은 나무 열매를 모아, 그중 하나를 입에 넣으려 한다. 부모가 새된 소리를 지른다.

안 돼! 독일지도 몰라.

마침내 바위 정원으로 나왔다. 고산 식물을 주로 수집해놓았다. 벌레를 먹는 풀, 바위를 뒤덮은 이끼, 덩굴풀의 빨간 열매, 파란 열매. 아이들은 좋아라 뛰어다닌다. 커다란 나무가 없는 탓에 그곳은 햇볕을 충분히 받아, 진짜 고산(高山) 정상처럼 메말랐다.

그리고 아이들은 바위산 중턱에 연못이 있는 걸 발견하고, 아주 신이 나서 뛰어내려갔다.

오랫동안 사유지였던 그 토지 일부가 시(市)에 기증되어, 10년쯤 전부터 공개되었다. 자산가의 취미로 원래 훌륭한 식물원으로 조성된 터라, 시는 그걸 보수할 예산을 거의 사용하지 않아도 되었고, 더구나 시의 관광 명소가 하나 늘어난 셈이어서 크게 기뻐했다. 하지만 당초 기대했던 만큼 관광객은 찾아오지 않았고, 섬 쪽으로만 몰려가고 있다. 섬에서 바다를 즐기려는 사람들은, 식물엔 흥미를 갖지 않는 모양이다.

그런 이야기를 들었다. 할아버지가 죽고 나서 이 지역을 한 번도 찾아오지 않았다. 처음 듣는 그 이야기가, 내겐 흥미로웠다. 나오히코는 도시에서 결혼해, 남자애가 태어난 뒤 이곳으로 이사했다. 이후, 서로 만날 기회가 없어졌다. 여기서 태어난 여자애와는 할아버지 기일(忌日)에 처음 만났다. 이제부턴 갈수록, 나와 이 지역과의 인연은 점점 엷어질 뿐이리라. 할아버지의 딸인 나의 엄마도 죽고, 그리고 아버지는 그보다 훨씬 오래전에 죽고, 나오히코의 아버지는 병원 출입이 잦다.

12년 전에 할아버지는 죽었다. 하지만 이 지역을 떠나본 적이 없는 할아버지가 어떻게 죽었는지, 나는 직접 알지 못하고 아무도 모른다. 할아버지 혼자만 아는 일이었다. 우리에게 통보된 것은, 나중에 할아버지 자신과는 아무 상관이 없는 내용뿐이었다. 즉, 할아버지의 보트가 섬에 수없이 많은 동굴 입구의 소용돌이에 휘말려 풍차처럼 돌았다. 보트는 할아버지를 태우고 있지 않았다. 보트를 끌어올린 뒤, 동굴 속으로 구조원들이 들어갔다. 그리 깊지 않은 구멍이라 할아버지가 거기에 없다는 걸 금방 알 수 있었다. 나란히 나 있는 다른 구멍도 잇달아 살폈다. 이름이 붙어 있는 커다란 동굴. 거기엔 유람선이 아무 데도 부딪히지 않고 들어갈 수 있다. 혹은, 물고기들이 잠을 자는 얕은 웅덩이. 주변의 바다 밑에도 사람이 잠수해 들어가 불빛을 비추었다. 이틀 지나, 보트 위치에서 3백 미터나 떨어진 동굴의 바다 밑에 가라앉아 있는 할아버지의 몸이 발견되었다. 동굴 속 선반 바위 아래, 몸은 깊숙이 잠겨 있었다.

할아버지가 혼자 맞이한 마지막 시간. 12년이 지났어도 나는 그 시간에 이따금 빨려든다. 아무도 모르는 시간이니까, 빨려들지 않을 수 없다. 자신이 마음대로 상상하고 그때의 바다 소리에 줄곧 귀 기울일 수 있으니까.

……보트로 동굴에 들어간 할아버지는 선반 바위 위에 내려선다. 구멍 속으로 밀려드는 파도 소리가 동굴 벽에, 동굴 천장에 울린다. 벽도 천장도 물을 뚝뚝 떨어뜨리고 희미한 빛을 발하고 있다. 낚시로 지친 할아버지의 휴식 시간이었다. 할아버지는 동굴에

울리는 파도 소리를 들으며, 준비해둔 쿨러 박스에서 맥주를 꺼내 마신다. 바짓가랑이를 걷어올리고 선반 바위에서 두 다리를 내려, 바닷물을 적신다. 발을 담그는 순간, 희미한 물소리. 할아버지는 맥주를 계속 마신다. 진주를 닮은 하얀빛이 발밑의 바닷속을 가로지른다. 해파리일까. 좀더 진기한 생물일까. 할아버지는 바다를 들여다보려 애쓴다. 머리 무게를 더 이상 지탱하지 못해, 할아버지는 머리부터 바다 속으로 떨어진다. 둔탁한 물소리가 동굴에 울려퍼진다. 바다 위에서 빛이 크게 흔들리고 그 빛이 동굴에 퍼진다. 할아버지는 자잘한 은빛으로 둘러싸인다. 할아버지가 입을 벌리자, 크고 환한 거품이 토해져 비스듬히 떠내려간다. 손발을 움직이자, 은빛이 폭포처럼 한꺼번에 흐른다. 진주빛으로 반짝이는 훨씬 더 큰 그림자가 할아버지를 따라다닌다.

　나는 물소리에 귀 기울인다. 할아버지의 몸이 바다 속으로 사라진 뒤에도 표면은 한참을 술렁인다. 바다 밑에서 서서히 거품이 떠올라왔다가는, 터지며 사그라든다. 그 거품 소리. 자잘한 거품은 갑자기 많아졌다 줄었다 한다. 음악 같은 거품 소리. 바다 표면이 서서히 잠잠해진다. 한층 더 큰 거품이 떠오른다. 하나, 둘. 마지막으로 또 하나의 거품. 그리고 더 이상 어떤 거품도 떠오르지 않는다.

　할아버지의 목소리가 거품 속에 들리지나 않을까 하고, 나는 거품 소리를 자꾸만 자꾸만 뒤쫓는다. 할아버지는 거품 속에서 뭔가, 중얼거렸을까.

　그러나 할아버지의 목소리는 들리지 않는다. 물소리만, 내 귀를 울릴 뿐이다.

최대한 자연스럽게 다듬어놓은 바위 결을 따라, 물이 흘러 떨어져내렸다. 폭포라고는 부르기 힘든 작은 폭포였다. 그곳을 지나고서도 나오히코와 아이들의 모습은 나타나지 않았다.

……정말이지, 어디까지 가버린 거야.

히로미는 초조하게 투덜대며, 그래도 그 지역의 식물원을 안내한다는 나에 대한 의무를 다하기 위해, 직접 식물 이름이 적힌 팻말에 다가가 소리 내어 읽어주었다. 엔테레아·아르보레센스. 코르크 나무. 베이루슈미에디아·타라이리. 월계수. 메토로시데로스·롭스타. 후토모모과(科). 다른 나무를 칭칭 휘감으며 성장하고, 결국 휘감은 나무를 고갈시키고 텅 빈 구멍을 지닌 거목이 된다.

나오히코와 아이들의 목소리가 앞뒤로 우거진 풀숲 더미에서 들려오기를 기대하고 풀숲의 작은 흔들림에도 신경질적으로 눈빛을 반짝이며, 우리는 방향대로 계속해서 걸어나갔다. 가슴께가 노오란 작은 새가 다가와, 우리를 의아한 눈길로 쳐다보며 꽁지깃을 펼치고 지저귀기 시작한다. 수다쟁이 아이가 혼자 제멋대로 이야기를 늘어놓듯이 하도 열심히 지저귀는 터라, 우리도 그만 무슨 말을 하고 싶은 걸까 싶어, 조심스레 경청한다. 말할 것도 없이, 우리는 그 수다의 내용을 하나도 알아듣지 못했다.

돌연 시야가 트였다. 운동장으로 사용해도 될 법한 너른 풀밭이 내려다보이는 위치에, 우리는 서 있었다. 풀밭 가장자리로 시내가 흐르고 있다. 그리고 풀밭 주위로 산의 원시림이 묵직하니 다가서고, 그 초록 벽이 너른 풀밭을 답답하게 만들었다. 그곳에도 역시 사람의 모습은 보이지 않았다. 우리 외엔 아무도 없다. 한편, 참으로 다양한 색조를 띤 원시림의 초록은, 빈틈 하나 없이 서로 밀치락달치락 하늘로 뻗어올랐다. 해질녘 빛을 받아 화려하게 번쩍이는 부분과 검푸르게 숨을 죽인 부분으로 선명하게 나뉘었다. 한바탕 바람이 불어오자, 초록 무더기 전체가 낮게 웅성댄다.

사람 목소리가 멀리서 들려왔다. 그런 느낌이 들어 나는 몸을 움츠리고 옆의 히로미를 돌아다보았다. 히로미도 나와 같은 표정으로, 소리 죽여 말했다.

이번엔, 새소리가 아니었어……

둘이서 얼굴을 마주한 채, 귀에 신경을 집중시켰다.

한 번 더, 같은 소리가 들리고 또 다른 목소리가 가늘게 대답했다. 히로미가 먼저, 풀밭 저편에 나오히코가 혼자 달리는 작은 모습을 알아보았다. 나오히코가 뛰어가는 방향으로, 시내에 걸쳐진 판자 다리가 보이고 그 다리 위에 언제부터 거기 있었는지, 남자애가 멈춰서 있었다. 지금껏 냇가로 내려가 놀고 있었겠지. 깊은 도랑을 파놓은 냇가는 나뭇가지들로 뒤덮여 있어, 우리가 있는 곳에서는 제대로 보이지 않았다. 나오히코는 조금씩 남자애한테로 가까워진다. 그런데, 여자애가 보이지 않는다.

우리 애가, 저기, 있었네요. ……잠깐, 여기서 기다려주실래요? 금방 돌아올 테니까요. 먼저 출구로 나가서도 괜찮아요. 이제 곧, 폐원 시간인걸요……

히로미는 성급히 말하고, 풀밭으로 난 길을 통통 튀듯이 뛰어내려갔다. 풀밭에 이르자, 아이의 이름을 큰 소리로 부르며 전속력으로 내달린다. 너른 풀밭의 대각선을 달리는 히로미에게 남자애가 마주 달려나간다. 그 뒤를 나오히코도. 히로미는 손에 들고 있던 냅색*에서 타월을 꺼내, 남자애의 얼굴이며 손발을 닦아주며 나오히코와 부지런히 이야기를 나눈다. 내가 있는 데까지 그 목소리는 닿지 않는다. 마침내 히로미는 남자애의 손을 잡고, 나와는 반대 방향으로 달리기 시작하더니 깊은 풀숲으로 들어간다. 혼자 남겨진 나오히코는 그제야 내 쪽으로 얼굴을 돌려 오른손을 흔들고 히로미가 사라진 방향을 가리킨 다음 자신의 손목시계도 가리키더니, 한 번 더 오른손을 흔들어보이고는 히로미 뒤를 서둘러 쫓아갔다.

사람 기척이 나무숲으로 완전히 빨려 들어가버리자, 나도 갑자기 불안해졌다. 일단 차가 있는 곳으로 되돌아가, 거기서 나오히코 가족을 기다리기로 했다. 폐원 시간까지 앞으로 20분밖에 남지 않았다. 길 순서를 따라, 거의 달음질치듯 나는 걷기 시작했다. 풀밭을 벗어나자, 또다시 머리 위를 초록이 뒤덮어 길이 어둑해졌다. 가지 끝에서 울어대는 새들의 날카로운 소리가 울려퍼졌다. 낮새들은 슬슬 둥지로 돌아갈 시간이리라. 교대해서, 밤새들이 활동을 시작한다. 동물은 어떨까. 뱀은 거의 없는 곳이라고, 어릴 적부터 들어왔다. 하지만 산의 그 원시림에 어떤 동물이 숨어 있는지, 아무도 확인한 것은 아니다. 나는 멋대로 이런 생각을 하다, 조금씩 짙어가는 땅거미가 무서워졌다. 바람도 일기 시작했다. 나무들이 술렁거릴 때마다, 숨이 멎었다.

와타시스피카라는 단어가, 바삐 걸어가는 내 귀에 되살아났다. 그 단어로 몸을 지키려는 생각에, 나는 거듭 중얼거리기 시작했다. 와타시스피카, 와타시스피카.

---

* knapsack: 사용 후에는 접어서 호주머니에 넣을 정도로 간편한 휴대용 배낭.

와타시스피카, 이런 소리로 내 기억에 남겨진 단어, 아니 실제로는 단어라고 말할 수 없는지도 모른다.

그게 언제였던가. 그칠 줄 모르는 비로 토사가 무너져내렸다. 터널이 막혀 그 안에 달리고 있던 버스 한 대가 갇혔다. 운전수와 열 명 남짓의 승객이 있었다. 터널 안 천장도 무너져내려, 승객들은 부상을 입고 꼼짝도 할 수 없게 된 모양이다. 하지만 살아 있다. 쏟아지는 빗속에서, 바로 구출 작업이 시작되었다. 터널에 갇힌 사람들의 가족이 현장에 모여들고, 차 안에서 텐트 안에서 잠을 잤다. 작업은 디딤대가 튼튼하지 못해, 마음먹은 대로 진척되지 않는다. 함부로 다이너마이트를 사용했다가는, 안에 있는 사람들까지 날려버리는 결과가 되기 쉽다. 터널을 메운 토사에 관(管)을 밀어넣어 그걸로 갇힌 사람들의 목소리를 듣고 바깥에서 목소리를 전했다. 희미한 소리가 들렸다. 누구의 목소리인지, 무슨 말을 하는지, 알 수 없다. 띄엄띄엄 끊어지는 가느다란 한숨 같은 목소리. 차츰 그 소리도 사라져간다. 바깥의 사람들은 울부짖는다. 기다려, 이제 곧 갈 거야. 들리나? 우리가 여기 있어.

와타시스피카, 와타시스피카, 라는 속삭임이 이윽고, 터널 안에서 들려온다. 그렇게밖에, 바깥 사람들에겐 들리지 않았다. 그리고 아무 소리도 들리지 않게 되었다. 잘못 들은 건가. 무엇보다 소중한 말인데. 정확히 알아듣지 못했다. 무슨 뜻인지 알 수 없다. 지칠 대로 지친 바깥 사람들은 더 이상 견디다 못해, 그 자리에 주저앉거나 가족끼리 서로 부둥켜안고 큰 소리로 울음을 터뜨렸다……

그즈음, 토사가 무너져내려 터널에 갇혀버린 사람들에 대한 신문 기사를, 아무 상관이 없는 나도 매일, 마음 졸이며 읽고 있었다. 빨리 구해내야 해, 때를 놓치면 안 돼, 하고 구출 작업의 어려움을 제대로 알지도 못한 채 무턱대고 화를 내기도 했다. 터널 안과의 통신 수단으로 관을 밀어넣었다는 것도 알았다. 하지만 이미 거의 아무런 소리도 말소리도 잡히지 않았다는 것도.

와타시스피카라는 목소리가, 내 귀를 울렸다. 이런 소리가 그래도 분명히, 낮고 가늘게 떨리며 터널 밖에서 애타게 기다리는 사람들에게 가 닿았을 게 틀림없다. 그런 생각이 들자, 스스로도 그걸 의심할 수 없었다. 와타시스피카라는 목소리가 나를 떠나지 않았다. 그것은 나의 엄마 목소리이기도 했다. 엄마는 사고로 죽은 게 아니라, 병원에서 나와 삼촌이 지켜보는 가운데, 미소 띤 얼굴로 숨을 거두었다. 헛소리를 내내 중얼거리고, 무슨 노래 같은 걸 부르기도 했다. 임종이 가까워, 엄마는 몇 번이고 똑같은 단어를 되풀이하며 미소 지었다. 와타시스피카. 아무래도 이런 식으로밖에 들리지 않는다. 옆에 있는 간호사에게 확인해봐도, 역시 와타시스피카라고밖에 들리지 않는다는 대답이었다. 뭐예요, 무슨 뜻이에요? 엄마, 모르겠어요. 나는 엄마에게 울먹이며 말했다. 그러자 엄마는 마치 자신이 꾸민 장난이 제대로 먹혀들었다는 듯, 흐뭇한 미소를 띠고 다시 한 번, 와타시스피카, 라고 우리에게 속삭였다.

엄마는 무슨 말이 하고 싶었던 걸까, 하고 그후 엄마가 안 계신 시간 속에서 나는 고민하지 않을 수 없었다. 어린아이로 되돌아가버린 엄마였던 만큼, 싱거울 정도로 간단한 단어를 읊조렸을 게 틀림없다. 동요 가사일까. 어릴 적 들었던 이야기. 친구들과 주고받은 농담. 텔레비전 프로그램. 아빠와 둘이서 재미있게 나눈 대화.

아니면 의외로, 입원 생활 중에 의사와 간호사들한테서 듣고 기억해둔 단어일지도 모른다. 하지만 어느 것도 와타시스피카라는 소리로 바뀔 것 같지는 않았다. 도무지 생소한 의미 불명의 소리를 듣게 되면, 사람은 그걸 자신이 알고 있는 단어와 연결시켜 귀담아두는 법이라는 이야기를 듣고, 이 경우도 그럴까 하는 생각을 해보았다. 와타시, 라는 소리로 들렸으니까, 내가 잘 아는 '나[私]'라는 단어와 연결시키고 말았다. 스피카는, 별 이름이다. '나는 스피카,' 이런 단어로 내 귀가 받아들였다. 하지만 와타시는 '나'와 아무런 상관이 없는지도 모른다. 그래서 우선 소리를 전부 분해해보았다. 그러나 전혀 실마리가 보이지 않는다. 보일 턱이 없었다. 애당초 의미 같은 건 하나도 없이, 엄마는 그저 와타시스피카라는 소리의 울림을 즐기고 있었을 뿐인지도 모른다. 그런 즐거움으로부터, 나는 너무 멀리 동떨어진 사람이 되고 말았다.

단어의 뜻을 벗어날 수 없는 나는 마침내, 와타시스피카를 '나, 스피카'라고, 처음에 받아들인 그대로 다시 받아들여, 이 세상을 떠난 엄마의 세계를 멈칫멈칫, 하지만 어떤 기대를 품고 혼자 더듬게 되었다.

그후, 할아버지가 죽고, 나는 결혼하고, 다시 혼자가 되었다. 와타시스피카가 잊혀지지 않았다. 내가 모르는 사람들이 자꾸자꾸 죽어간다, 병원에서, 자신의 집에서, 산속에서, 바다 밑에서, 터널 안에서. 그리고 나는 귀 기울이지 않을 수 없다. 와타시스피카가 아직 어디선가, 가령 바다 밑에서 떠올라오는 마지막 거품처럼, 혹은 터널 저편 어둠 속에서 마지막으로 전해져오는 한숨처럼, 나지막이 내 귓전에 되돌아오지 않을까 하고.

……**나**, 스피카. 처녀자리의 일등별로, 뜻은 '밀 이삭.' **나**의 엄마인, 대지(大地)와 수확의 여신 데메테르가 항상 왼손에 밀 이삭을 들고 있다. **나**는 그 밀 이삭. 엄마의 외동딸. 페르세포네라는 이름으로 불렸다.

무서운 동물도 무서운 인간도 접근하지 않는 깊은 산골짜기에, **우리**는 살았다. 아름다운 꽃들이 언제나 흐드러지게 피어나 그 향기가 바람에 실리고, **내**가 가장 좋아하는 나무 열매와 과일도 1년 내내 풍성했다. 그런 골짜기에서 **나**는 꽃을 따고 새들과 노래하고 과일을 모아 술을 만들고 한가로이, 아직 천진난만한 어린아이였으므로 마냥 즐겁고, 때론 엄마에게 덜렁댄다거나 놀기만 한다고 꾸중 듣고서도 그런 소리는 흘려버리고 실컷 놀았다. 그래서 **내**가 이런 꼴을 당하게 된 걸까. 그렇지 않고, 결국 **나**는 그 풀을 뽑아내지 않을 수 없었던 것일까.

장미보다 달콤하고 제비꽃보다 사랑스런 내음이, **내** 볼을 어루만졌다. **내** 입술에 닿아 **내** 손발을 휘감고 **내** 코로 몸속에 몰래 들어가 신기한 소리를 냈다. 처음 보는 풀 한 포기가 돋았다. 작고 푸른 꽃을 달고 키는 **내** 허리께 정도에, 가느다란 이파리와 줄기는 산들바람에도 부드럽게 나부꼈다. **나**는 우선 꽃내음을 맡아보았다. 그 다음엔 이파리 내음. 미묘하게 내음이 다르다. 하지만 어떤 꽃내음, 이파리 내음보다도 **나**를 기분 좋게 하고 끌어당겼다. **나**는 풀 곁을 떠날 수 없게 되었다. 뺨을 이파리에 묻고 꽃으로 입술을 간지럽혔다. 풀을 두 팔에 한 아름 끌어안았다. **나**의 정원에 이 풀을 옮겨 심었으면, 하고 그때 생각했다. 엄마에겐 물어보지 않아도 돼. 오히려 나를 칭찬하고 기뻐할 거야.

　자신의 생각에 기쁜 나머지, 나는 소리 내어 웃으며 힘껏 풀을 뽑아내려 했다. 땅속의 뿌리가 깊어 쉽게 빠지지 않는다. 하지만 오른쪽 왼쪽으로 움직여보니, 뿌리가 들리기 시작했다. 마지막으로 한 번 더, 풀을 세게 당겼다.

　풀이 뽑힌 그 순간, 땅속에서 어둠이 솟아나와 나를 집어삼켰다. 나는 그 이상의 일은 알지 못했다. 아무튼 그 순간, 지금까지의 환희에 가득 찬 나의 나날이 돌연 끝나고 말았다.

　비명을 내가 질렀던가. 어둠은 더욱 깊게 짙어만 가고, 나는 그 어둠의 밑바닥에서 혼자 흐느껴 울었다. 겁먹었다기보다 어쩔 줄을 몰랐다. 나는 죽어버렸는지도 몰라. 어째서 나는 죽게 되었을까. 어서 집으로 가고 싶어. 집에 돌아가 밥을 먹고 내 침대에서 잠들고 싶어. 이대로 죽다니, 그럴 리 없어. 난 지금 정신을 잃었을 뿐이야. 조금 있으면 깨어나겠지. 이 어둠이 사라지겠지. 그런데 어둠은 아까보다 더 짙어지고 있어. 어둠 외엔 아무것도 보이지 않아. 아무것도 들리지 않아.

　나는 어둠 속을 내달렸다. 달리고 있는 줄 알았는데, 자신의 몸이 보이지 않으니까 물고기처럼 헤엄치는 기분이었다. 혹은 새처럼 날고 있는 감촉. 앞으로 나아가고 있는 건지 위로 떠오르고 있는 건지 그것조차 알 수 없었다. 그러다, 금빛 광채가 내 눈을 비추었다. 어둠 속에서 희미한 소리가 들려온다. 나를 부르는 소리도 들리는 것 같다. 나는 그쪽을 향해 날아갔다. 금빛 광채가 순식간에 퍼져나가, 내 몸도 내 숨도 금빛으로 번쩍이기 시작한다. 그리고 내 주위에 사람이 무척 많다는 걸 깨달았다. 셀 수가 없다. 죽어가는 많은 사람들이 금빛 광채 속에 어우러져, 하나의 흐름을 이루고 있다. 그런 느낌이 들었다. 내 눈에는 금빛 흐름밖에 보이지 않았다. 나는 그 속에 있었다. 더 이상, 외톨이가 아니었다.

금빛 흐름 속에서 나는 미소 짓고, 그리고 마지막 숨을 토해냈다. 엄마 곁으로, 지상의 세계로, 그 숨이 가 닿도록.

나는 이렇게 죽었다. 그런데 죽어보니, 죽음이 어떤 것인지 알 수가 없다. 자신이 정말로 죽었는지 어떤지도 잘 모르겠다. 그런 건 아무려나 상관없이 돼버렸다. 분명히 깨닫게 되는 것은, 결코 지상의 세계에서 예전처럼 지낼 수 없게 되었다는 사실. 때문에, 지상에서의 날들이 나를 계속 유혹한다. 드넓은 하늘로 나오기 위해서는, 땅속으로 먼저 깊이 파고 들어가야만 한다. 지하의 세계를 나도 흘러 떠돌다 땅속 깊숙이 스며들어, 그러고 나서 대체 얼마만큼의 시간이 지났던 것일까. 정신을 차리고 보니, 나는 밤하늘에 빛나는 별이 되어 있었다.

지금의 나는, 스피카. 처녀자리의 일등별. 낮엔 태양에 가려져 밤에만 반짝인다. 스스로 움직일 수도 없다. 한낮의 빛에 반짝이는 바다와 숲, 새들, 동물들, 인간들이, 나는 그립다. 한낮의 따스함이 그립다. 나는 스피카. 순백으로 빛나는 아름다운 일등별······

식물원 밖으로 나와 단 한 대, 문 앞 광장에 주차되어 있는 나오히코의 차를 들여다보았다. 물론 안에는 아무도 없다. 문을 열어보려 했지만, 열릴 턱이 없었다. 광장 주변의 돌 하나에 걸터앉아, 나는 나오히코 가족을 혼자 내내 기다렸다.

땅거미가 제법 짙어지고 폐원 시간도 지나고 말았다. 퇴근하는 직원이 자신의 차를 꺼내고, 일단 차에서 내려 문을 닫으려 했다. 나를 발견하고 그 다음엔 나오히코의 차에 눈길을 주더니, 눈썹을 찌푸리며 내게 다가왔다. 나는 일어섰다. 나오히코 가족은 아직 돌아오지 않았다. 아무런 소리도 들리지 않는다. 어디까지 가버린 걸까. 직원에게 설명할 말이, 내겐 떠오르지 않았다. 어느새 나도 모르게 눈물이 고였다. 와타시스피카, 라는 엄마의 목소리가 머리에 울리고, 내 입에서 그것이 굴러떨어질 것 같았다.

왜 그러세요?

직원이 내 정면에 서 있었다. 땅거미 속에서 그 얼굴도 그늘져, 잘 보이지 않았다.

■ 옮긴이의 말

나는 듣는다, 무수한「나」의 목소리를

쓰시마 유코. 대부분의 독자들에게는 낯설고 생소하게 들릴 이 작가를 처음 소개하는 옮긴이의 마음은 마치 첫 무대에 서는 배우인 양 긴장과 설렘으로 가득 차 있다.

먼저, 작가가 한국의 독자를 위해 보내온 자필 약력을 그대로 옮겨본다.

1947년, 도쿄(東京) 교외의 미타카(三鷹)에서 태어나다.

한 살 때 아버지가 돌아가시고, 도쿄의 분쿄(文京)구에 살던 삼촌을 의지해 어머니와 언니, 오빠, 세 가족이 이사를 하다. 이후 지금에 이르기까지 분쿄구의 주민이다.

중학교부터 대학까지 10년 간, 어머니의 생각에 따라 프랑스계 가톨릭 여자 수도회가 경영하는 여학교에서 배우다. 단, 여자

대학에서는 프랑스 문학을 선택하지 않고 영미 문학을 배웠다. 포크너를 비롯, 미국 남부의 문학에 특히 마음이 끌리다. 그러나 졸업 논문은 영국 엘리자베스 왕조의 연극 「파우스투스 박사」 (크리스토퍼 말로)를 중심으로 유럽의 파우스트 전설에 대해 썼다. 문학사(文學士)를 취득.

소설은 대학에 들어가서 쓰기 시작하다. 2학년 때, 교내 현상 논문에 응모해 1위에 입상함으로써 최소한의 자신감을 얻어 공모제의 동인지에 소속, 여기서 단편소설을 쓰기 시작하다. 4학년 때 쓴 소설로 상업 문예지(즉, 원고료를 받을 수 있는 대형 출판사의 문예지)로부터 처음으로 단편을 '주문'받다.

여자대학을 졸업한 뒤 다른 대학의 대학원에 가서 영국 문학 연구과에 소속되었으나, 학생 투쟁으로 바로 봉쇄되어 그대로 대학원에는 가지 않게 되었고, 소설을 쓰면서 아르바이트 생활에 들어가다.

처음에는 여성, 그리고 아이, 노인이 테마의 중심이 되었으나 점차 도쿄의 도시 안에 깃든 토속성과 현대 여성의 삶이 맞물려, 민담이나 신화 등에도 주목하게 되었다.

최근작으로는 일본 열도에서 오래전에 사라진 니혼오오카미(일본 늑대)를 이미지 삼아 패전 직후의 일본 사회와 현대 일본을 대비시킨 장편 『웃는 늑대』, 어머니의 고향이기도 한 산지(山地)를 사랑하는 일족의 근대에서 미래에 이르기까지의 시간을 그린 장편 『불의 산 ― 산원기(山猿記)』 등이 있다.

프랑스의 갈리마르 출판사에서 아이누 서사시의 편찬, 번역의 감수도 맡았다.

쓰시마 유코는 일본 문단의 최전방에서 다양한 소재와 스타일의 작품을 잇달아 발표하고 있는 의욕 넘치는 작가이다. 이번에 처음 소개되는 그녀의 작품 『「나」』는 제목부터 평범하면서도 특이하다. 이웃 나라의 문학에 대해 어느 정도 지식을 가진 독자라면, 언뜻 일본 근대 문학 특유의 문학 장르라 할 '사소설(私小說, 작가 자신이 작품의 주인공으로 등장하며 작가 신변의 일을 있는 그대로 묘사하거나 고백하는 소설을 말한다)'의 존재를 새삼 머리에 떠올리기도 할 것이다.

한데, 뭔가 좀 심상찮다. 「나」라니? '나', 그리고 「나」는 어떻게 다른가?

이러한 의문에 대해 작가는 친절하게 「서문」에서 설명하고 있다. 우선 「나」는 다양한 인물을 묘사하는 장치로서 화자를 가리킨다. 또 한 가지, 바로 이 점이 이 작품을 읽는 독특하고 신선한 재미를 선사한다고 여겨지는데, 아이누의 문화에서 샤먼이 다양한 신(神)을 대신해 이야기할 때, 거기서 이야기되는 「나」는 샤먼 자신이 아닌 각각의 신을 지칭하는 사인칭의 「나」로서 설정된 사실이다. 원문에서 방점으로 표시된 「나」를 번역문에서는 진한 글씨로 나타냈음을 일러둔다.

쓰시마 유코라는 필명(본명은 쓰시마 사토코[里子])으로 처음 발표된 소설은 「레퀴엠 — 개와 어른을 위하여」(『미타문학[三田文

學]』, 1969)이다. 그후『군조(群像)』,『분가쿠카이(文學界)』,『분게이(文藝)』등의 문예 잡지에 단편이 꾸준히 게재되었고, 1976년(29세), 작품집『덩굴풀의 어머니(葎の母)』로 제16회 다무라 도시코(田村俊子) 문학상을 비롯, 이즈미 교카(泉鏡花) 상, 여류문학상, 노마(野間) 문예 신인상, 가와바타 야스나리(川端康成) 문학상, 히라바야시 다이코(平林たい子) 상, 오사라기 지로(大佛次郎) 상 등을 다수 수상했다.

『덩굴풀의 어머니』는 젊은 나이에 남편과 어린 아들을 잃고 혼자 사는 어머니와, 동거하는 남자의 아이를 임신한 딸 사이에 오가는 미묘한 감정의 흐름이 묘사된다. 여자 둘만 달랑 남은 집 안의 무거운 공기를 피해, 딸은 도망치듯 집을 나와 어머니와 소식을 끊고 지낸다. 그러나 출산이 가까워지면서 어머니의 도움이 불가피해지자, 마지 못해 남자를 대신 어머니의 집으로 보낸다. 아무리 기다려도 남자가 돌아오지 않아 무거운 몸으로 직접 어머니의 집을 찾아갔을 때, 통증을 못 이겨 고통을 호소하는 딸에게 어머니는 속삭인다. "그런 게 진통이라는 거다."

아픈 곳에는 보다 강한 아픔을 가한다. 어설픈 위로는 아픔을 더 크게 할 뿐이니까. 이것이 어머니의 신조다. 자신의 상처는 물론 나(딸)의 상처에도 상냥함을 보이지 않는 어머니. 상처를 제 손으로 헤집고 그 아픔을 극복함으로써 상처를 이기고자 한 어머니. 마침내 어머니가 품은 덩굴풀을 딸이 건네받는 순간이다.

아버지(혹은 남편)의 부재는 쓰시마의 초기 단편에서 빈번히 나타난다. 혼자 아이를 떠맡아 키우는 여자, 가끔 아버지를 만나는 아이들. 비어 있는 상대의 자리를 갈구하는 마음은 밤마다 먹이를 찾아 집을 드나드는 들고양이와의 조용하고 은밀한 거래를 상상한다(「묵시(默市)」).

쓰시마 유코는 여성과 어린이, 사회적 약자의 입장에 서서 작품을 쓰면서, 늘 새로운 표현을 추구하여 현대 문학의 일선에서 줄곧 활약해왔다. 이러한 요소는 『「나」』에 실린 단편들을 통해서도 감지된다. 일본 내에서 주변부에 속하는 아이누 문화를 포함해 멀리 인도 작가와 문학에 대한 적극적인 관심에 이르기까지, 그녀의 사고 영역은 경계를 넘어 확장되고 있다.

연작소설 『「나」』에는 끊임없이 죽음이 등장한다. 일본어 '私(나)'를 음독하면 '시'가 되는데, 똑같은 발음의 단어인 '死(죽음)'를 자꾸 떠올리게 되는 건 옮긴이만의 연상에 불과한 것일는지.

삶이란 무엇인가라는 물음은 곧 죽음에 대한 물음으로 직결된다. 이미 삶 속에 죽음이, 죽음 속에 삶이 고스란히 담겨 있다. 죽음은 죽음으로 과연 깨끗이 정리될 것인가. 본인의 의지와는 상관없이 때로, 죽은 자는 이렇게 여기 남은 자에게 여전히 살아 있다. 말을 건네고 간섭한다. 삶보다 더 생생하게 변모하는 죽음을 본다.

너무나 어이없이 오늘도 흩어지는 생명들이 있다. 비행기는 돌연 하늘에서 떨어지고 달리는 지하철은 화염에 휩싸인다. 걷잡을 수 없는 물과 불의 위력 앞에 속수무책으로 무너진다. 게다가 지금 안전하게 발을 딛고 서 있는 땅도 몸을 눕히는 안식처도 언제 갑자기 흔들릴지 알 수 없다. 이런저런 절박한 이유들로 스스로 목숨을 끊기도 한다. 무고하게 죽임을 당하는 일조차 있다.

죽은 자와 살아남은 자 사이에 벌어진 멀고도 먼 거리를, 작가 쓰시마 유코는 이야기를 통해 따뜻하게 상대방을 향해 서로 다가서게 만든다. 내가 미처 알지 못한 것, 미처 말하지 못한 것을 몸소 알려주고 말하게 해준다. 이곳과 저곳을 가벼이 넘나들며 서로 소통하는 길을 트는 작가는 스스로 이미 샤먼의 얼굴을 띠고 있는 듯도 하다.

작가의 자필 약력에는 생략되어 있으나, 일본 근대 문학을 대표하는 특출한 작가인 다자이 오사무(太宰治. 본명 쓰시마 슈지〔津島修治〕. 1909~1948)를 아버지로 두었다는 사실을 기술해두고자 한다. 『「나」』에는 작가의 분신으로 여겨지는 등장인물을 비롯, 가족에 얽힌 자전적인 요소가 군데군데 묻어난다. 어떤 작가라도 자신의 환경과 경험으로부터 완전히 자유로울 수는 없다. 그러나 어떤 방법으로 이야기를 풀어내는가 하는 데에 작가의 개성과 재능을 발견하게 된다.

거의 '실험적' 소설에 가까운 작품이긴 하나, 삶에 대한 작가의 진지한 통찰력, 상처 입기 쉬운 인간이 체험하는 고독, 쓸쓸함, 그 늘진 마음을 포근히 위무할 줄 아는 작가의 애정을 확인하기는 그리 어렵지 않으리라 확신한다. 단편 하나하나마다 일상의 소중한 시간과 기억의 무늬들이 아련히 새겨져 있다. 그 찡한 여운이 독자들에게 충분히 전달될 수 있기를, 아울러 일본 현대 문학의 폭넓은 다양성에 우리가 좀더 주목하게 되기를 기대해본다. 번역을 마치면서……

2003년 가을
유숙자